新世紀的識圖年代　波西米亞與您同在

發現 Civilization

帶著考古裝備，懷著探險心情，
從這裡開始，一起探索雋永的古文明。

彩圖文物版

消失的城市
Lost Cities

大衛・沃克 / 著

翻開歷史的殘頁　重現消失的文明

作者以神話、文獻、文物、書畫等資料，
帶我們回到數千年前的消失古城，
深刻體驗它們曾有的輝煌與衰敗。

目錄

第一章　龐貝(Pompei)：繁華的哀傷

第二章　巴比倫(Babylon)：天堂的失落

第七章　樓蘭(Loulan)：羅布泊的美麗幽靈

第八章　高昌(Gaochang)：城頭變換大王旗

第九章　科潘(Copan)：馬雅切膚之痛

第十章　馬丘·比丘(Machu Picchu)：消失在雲霧中的古城

第十一章　大津巴布韋(Zimbabwe)：石頭城的祕密

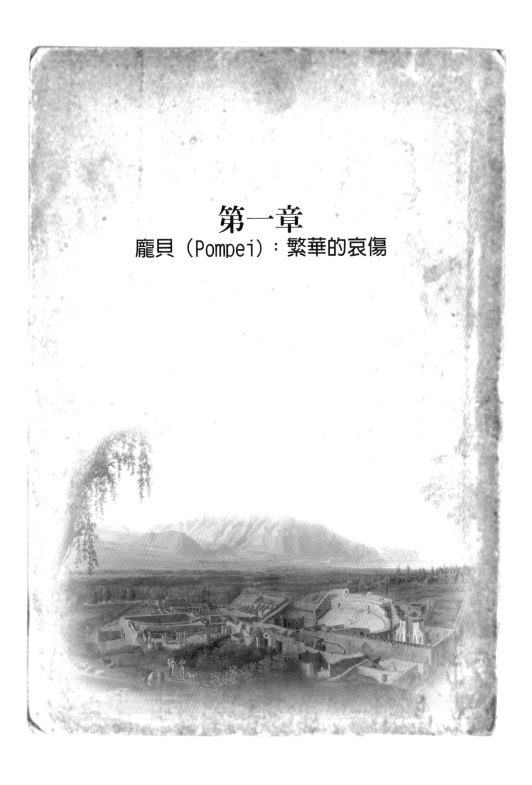

第一章
龐貝（Pompei）：繁華的哀傷

被火山漿
吞噬的龐貝

西元七十九年八月二十四日中午，火辣辣的太陽把龐貝城烤得滾燙，天空沒有一絲風。這悶熱的天氣令人窒息和難受。

突然一塊奇怪的雲彩從維蘇威山頂升起，又漸漸地向四下蔓延，籠罩了太陽。天空頓時暗了下來。接著一聲震耳欲聾的巨響覆蓋了整個龐貝城——維蘇威火山口揭蓋了。

先是熔化的岩石以超音速的速度衝出溫度高達一千度的火山口，當火山內部再也承受不住巨大的壓力時，驚天動地的噴發令火紅色的礫石飛上七千公尺的高空，然後，灼熱的火山碎屑暴雨一般從天而降，向著龐貝傾瀉而來。

先前龐貝城的街區闢有很多的花園，整個城市極富詩意，貴族小姐常徜徉於鮮花綠草間。據稱龐貝很多人一生都致力於設計花園，他們希望把龐貝的花園建設得能和希臘化時代王公的花園一較高下。

龐貝城面積大約一.八平方公里，四周環繞著四千八百多公尺長的石砌城牆。由南到北，由東到西各有兩條筆直平坦的大街，把全城分成九個城區，每個城區又有許多小街小巷縱橫相連，路面都用碎石鋪成。大街兩旁有人行道，裡面寬達十公尺，鋪著整塊的大石板。街道的十字路口，有雕花石塊砌成的水池，街面盛著清涼的泉水。城的東南角是一座圓形的露天大角鬥場，可容納全城的居民。龐貝人奔放的個性和整座城市歡愉的風情令二千多年後的人類為之傾倒。

龐貝人驚呆了！

地球上有一千五百多座活火山，它們寧靜的外表下蘊藏著最強大的自然力。地球史上最猛烈的火山爆發所噴射的火山礫和火山灰，曾在數年之內遮天蔽日，令無數生命物種在失去了陽光的黑暗中一一滅絕。

火山產生於地殼海洋板塊和大陸板塊漂移運動中的碰撞擠壓。地球上大部分活火山分布在群島或大洋的邊緣，因為這些地方均處於海洋板塊與大陸板塊的相交處。

維蘇威火山是世界上最活躍的火山之一，海拔一二七七公尺。它在義大利中南部那不勒斯灣海濱，位於羅馬東南二百四十公里處。山麓平原肥沃，城鎮密布。西邊二十公里是世界名城那不勒斯，山東山南海邊並列著龐貝、赫庫蘭尼姆、施塔比亞等小城。自西元前一千年這塊土地上有人居住起，維蘇威火山在那不勒斯海灣藍色的天空下從來都是鮮花遍坡。它已經平靜幾百年了。那時，人們把維蘇威看作一座死火山。山頂是一個截頂的火山錐，裡邊圍成一個橢圓形的深坑，周長近五公里，最大直徑約一‧二公里；坑壁陡岩長滿藤蔓野草，坑底是片相當大的寸草不生的「平原」。火山口外灌木叢叢，野花盛開。再下去是茂密的天然林，海拔更低處是果園和農田，山腳便是繁華的居民點。西元六十三年，維蘇威開始變得不安靜，當年一次地震給附近地區造成不少損失。其後小震不斷，誰能想到在西元七十九年，維蘇威火山成了不眠的活火山。

火山灰、浮石、火山礫構成的「陣雨」，在龐貝城的頭頂上連續下了八天八夜。之後，大量

《龐貝城的末日》為十九世紀早期俄國學院派代表畫家布留洛夫一八二六～一八三三年間在義大利所作。畫中通過對龐貝城遭遇火山時驚心動魄的描繪，揭示了人們在天災的禍害和死亡面前表現出的崇高道德品質。

高熱水蒸氣從火山口噴泄，蒸氣升騰，遇四周冷空氣凝成水滴，聚合空氣中的灰塵，落下瓢潑大雨。大雨掃蕩著山頂的灰渣，形成滔滔洪流。千百股混濁的泥漿流，衝向山麓平原。它像水泥一樣，乾燥後堅如岩石，給埋葬了的城市加上一層硬殼。這就是地質學上所說的「水熔岩」，因為它的流速較快，破壞性甚至比熔岩流更為可怕。

龐貝人開始逃跑，奔跑在街道上的人被礫石擊中而倒下，下落的火山碎屑在龐貝城中不斷堆積，建築物因承受不住重壓而倒塌。同時，炙燙的岩漿裏挾著碎石衝下維蘇威火山，以每小時一百六十公里的速度到達龐貝，覆蓋了整座城市的每一條街道，岩漿騰起的氣浪燒烤著路邊殘剩的房屋和依然躲藏在那裡的人。緊接著，黑色的火山灰從火山口上空滾滾而來，密不透風地封堵住龐貝城中每一扇門、每一扇窗戶，封堵住那些在礫石的襲擊中僥倖存活的龐貝人的眼睛和胸腔，令他們最終因為窒息而死——「生命中最悲慘的一刻來臨了，他無法呼吸。」

從火山爆發到城市被掩埋有一個過程，大部分居民有富餘時間逃命。估計當時龐貝城有居民二～三萬，至今在遺址上發掘到的屍骨只有二千多具。

在現在的龐貝古城遺址，最吸引人的，是那些受難者的石膏像。原來在火山爆發的一剎那間，許多沒有逃出的人，藏身在比較空曠的庭院裡，雖然沒有被倒塌的建築物壓死，但是卻被噴出的火山灰包封

維蘇威火山是世界上最活躍的火山之一，位於風景如畫的義大利西南海岸。它的巍峨峻峭曾是龐貝城郊外的一處景點，從山上可以俯瞰碧波蕩漾的那不勒斯海灣。誰也不會想到它會突然露出猙獰的面目，帶給龐貝城滅頂之災。一六三一年十二月十六日和一七七一年五月十一日，維蘇威火山再次噴發，人們把它稱為「魔鬼的禮物」。

起來，窒息而死。很久以後，人體在裡面枯乾了，消失了，只剩下一些空殼。考古學家就利用這些空殼作模子，把石膏漿灌進去，製成許多和真人一樣形狀的石膏像，再現了受難者當時那種絕望和痛苦的表情。一個小女孩緊緊抱住母親的膝蓋，掩面大哭；一個拿著一袋硬幣的乞丐茫然站在街口；有些人正在牆腳挖洞，尋找逃生之路。有一群被鐵鏈鎖住的角鬥士痛苦地掙扎著，想要擺脫鐵鏈，很多人雙手掩面或屈著雙臂抱著腦袋；也有的人手裡還拿著一袋袋金幣、銀幣和貴重首飾。

維蘇威火山爆發十八個小時後，火山碎屑將整個龐貝城掩埋，最深處竟達十九公尺，曾被譽為美麗樂園的龐貝從地面上消失了。

赫庫蘭尼姆比龐貝更靠近火山，而且地勢低，因而覆蓋層特別厚，薄者二十一公尺，厚者三十四公尺。龐貝覆蓋層僅厚三～六公尺。離火山口十公里的施塔比亞鎮，同時被覆沒。令人不可思議的是，二十公里外的大城市那不勒斯，卻安然無恙。

西元前十世紀，龐貝只是一個小集鎮，主要從事農業和漁業生產，後來演變成一個繁榮的城市，約有二萬居民，店鋪林立，工商業很發達。

小普里尼是羅馬皇帝圖拉真的朋友，以出書簡出名。西元一○四年，他寫了兩封信給古羅馬歷史學家塔西佗，描述了他舅父在龐貝遭遇火山爆發的情況以及他當時的親身感受。

目擊者

目擊者的詳細記載，使這次悲劇的真相更具可靠性。當時的羅馬艦隊司令、博物學家普里尼將軍（西元二十三～七十九年），正駐紮在那不勒斯灣對岸的米賽納，離出事地點僅三十二公里。然而他沒有能掙脫出死神的魔掌。將軍十七歲的外甥小普里尼目睹了那驚心動魄的一幕。

起初普里尼將軍並不以為蔓延開來的煙霧是來自維蘇威火山。他說，那煙雲是維蘇威山上的荒火造成的，可能是農民點篝火不慎引燃的。他因為好奇心到對岸去了。這一晚他在離火山很近的地方睡得很安然。

八月二十五日拂曉，房屋劇烈的震動驚動了將軍，普里尼與隨從頭頂枕頭倉皇出逃。可海上惡浪翻滾，天昏地暗，坐船脫險已來不及了。普里尼口渴難忍，軟癱在灘頭上。熊熊烈火和嗆人的硫磺味向他逼來。在這緊要關頭，隨從們扔下老將軍逃生去了。兩天後，人們在海灘找到他的屍體。

將軍的外甥小普里尼是羅馬皇帝圖拉真的朋友。那天他沒有跟舅舅到對岸去，成了一個幸運的人。他目擊了災難的全過程。他回憶說——

八月二十四日下午約一點鐘，母親告訴我舅父，天空出現了一片又大又怪的雲，很是可怕。此時做過日光浴、洗過冷水澡的舅父正在聚精會神地工作。

舅父聽到我母親這麼一說，便叫人拿來鞋子，登上了一個高地，看到了那又大又怪的雲，但卻不知

道這塊雲是從哪裡飄來的，因爲距離太遠了。

天上那朵雲的形狀像一棵義大利松，主體部分的「樹幹」直插雲霄，頂端像撐開的蘑菇傘。雲有一部分是白的，有一部分卻帶有雜色，看上去很骯髒，大概是有了灰塵和火泥土。

舅父覺得這種情景很重要，但他並沒有立即想到是火山爆發了。舅父不但是位將軍也是位學者，他便想就近去觀察。他吩咐手下，準備一艘輕型戰船，並問我是否願意去，我說不去了，因爲我正在寫一篇文章。

舅父臨出門時收到朋友卡斯科斯的妻子雷克蒂娜寫的一張字條，她的別墅正在火山腳下，處境極爲危險，請求舅父幫她從唯一的海上通道逃出。舅父這才意識到事件的嚴重性，他改變了原先作科學研究的念頭，決定去營救雷克蒂娜。

他下令把所有的大船都開出去救人，自己也義無反顧地跳上船去。他很從容，沿路一邊觀察各種現象的變化，一邊做記錄。

離出事地近了，天空中飛動的火山灰便掉落在船上。灰很燙人，越往前灰越多。接著浮石也掉下來了。從這裡可以看到燃燒過的黑色碎石。在一片窪地，崩塌下來的岩石擋住了海岸，舅父想要往回走，可是在領航員建議回頭時，他卻又改變了主意說：「勇敢的人會有好運。我們到龐帕尼阿努斯家去吧。」龐帕尼阿努斯的家在斯塔比，由於隔了一道海，所以當時那兒的危險還不太大，但也只是暫時的事了。

龐帕尼阿努斯把家當搬到船上，等待風向轉變後逃生。當時的風向對舅父的船是順風，所以他順利登了岸。舅父抱著他驚恐的還在發抖的朋友，勸他鎮靜下來。

這時候，巨大的火柱從維蘇威火山山頂噴射而出，爆炸聲和火光充滿了整個夜空。舅父爲了安慰大家，謊說那是爐火，農民匆匆逃命時來不及熄滅，或是一些居民已撤出的房子遭了火災。

舅父在夜裡睡得很踏實，呼嚕聲此起彼伏，從前門走過的人無不聽得心驚肉跳的。這時他房間外的院子已積滿了火山灰和一些浮石，我想，此時如果舅父再不離開，也許就永遠出不來了。

舅父的鼾聲在人們的呼叫聲中停止。這群人整夜未眠。他們在商量，到底應該留在房子裡，還是到屋外去。如果在房內，被強烈震動東倒西歪的房子隨時會出現危險，

可是到屋外去，又有從天上掉下來的浮石。

從睡夢中驚醒的舅父起床後到屋外與龐帕尼阿努斯等人會合。舅父在權衡兩種危險之後，最後決定大家還是寧願冒險到屋外去。舅父的決定是理智的。那些到了屋外而害怕的人，爲擋開從空中落下的浮石和火山灰，用繩子把枕頭綁在頭頂上。

雖然已經天亮了，但這裡的天空因被黑雲所籠罩，看上去仍是一片黑暗。有紅色的反光和各類燈光在黑暗的天空中閃爍。大家決定向海岸走去，以期乘船離開斯塔比。可是海上布滿驚濤駭浪。舅父讓人在海灘上鋪一塊床單，好躺下來休息。他渴得太厲害了，好幾次向人要冷水喝。

舅父很鎮靜地睡下了，而此時的火焰和硫磺的氣味越來越重了，他的同伴們見勢不妙，撇下舅父，落荒而逃。

舅父醒過來時顯得很孤獨，身邊只有兩個年輕的奴隸。他讓奴隸扶起自己，可是腿一軟，又一下子癱倒在地。他一直患有氣管炎，經常發作。此時他大概是被濃重的煙灰嗆著了，氣管堵塞住，窒息而死。

他的屍體是第二天在海灘上找到的，全身完好無損，神情安定，看上去就像是睡著了一樣。

我本人當時在米塞納也遇到了危險，現在想想依然毛骨悚然。

舅父出發以後，我繼續讀書和寫文章。後來我洗澡、吃飯、睡覺，但我哪裡睡得安穩，因爲在這之前的幾天裡發生了好幾次地震。其實地震在坎帕尼亞是常事，我並不感到特別的驚慌。問題是這天夜裡的震動與以往都並不相同，非常劇

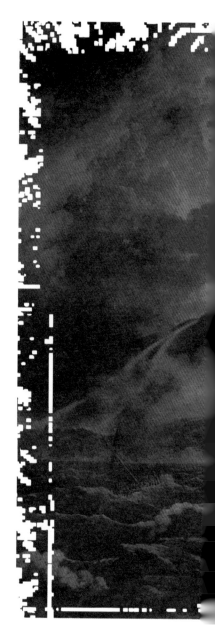

　　普里尼不但是駐米塞納的地中海艦隊司令，還是一位學問深厚的學者，曾寫了三十七卷本的《自然史》。他是在火山爆發時被火山灰窒息而死的。當人們發現他時，他的全身完好無損，神情自若，就像是睡熟了一樣。這是人們發現普里尼屍體時的情景。

這幅圖表現了龐貝人在火山灰中掙扎時的情景。小普里尼在書簡中寫道:「周圍傳來婦女的呻吟、嬰兒的啼哭、男人的呼叫。有人叫著父母、孩子或者丈夫、妻子,想藉喊聲來找尋親人。有人哀嘆自己或親人的不幸……很多人舉手求神,開口祈禱,但也有很多人說世上根本沒有神了,這世界已到了末日,這是最後的夜晚。」

烈,大地像要翻轉過來似的。我打算去叫醒母親,可母親已經來到了我的房間準備叫醒我。我們一起坐在屋子的小院子裡,望著前面黑暗中的大海。

我叫人拿來一本李維的書,就像我往日一樣平靜地閱讀起來,還繼續做了筆記。這時舅父的一個朋友來到我們家,他剛從西班牙回來。他看到我和母親坐在院子裡,漫不經心地看書做筆記,大感驚訝。他責備我太不注意安全了,太掉以輕心了。

那年我才十八歲,或者是故作鎮靜吧,也許就是根本不懂事,我根本沒把舅父朋友的驚訝當回事,還是照樣專心看書。當黎明到來,情況越來越危險,房子已開始產生裂縫。儘管我們在屋外,房子坍塌時還是可能遇到危險的。在這樣的情況下,我們才決定離開。身後還跟著一群驚慌失措的人。

我們走到院外，眼前的一切令我們緊張起來。我們的車子本來是停在平地上的，有的還用大石頭壓住了，現在卻莫名其妙地挪了位置，滑到其他方向。前面不遠的大海似乎後退了，海灘變寬了，彷彿是大地震動所造成的。沙灘上遺落了很多海中的生物。而對面的海岸，完全被一片紅光所籠罩，景象從未見過。

這時候，舅父的朋友見我們慢慢悠悠的樣子，很是著急，他說：你舅父是死是活都希望你們平安活著，而你們還不逃走，究竟在想些什麼？我說：在沒有得到舅父的消息以前，我們不能只顧自己逃命。他不願再跟我們拖延下去了，自個兒走了，避免了生命危險。

天上的黑雲和紅光越來越低，蓋在我們的頭頂上，整個卡布里島都被籠罩了，吞噬了。

見此情景，母親催促我趕快逃命。她說我年輕，逃命是沒有問題的；她說她又老又胖，恐怕難逃這一劫。她不想連累我這個年輕的生命。我對她說，如果你不逃，我也不會自己逃命的。於是我拉著她的手，催促她加快前進的速度。她擺脫不開我，只好跟著我逃命。

火山灰落在我們身邊，一層一層的，我們的身後濃煙翻滾，一片黑暗。我說：我們繞道走吧，趁現在還看得見。等會兒如果變得一片漆黑，我們不被火山灰燙死也會被路上逃命的人踩死。

很快天就黑了下來，我聽見身邊傳來婦女的呻吟、嬰兒的啼哭，還有男人的呼叫，現場亂成一團。

一團火光朝我們襲來，當然這火光在離我們不遠處就停住了。又是一片漆黑。落下來的火山灰越來越多，也越來越重了。我們不想被火山灰蓋住便不停地站起來抖動身子。

說起來你們不相信，面對這場驚人的巨變，我沒有發出過一聲哀嘆，也沒有講過一句洩氣的話。我想到自己即將和所有的人、一切的事物同歸於盡，即便這讓我深感苦澀，倒也是種莫大的安慰。

不知過了多久，黑色的雲霧慢慢消退，太陽露出了光明的臉龐。由於天上仍飛動著火山灰，因此陽光看上去也是青灰色的，彷彿日蝕一般。

等一切平靜下來，我們回到米塞納，設法恢復體力。我們總在等舅父的消息，可是我們沒有等到我們想要的消息。

龐貝沒有死

維蘇威山麓平原上的村鎮和農田給火山灰覆蓋後沒幾年，這裡很快矗立起一座新的城鎮，田野裡也長出綠油油的莊稼，來此定居的人越來越多。人們似乎忘記了這裡曾發生的恐怖歲月，甚至已經忘記了那沉睡在地下千年的龐貝古城。

是的，在漫長的歲月中，人們對這個長埋地下的古城越來越陌生了，只是偶爾在傳說和神話中聽到龐貝這個神祕的名字。但是它究竟是否還存在，又是怎樣一座城市，人們卻一無所知。

一七○七年，人們在維蘇威山腳下的一座花園裡打井時，挖掘出三尊衣飾華麗的女性雕像。但是當時的人只把它當作那不勒斯海灣沿岸古代遺址中的文物而已，沒有人意識到，一座古代城市此刻正完整地密封在他們腳下占地近六十五公頃的火山岩屑中。一七四八年，人們挖掘出了被火山灰包裹著的人體遺骸，這才想起，在西元七十九年，維蘇威火山的爆發掩埋了一座美麗的城市！

一七五○年，一群義大利農民正在維蘇威火山下挖掘水渠，只聽「噹啷」一聲，鐵鍬似乎碰到了金屬物。人們翻開泥土，發現了金光閃閃的東西。

「金幣，是金幣。」人們驚呼起

阿波羅神廟的規模在龐貝城的諸神廟中是最大的，據說當時每逢戰爭或重大的事件龐貝人都要來向太陽神問卜。阿波羅神不僅主管光明、青春、醫藥、畜牧、音樂、詩歌，而且代表主神宣召神諭，預言未來。

《亞歷山大與大流士作戰圖》其實就是這幅《伊蘇斯之戰》，出土於龐貝城。伊蘇斯戰役發生於西元前三三三年，是亞歷山大東征中的一次決定性戰役。這年十月，馬其頓軍隊和波斯軍隊在此激戰。圖中左側的青年是亞歷山大，他神情堅定，怒目而視，中間突出者是波斯國王大流士三世。亞歷山大以步兵為中軍，騎兵為兩翼，率先衝鋒出擊，雖然受傷，卻最後擊潰了波斯軍隊，大流士落荒而逃。據史料記載，這次戰役馬其頓只損失四百五十人。

來。

這個消息很快傳開來，立即引來了很多的追逐者，那些夢想一夜暴富的人把這裡作為他們大顯身手的地方。人們在火山下不停地挖掘，挖出各式各樣的東西，有陶器、瓦罐、金幣，還有經過雕琢的大理石碎塊等等。有一個人挖出一塊石頭，上面刻著「龐貝」的字樣。人們這才徹底相信，這裡就是被維蘇威火山爆發後的岩漿掩埋了的羅馬古城——龐貝城。

西元前十世紀，龐貝還只是一個小部落，最早是由奧斯克人建立的，以農業和漁業為主要活動。

西元前六世紀，希臘人看中了這兒是一條海上商道的重要據點，於是就住下來了。他們在一個可以俯瞰薩爾諾河谷和大海的地方，建了多利亞式的神廟，並帶來了崇拜阿波羅神的活動。可是希臘人並不想在此久住下去，只想把它當作一個基地，以控制港口和內地出海口。希臘人與龐貝這種若即若離的關係使埃特魯斯坎人有了可乘之機。

埃特魯斯坎人可能來自小亞細亞，於西元前八百年前後移居台伯河北面，然後征服南面的拉丁人。西元前五二四～前四七四年，埃特魯斯坎人占領了龐貝城，但沒有留下特殊的城市規劃的痕跡。接下來，從西元前四七四～前四二四年，龐貝再次受到希臘影響：神廟重建，城市四周圍

起圍牆。

考古學家一層一層地挖開火山岩屑，發現龐貝城埋在地下五～六公尺深處。城牆用石頭砌成，周長四‧八公里，城內面積一‧八平方公里。開城門七個，縱橫各兩條大街，將全城構成一個井字，分割成九塊地區。每塊地區又分許多小街巷，路面鋪石塊、石板，有些大街的街石已被金屬車輪輾出深深的轍印。橫穿大街有獨特的「人行橫道」，每隔一步設一塊高出路面三四寸的石頭，好像鄉村小溪的過河石，下雨水漫街道時不會打濕鞋子。據稱這兒的地形是由史前時代的熔岩流造成的。

龐貝的大街很有特色，大街每個十字路口都有石製水槽，高近一公尺，長約二公尺，向居民供水。磚石砌成的渡槽，將城外高山上的泉水引進來，導入地勢最高的水塔裡，然後分流到各個公共水槽去。貴族、富商庭園的水池和噴泉，也是靠這個系統供水。

大街兩邊是商店、酒館、水果鋪和雜貨攤。一家商店牆上寫著出售衛生用具和好酒的廣告；另一家商店牆上寫著橫幅標語：「水果商販支持普里斯庫擔任高級行政官。」

城內最宏偉的建築物，集中在城西南的一長方形廣場四周，這裡是龐貝政治、經濟和宗教中心。殘存的雕花精緻的大理石門框、祭壇和高出地面三四尺的青石地基，讓人可以想像出這座廟宇當年的雄偉壯麗。政府大廈的議會廳、辦公室十分寬敞明亮。法院是一座長方形的兩層建築物，設有法庭和牢房。它的另一半樓房，分給了商人，作為進行交易和訂立貿易協議場所。這些宏偉建築在西元六十三年的地震中遭到破壞，還來不及修復便被火山灰掩埋了。現在人們看到的只是一些牆基、門、柱和石牌坊。石柱高達十餘公尺，粗可兩人合抱，神廟門框以大理石琢成，圖案精美。

廣場東北角是一個商品集散

地，當時這裡店鋪鱗次櫛比，商品琳琅滿目，生意非常興隆。在一個水果鋪的貨架上，擺滿了杏仁、栗子、無花果、胡桃、葡萄等果品。不過，它們早已乾枯變質了。在一家藥店的櫃台上，還發現一盒藥丸，已經碾成了細末。顯然，當藥劑工正搓藥丸時，災難突然降臨，他便棄之不顧，逃命去了。

考古工作者還在一個市場的角落裡發現了成堆的魚鱗，龐貝人總是先將魚清洗乾淨再出售；而酒吧的牆壁上仍寫有：「店主，你要為你的鬼把戲付出代價，你賣給我們水喝，卻把好酒留下。」

城東南角的圓形露天劇場，四周層環觀眾席，中心低處為舞台，可容觀眾五千人。它建成於西元前七十年，比羅馬圓形劇場還早四十年。它還兼作角鬥場，不時驅使戰俘和奴隸與猛獸搏鬥，不是野獸吃掉人，便是人打死野獸。奴隸主和貴族則在上邊飲酒作樂，為血淋淋的生死搏鬥喝彩。

圓形劇場附近有一座體育場，

在一七五○年之前，人們從古籍史冊和民間傳說中知道有一座龐貝城存在，可它是什麼樣子，遺址在哪裡，卻無人知曉。這塊標誌牌使龐貝城從二千年的夢中醒來。

近乎正方形，每邊長一百三十公尺。場地三邊圍以圓柱長廊、黃柱紅瓦，十分華麗。場正中是一口游泳池。

龐貝城中有很多富豪的住宅。這些建築的大門，往往有粗大的大理石圓柱和雕花門樓。走廊和庭園到處擺著天神和野獸的塑像。正廳、餐廳和臥室寬敞明亮，富麗堂皇，四周陳設著精美的白銀和青銅製品。牆上繪有壁畫，地板上飾有鑲嵌畫。在一家富戶的客廳，發現了一幅鑲嵌畫：《馬其頓王亞歷山

大與波斯大流士三世作戰圖》，畫寬六‧五公尺，高三‧八三公尺，由一百五十萬塊彩色玻璃大理石片鑲嵌而成，生動地描繪了西元前三三三年希波戰役的一個場景。

一戶人家的後花園裡種滿了夾竹桃，廚房的鐵爐上架著平底鍋，餐桌上的雞蛋旁放著一只小人玩偶。西元七十九年，一位龐貝人死在繪有植物花葉的壁畫下，當人們於上千年後挖掘出他的遺骨時，同時發現那幅壁畫上刻有一句銘文：「沒有任何東西可以永恆。」當時的店鋪往往也是作坊，在一家麵包店的烘爐裡，還留下一塊烤熟的麵包，不僅保持著原來的形狀，而且上面印著的麵包商的名字還清晰可見。

一七八七年三月，德國詩人歌德來到龐貝，看到挖掘後的古城，在日記中這樣寫道：「龐貝又小又窄，出乎參觀者的意料外。街道雖然很直，邊上也有人行道，不過都很狹窄。房屋矮小而且沒有窗戶，房間僅靠開向庭院或室外走廊的門採光。一些公共建築物、城門口的長凳、神廟，以及附近的一座別墅，小得根本不像是建築物，而像模型或娃娃屋。但這些房間、通道和走廊，全都裝飾著圖畫，望之賞心悅目。牆上都有壁畫，畫得很細膩，可惜多已毀損。初抵此地，置身這個如同木乃伊的城市，令人產生異樣的感受。但是，在一家簡陋的濱海旅館吃著粗淡的食物時，這種感覺就消失了。我們看著蔚藍的天空和閃亮的大海，期盼來年葡萄藤再綠，爬滿架之時還能到這兒一趟，看看美好的景致。」

龐貝古城劇場。龐貝市郊的圓形露天劇場，建於西元前八十年，是已知的最古老的圓形露天劇場，比羅馬城裡的那座圓劇場還要早建五十一年。觀眾席分下、中、高席，分屬不同的社會階層。劇場有一灌水和防洩系統，可使水灌入劇場以進行海戰表演。

曠日持久的發掘

這是在挖掘現場的費利克斯別墅牆上發現的題爲《蚌殼中的維納斯》的牆畫：兩個小愛神用風推送維納斯，女神頭上的帆在風中撐開。圖中的老人是挖掘現場的管理者梅于里，是他的不懈努力才使龐貝城的歷史更加清晰起來。

龐貝古城被發現後，義大利各地的學者和普通人懷著各種心態，前往龐貝觀光和挖掘。一八○八年，拿破崙的妹婿和妹妹成爲那不勒斯的國王和王后，竟自己出資，不惜代價，對古城進行清理和挖掘，挖出了執政官街旁的城牆，並開始挖掘競技場和大會堂。然而那不勒斯舊王朝復辟後，挖掘速度卻放慢了。

對龐貝古城進行較大規模的發掘工作是在一八六○年，當時義大利已完成統一，首位新王維克托—伊曼紐爾二世認爲，如果能有組織地對龐貝古城進行挖掘，可以提升新國王的聲望。當年年底，國王把挖掘工作交給了年輕的古幣學家菲奧勒利。古幣學家對國王交待的任務極爲負責。他建立了一種可驗證的科學考古方法，制定了務實的計劃，有五百多名工人接受他的指揮。一八六三年，他運用石膏翻模的方式，把龐貝市民在死亡的最後時刻所呈現的神態保存了下來。後來他開始負責博物館的工作，挖掘工作交給了他的學生魯杰羅。

魯杰羅是位出色的建築師，曾與菲奧勒利有過合作。他發掘了中心地區的公共浴室。在第九區挖出了一幢屋子，爲了紀念火山噴發十八個世紀，就命名爲「百歲邸」。此外，魯杰羅還在通向諾卡拉的大道旁發現幾座墳墓，並修復墓窟裡的六百多幅壁畫。

魯杰羅的繼任者是碑銘學者德·彼特拉。德·彼特拉曾於一八九三年到一九〇一年以及一九〇六年到一九一〇年，兩度負責挖掘工作。他在工作最繁忙的時期，挖出了後來成為龐貝最有名的維蒂家族府邸呂卡萊提烏斯·弗隆多邸以及神祕別墅。

他在挖掘城市北面的第五區和第六區時，發現了第十和第十八號城牆塔樓；在長方形大會堂後面，又發現了供奉城市守護女神——龐貝城的維納斯的神廟。

一九〇一～一九〇五年之間，歷史學家帕斯繼續挖掘北面的第五區和第六區，完成了斯塔比街和諾爾街一帶的清理工作。在諾爾街上

挖出的房子中，最大的是費爾穆斯府邸。帕斯也發現了維蘇威門，以及供應全城用水的水塔遺跡。隨著考古學家接踵而至，挖掘計劃日益完善。

德國學者馮·杜恩和雅各比曾經在探索多利亞式神廟時，使用過一些探測器，這些工具也用於探勘龐貝的劇院，首先使用的是德普菲爾德和莫索利阿諾主持發掘期間（一九〇五～一九一〇年）。除了在維蘇威門和諾爾門外挖出幾座墳墓以外，沒有大的發現。他致力於重建已挖掘出來的建築，比如銀婚邸內的科林斯柱式會客室，金色愛神邸的列柱廊，還有呂帕納爾妓院的陽台。對他來說，重要的是如何把龐貝保存下來，他運用了各種技術與方法，有些到今天還管用。

一九一〇～一九二四年間，負責發掘工作的是斯皮納佐拉。他是一個主觀意識很強的考古專家。他

一八六三年，龐貝古城的挖掘活動十分頻繁，進來的考古學家也越來越多。圖中的工人們把清理出來的垃圾放在筐裡背走，而泥水工正在修屋頂，架橫梁，以此來協助考古專家的發掘。古城的挖掘工作步入正常的軌道。

伊西斯是來自埃及的女神，在龐貝上層社會很受崇拜，後來成了官方的信仰，在市區建立了伊西斯神廟。但西元六十二年的地震摧毀了它。這是英國駐那不勒斯宮廷的大使漢密爾頓在伊西斯神廟挖掘現場留下的作品。

建議，完全不挖城市北面的地區，而重挖掘市區。他計劃串連起市中心和競技場，並沿著豐收街，直抵叫做薩爾諾的東門。他之所以提出這個計劃，因為他關切的是實際的城市規劃，而不是虛幻的重大發現。他一心要清理出當年龐貝主要街道的外貌，再現這個城市當年的商業活動，而不是多挖出幾幢私人宅第。

可是他的計劃遇到了很大的困難。由於挖掘範圍限於長六百公尺街道兩側的建築物門面，因此不僅要放棄深入挖掘很有價值的宅第，而且也弄不清楚每一座建築的真正性質，只能從外表的壁畫、選舉招貼，以及塗鴉來猜測，難免出現被動局面。因此他沒能堅持他原先的計劃。

在梅于里管理的期間，龐貝的挖掘工作又有了新的方向。他拓展挖掘範圍，工作進行得更合理，也使龐貝城的歷史更清晰。靠著他不懈的工作，我們進入了科學考古學的紀元，只有這種考古學才能保護龐貝的奇蹟。梅于里的功蹟著實值得記下。他的接班人德·弗朗西斯等人仍延續了他的工作方法。

在龐貝城的發掘現場，人們看到了許多古城覆滅時的悲慘場面。大約有兩千多具屍體及大量牲畜的骨架被挖出。屍體周圍被火山灰漿包得嚴嚴實實，形成硬殼。後來遺骸腐朽，化為烏有，屍體原形的空殼仍舊保留下來。考古學家就地灌注石膏，讓死難者保持原狀。遊客

拿破崙像。一八○八年，拿破崙的妹婿與妹妹成為那不勒斯的國王和王后，他們倆自掏腰包，加速了對龐貝古城遺址的挖掘。一八○八年拿破崙在葡萄牙和西班牙戰爭中失敗。

龐貝古城遺址的挖掘初期是非常混亂和野蠻的。德國古代藝術專家溫克爾曼曾大聲疾呼，抗議這種無政府狀態，後被人謀殺。

可以看到人臨死時的百態：或兩手抱頭，蜷縮成團坐著；或摟抱嬰兒，母女同難；或急忙逃跑，走投無路。也有拚命攥住零錢袋，一命嗚呼的乞兒；也有掙不脫枷鎖，死在鐵鏈上的奴隸角鬥士。看家犬給鏈條拴住，驚恐得前腿躍起，直立而斃。在一座富豪宅邸，房子正在修繕，主人全家和工匠們在災難時都躲入一條過道裡，全部死在一塊，互相拉著、靠著、抱著，慘不忍睹。近郊一座華麗別墅裡，主人和奴隸共十八口人都躲進地窖，也同葬一窟，婦女的臂骨上還帶著金鐲。別墅另一頭留下家主的骷髏，他手拿一串銀鑰匙，正要打開一個房門搶救財寶；他的成績頗佳，身邊倒著一個親信家奴的骨骼，正抱著提著大把錢幣和珠寶。正在演戲的劇場，正在燒火的染坊鍋爐，烤爐中整齊放著的八十一個麵包卷……似乎都是發生在昨天的事情。龐貝城好像睡了一千九百年的長覺，剛剛醒了過來！

曾經作過新聞記者的美國作家馬克·吐溫曾在遊覽了埃及後，來到龐貝，他記述了親身所見：「在龐貝一個長方形大廳中，發現了一具男

西元七十九年，提圖斯皇帝即位，恰巧遇上龐貝城的毀滅，也算是提圖斯的不幸。因爲八年前羅馬人摧毀了耶路撒冷的神殿，所以猶太人認爲，提圖斯登上帝位的第一年，維蘇威火山便爆發了，那是神對羅馬的懲罰。

人的骷髏，一只手握著十枚金幣、另一只手抓著一把大鑰匙。這個人拿了錢奪門而出，但恰好就在門口遭烈火吞噬，倒地而死。只要再有半分鐘，這個人應該就能逃過一劫。我還看到一個男人、一個女人和兩個小女孩的骨骼。女人兩手張開，宛如被死亡的恐懼攫住了。我仍然可以從她已經沒有皮肉的臉上，想像多年前大火自天而降時，她那因極度絕望而扭曲的表情。兩個小女孩和那個男人的頭都伏在手臂上，彷彿想避開劈頭蓋下的火山灰。在另一間屋子內，發現有十八具屍骨，全是坐著的，牆上還有一些黑色的痕跡，影子般地錄下這些人的外形和姿勢。其中一個女人頸骨上戴著項鏈，上面還刻著她的名字。在龐貝遺留下來的遺跡中，最令人動容的，要算是一個羅馬士兵的形象了。這個戰士身披甲冑，盡忠職守，無愧於羅馬戰士的聲譽。他堅守在城門旁的崗位上，無畏地挺立，直到四周恐怖的火海，把他的生命和不屈不撓的精神，一起吞沒。」

德國詩人歌德看見龐貝後說：「在世界上發生的諸多災難中，還從未有過任何災難像龐貝一樣，它帶給後人的是如此巨大的愉悅。」而法國歷史學家泰納從龐貝歸來後感嘆道：「那時候的人，是用整個身體活著。」

龐貝覆滅後，維蘇威常有程度不一的噴發。西元七十九～一六三一年，噴發週期是每百年一次。從那以後，平均十二年噴發一次，但規模都比七十九年那次小多了。最近一次噴發是在一九四四年。火山休眠時，火山口也煙霧裊裊，洩出蒸氣。

一八四一年，義大利政府在山上設立火山觀測所，這是世界上最早設立的火山觀測機構。觀測報告說，最近一百多年來的暫時平靜，可能是火道讓凝固的熔岩塞住了。這個兆頭並不妙。欲發之物必有所洩，預計最近二百年內，維蘇威將重演二千年前的故伎，龐貝遺址有再次覆沒的危險。

一個屈服了的城市

坎帕尼亞盛產葡萄，葡萄酒在這裡十分盛行。龐貝人把葡萄酒比作「生命之水」。這只盛酒用的藍色雙耳罐，是在一座墳墓中發現的。

西元前四二四年，來自阿布魯齊和卡拉布里亞的山地居民湧向希臘人在沿海的殖民地。定居在平原的桑尼特人，稱爲坎帕尼亞人，因此，有人也把龐貝看作一座坎帕尼亞人的城市。桑尼特人在古羅馬強大的軍事淫威面前，不得不俯首貼耳，無奈臣服，與羅馬人締結了盟約。西元前二八〇年，伊比魯斯國王皮洛士，無法收服龐貝；迦太基將軍漢尼拔所向無敵，和其他坎帕尼亞地區都締結了盟約，卻沒能動搖龐貝對羅馬的效忠。

爲生存所計，也爲抵抗鄰近部落的騷擾和避免羅馬帝國的覬覦，龐貝有一段時間是一個戒備森嚴的城市。在西元前四二九～前八十九年，龐貝城的周圍修築了大量防禦工事，他們用黑土和石灰岩築起兩道護城牆，並以巨大的土台加強，城牆四周還建有十二座矩形塔樓，與整個圍牆結成一體。這道堅固的防禦工事界定了城市的範圍，圍牆內是城市，圍牆外是大塊的墓地。

桑尼特人也建設了城市的主要交通幹道。他們闢建了伊西斯神廟街與劇場街，把三角廣場及周圍的紀念性建築群和市民廣場連接起來。斯塔比街則從北到南貫穿城區，然後有一座橋跨越薩爾諾河，直抵斯塔比城。

西元前九十年三月，桑尼特人的城市群起反抗羅馬侵略者，龐貝城也加入了反抗行列。羅馬軍的首領是蘇拉，他率兵圍困了龐貝城。這場戰

蘇拉建立殖民地時，賦予了龐貝一定自治的權力。龐貝人的選舉從春天開始，牆上貼滿的競選告示，由於沒有專門設立競選宣傳的地方，所以居民會在自己房屋的正牆上寫上自己心目中理想候選人的名字。

為抵抗鄰近部落的襲擾和羅馬帝國的覬覦，龐貝處處壁壘森嚴，西元前四二九～前五十九年，龐貝城牆四周圍有十二座矩形塔樓。這是一座桑尼特式的碉堡，其堅固程度和威懾力可見一斑。

爭曠日持久，雙方都付出沉重的代價。我們從出土的龐貝石塊上還能看到刻著「蘇拉」的字樣。西元前八十九年秋季之間，龐貝城在羅馬強大的軍事威脅下終於屈服了。從此，龐貝成為羅馬城市。西元前八十年，蘇拉建立殖民地時，賦予龐貝若干自治的權力，最高的權力屬於兩位執政官，他們負責統計和審查選民名冊，主持市政會議。在他們之下，還有兩位市政員，負責各類公共事務，包括維修道路、管理市場、維護治安等。

這些官員在廣場上各有一棟建築，當作辦公室和檔案室。市議會也在廣場上，共有一百位議員，都是從前的市政員。市議會是立法機構，負責頒布法令，執政官則握有行政權。

每年七月，龐貝市民都要選舉市政官員。從春天起，全城就熱鬧起來了。牆上塗滿了紅色或黑色的競選告示。由於沒有專供競選宣傳的地方，所以居民會在自己房屋的正牆上塗塗寫寫，表達對心目中理想候選人的支持。居民會找人來在牆上刷石灰，順便把去年塗在牆上的告示抹去，通

出生望族的薩比娜·波培婭是龐貝最美的人，有人這樣公開讚美她：「願你的美麗姿容長駐人間，波培婭，願你永遠純潔無瑕。」波培婭嫁給尼祿皇帝後為恢復龐貝城競技活動立下汗馬功勞，是龐貝人心目中的女神。

龐貝人對維納斯極為崇拜，他們稱她為「龐貝女人」，任何形式的維納斯在龐貝城都會受到歡迎。這幅畫中的維納斯身披大氅，頭戴皇冠，手握橄欖枝和牽引繩，站在一輛由四頭象拖著的車上，正在接受兩個小愛神獻上的皇冠和棕櫚樹。在這裡，維納斯是代表了幸運女神。

常是連夜趕工。

當時龐貝人舉行選舉時，候選人不需要親自出馬爭取選票，這種繁瑣的工作主要是透過別人來完成。參選的人大多沒有什麼豪言壯語，不談光輝的經歷，更不亂開空頭支票，他們只以道德品質贏得市民的支持。在這裡，女人的地位與今天相比，大相逕庭，不但沒有候選資格，連投票權也沒有，她們主要是透過鄰居、顧客、同行或者教友，表達自己的主張，發揮影響力。每次新皇帝登基，龐貝城都會表達忠誠。崇拜皇帝的活動每年舉行一次，由一名特別祭司主持。一般來說，除非是危及公共秩序的事務，否則羅馬很少干涉龐貝的內部事務。西元五十九年，龐貝和諾卡拉兩市的市民，在競技場起了爭執，兩名執政官格羅斯菲兄弟遭免職，由另外兩人替代。當時的羅馬皇帝尼祿，還派了一名行政長官來監督。尼祿並下令暫停競技活動，但稍後又予以恢復，以博得民眾歡心，樹立威信。龐貝儘管在本城事務上有自治權，可是仍然必須聽從皇帝的命令。

這是商業之神墨丘利。在古龐貝城，這種清秀可人的形象到處可見。

觀看角鬥是龐貝人一種殘酷的愛好，在羅馬帝國時代達到瘋狂的程度。西元六十二年以後，大劇場的四邊形柱廊被改成了角鬥士營房，後來專門建築了競技場館，除表演角鬥外還表演動物相搏及人畜搏鬥。從訊息交流的角度看，這是一種特大規模的群體訊息交流，時空的誘惑程度在競技者的相互激發之中達到極限。

古羅馬文明的縮影

在遠古，龐貝是一個相當富庶和開放的城市，工商業的發達以及藝術水準的高超令人驚嘆。

龐貝城的食品、畜牧業和手工業是當時的支柱產業。從出土的建築物中，人們看到有不少的麵包廠的工具，比如說灰黑色的石磨。那是由奴隸用一根木柄轉動，或者由奴隸趕驢子或馬而轉動工作的。這是典型的磨麵的工具。畜牧業興旺後，毛紡業也隨之發達起來。毛紡業一般由幾個大家族控制，他們身邊聚集起了一大批心靈手巧的手工業者為其服務。那些羊毛經過清洗、去油和梳理後，便繞在紡織工的紡錘上。毛線織好後染上鮮艷的大紅或橘黃色，再安放在經緯交錯的織機上面。織出的布要漿洗。對任何織物來說，這都是一道重要而不可少的處理程序。這些布料

波培婭家中有兩座豪華的府邸，一座是金色愛神邸，一座是米南德邸，全都裝飾精美，富麗堂皇。圖中是她的一幢別墅，其豪奢程度令人咋舌。

龐貝城是個安居樂業的好地方。常有奴隸主乘坐著華麗的馬車在街上奔馳，大批商人載著貨物趕著去繁榮的市場。

經過捶打、沖洗和乾燥後，再進行梳理和硫燻處理，然後便賣出了。

龐貝城貿易的發達或許是當代人無法想像的。在西元六十二年的大地震後，為了盡快能把城市重建起來，龐貝城的產業主加強了出口貿易。他們把能產生較高利潤的葡萄酒、魚醬和農產品通過薩爾諾河源源不斷地輸出國外，再把所需產品從國外運到龐貝城。西元一世紀，龐貝的葡萄酒已出口到了高盧，人們曾在東歐的克羅埃西亞一帶發現龐貝的瓦片。人們還發現當時的龐貝商人已經形成了包括整個地中海沿岸以及非洲、亞洲在內的較為綢密的交易網。

商業的發達使龐貝出現了不少的銀行家。一八七五年七月，考古工作者在斯塔比大街發現了銀行家尤肯圖斯的府邸。他的府邸內有一百多冊銀行備忘錄，上面是尤肯圖斯本人、佣人及借款人的筆跡，生動地記錄了當時銀行來往的真實情況。尤肯圖斯靠貸款給商人並從中收取一定的佣金，使自己成為一個富有的人。

頗爲和諧有序的社會環境，使當初的龐貝城永遠處於風平浪靜之中。這個城市甚至從未發生過階級鬥爭，也沒有種族歧視。不論是自由民還是奴隸，都在爲積蓄社會財富而努力奮鬥。在龐貝，即使身有殘疾的人也不會餓死，他們走在街上便會很容易得到別人的施捨。因此在龐貝二萬人的原居民中，富人和窮人大都相安無事。無論是希臘人、埃特魯斯坎人，還是奧斯克人或羅馬人，族群之間總是和睦相處。

龐貝婦女的解放可追溯到西元第一個世紀。身心得到自由的龐貝婦女走出家門，購物或消遣，毫無顧忌。她們的地位與男人一樣。

薩比娜‧波培婭出生於龐貝的一個有錢人家。她有著閉花羞月之貌，追求者紛至沓來，可就在西元六二年大地震的那一年，她嫁給了尼祿皇帝。薩比娜曾請求尼祿皇帝幫助那些在地震中受災的龐貝人。也是因爲她的說服，才使尼祿皇帝同意恢復競技的娛樂。

龐貝的競技表演很有規模，大多爲有錢有勢的人來籌辦。一份記錄顯示，四月份的四、八、九、十、十一、十二、二十日，以及五月份的二、十二、十三、十四、十

這是維蒂邸的壁畫。

兩個小愛神打扮的鐵匠正在作業，左邊的愛神把夾著東西的鉗子伸進火爐，右邊的愛神則在修飾大金盤。

六、三十一日都有競技比賽。對角鬥競技的狂熱，在羅馬帝國時代愈演愈烈，出現了許多專職的角鬥士。角鬥士成爲當時最令人羨慕的人，他們不但受到高官的喜歡，也受到青年婦女的青睞。競技場內不僅有角鬥士的格鬥表演，同時也有人與野獸、野獸與家畜搏鬥等表演。據分析，觀眾之所以喜歡這些競技項目，是出於一種病態的狂熱情緒。

禁止競技娛樂是西元五十九年，那時尼祿是爲了懲罰龐貝人在角鬥場上屠殺了附近的諾卡拉人。當皇帝宣布解禁後，整個龐貝城沸騰了。人們在牆上刻上「聖裁萬歲！皇帝和皇后的裁定萬歲！波培婭皇后萬歲！」的字樣。也許是皇帝的聖德感動了上蒼，西元六十四

龐貝開始興建
浴場可追溯到桑尼特
人時代，在以後的歲
月裡，浴場成為龐貝
城的一大景觀。廣場
浴場建立在羅馬殖民
開始的時代，而中央
浴場則在火山爆發時
仍未竣工。遍布的浴
場滿足了龐貝人的日
益高漲的享樂欲望。
這是一八五三年法國
畫家夏塞里奧創作的
新古典主義風格的油
畫。他在畫中描繪了
各具風采的龐貝婦
女，畫出了飾有小母
牛頭的爐子和椅子，
將其色情和慵懶的氣
氛烘托得維妙維肖。

年的那不勒斯大地震，尼祿皇帝倖免遇難。龐貝市民還爲皇帝的安康舉行了盛大的慶祝活動。

在古龐貝城，婦女們大多從事商業、旅館業，但也有一些婦女從事色情業。龐貝城的妓女大多在深巷之中具備特殊服務的色彩灰暗的小酒店裡。小酒店的牆上刻著從事色情服務的女人的名字。她們以低廉的價格出賣色相。

浴室可謂龐貝的一大特色。或許古龐貝人已經知道了運動後泡澡堂對健康有益的道理，不大的龐貝城裡有三個大浴場，而且都集中在市中心。每座用一個鍋爐統一燒水，將熱水溫水分導到男部和女部各浴室。浴室的天花板砌成圓拱形（故而沒有壓塌），室內的蒸汽上升到天花板凝成水滴後，順圓拱緩緩流下，不會滴到浴客身上。這些浴場的中間部分都設有熱水浴室、溫水浴室和冷水浴室。在斯塔比浴

在龐貝城的光輝建築史上，木工擔負著重要角色。這種民間的傑出智慧和巧奪天工的手藝爲羅馬的建築文化書寫了生動的一章。

室，女浴室是和男浴室隔開的。當時必須用日晷來排定男女浴室的開放時間。浴室內有大量的服務人員，他們或者爲沐浴者沖洗，或者協助有身殘的人進入澡池。客人們洗完澡自會享受到化妝師或按摩師的服務。這在那個時代，簡直是神仙般的生活，自然讓龐貝人樂此不疲。

一八六五年，英國著名文學批評家泰納在參觀了龐貝的浴室後感嘆道：「（這裡的）公共浴場也同樣給人健康自然的印象，在冷水浴室的檐飾，雕滿活潑可愛的小愛

尼祿生於西元三十七年，是羅馬帝國時期的一位皇帝。他昏庸無能，不理國事，常常登台表演，自詡有文藝天才，人民對他恨之入骨，遂把他趕出羅馬城。他在四面楚歌中於西元六十八年自殺。

神。或騎在馬背上，或牽引著馬車。浴場大廳的
建築更是賞心悅目，穹窿上面布滿極其精緻的小
浮雕，毫無浮夸或過分修飾的感覺。對照現代浴
室裡庸俗而無力的裸體像，做作而淫蕩的圖畫，
對比是何其鮮明！」

　　龐貝人熱愛藝術，戲劇則是他們鍾愛的一種。
而羅馬悲劇詩人塞內加的戲是劇場的常演不衰的
節目。劇本中浮誇的情節、華麗的詞藻以及暴力
性傾向使他們津津樂道。在喜劇中，他們喜歡古
希臘劇作家公尺南德的風俗喜劇。人們還為這位
才華橫溢的劇作家建了一所府邸，稱作米南德之
屋，在這所屋裡，懸掛著有米南德造型的壁畫。

　　泰納在回憶有關龐貝的劇場時這樣寫道：
「劇場在一座小山頂上。一級級的階梯座位，全
是用希臘帕羅斯島上產的大理石做的。對面是大
海和維蘇威火山，每大早上閃爍著耀眼的白光。
劇場僅僅以一塊布幕作為屋頂，而且常常連這點
兒遮掩也沒有。和我們的夜間劇場作個比較吧！
煤氣燈照得通明，場內充滿難聞的氣味，人群擠
在五顏六色的包廂內，就像在一排排吊掛的籠子
中。念及此，你不禁會感覺到一種著重鍛鍊體魄，

這幅壁畫中的男子在
用秤量一具巨大的生殖
器。這幅畫原在龐貝維蒂
邸的出口處，據說具有警
世作用，看到這樣的圖，
可以淨化訪客的心靈，消
除他們可能浮現的邪念。

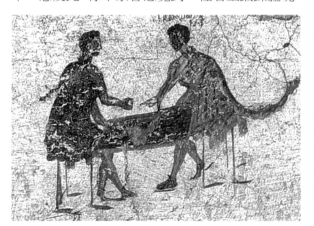

　　龐貝城有很多的小酒
館，大多由女性經營。這
是龐貝人休閒的好去處。
客人們在這裡揮灑青春，
消磨時光，打架鬥毆事件
也時有發生。在一些曲折
蜿蜒的小巷中還有一些特
殊的小酒館，以色情業招
徠顧客。小酒館成了龐貝
人腐化生活的見證。

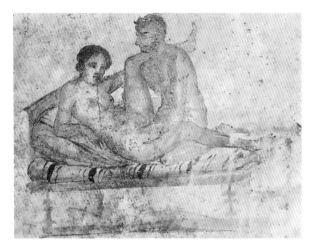

這是維蒂邸廚房裡的一幅壁畫，房子的主人正向年輕女僕實施「處夜權」。在古羅馬時代，人們一般會覺得這些壁畫所描繪的性行為是滑稽的，而不是色情的。

活躍在大自然的生活，與裹著黑色大禮服，處在人工環境的生活，兩者真是有天壤之別。陽光下雄偉的競技場，給人的印象也是如此，只不過這裡也是古代社會的一個污點，羅馬時代的血跡仍歷歷在目。」

　　繪畫在龐貝也大受歡迎。從古城的挖掘現場，人們看到各個時代的具有龐貝獨特藝術個性的美術品。這些作品的大部分都已搬到那不勒斯的博物館了。

　　一八七一年，英國作家司湯達抵達那不勒斯，企圖接近龐貝。當他進入波蒂西的古畫陳列館，看到了從龐貝和赫庫蘭尼姆運過來的作品，評價道：「它們色彩單調但不灰暗，構思平庸，技巧則相當有水準。有兩處我特別喜歡，一是伊菲果涅在陶里斯認出弟弟俄瑞斯忒，另一個是雅典青年感謝提修斯把他從人身牛頭怪的手中救出來。這兩幅的風格都很樸素，絲毫沒有誇張做作的氣息，水準類似義大利畫家多米尼齊諾的次級作品。不過，仔細觀察之後，就會發現，畫中有一些畫法上的錯誤，是這位畫家不會犯的。波蒂

在龐貝人看來，維納斯並非不食人間煙火，因而她在龐貝娛樂和色情場所也頗具影響力。瑪爾斯和維納斯的愛情故事在龐貝城家喻戶曉。在這幅具有強烈挑逗意味的畫中，瑪爾斯身著護胸甲，手持長矛，在維納斯的胸前摸索，透露出絲絲愛意。

西所收的壁畫大多是小塊的，有五六塊大型護壁
畫，大小和拉斐爾的聖塞西差不多。這些壁畫後
來不過是赫庫蘭尼姆一座公共浴場的裝飾，只有
愚蠢無比的學者，才會認為這些畫比十五世紀的
作品還要好。」司湯達在義大利時，對當地的風
土人情感興趣，對古文物則不那麼熱衷。

　　龐貝城的人對神極為崇拜。每家每戶都在規
定的時間祭拜祖先。他們崇拜的首要之神為赫克
力士、巴庫斯和維納斯。他們認為赫克力士是龐
貝的創造者，而維納斯則是龐貝城的守護神，因
為維納斯和酒神都是掌管農業的神祇。人們不僅
在家中的神龕中把維納斯神像放在重要的位置，
而且還專門在人流涌動的公共場所修建了供奉維
納斯的神廟。在龐貝，任何形式的維納斯都受到
崇拜。不但有龐貝的維納斯，還有體態豐滿、以
裸體示人的蚌殼中的維納斯、賦予色情意味的壁
畫中的維納斯……

　　羅馬宗教並不排斥外來的神，龐貝人外出做
生意如認識可供奉的神，還把這些神請到龐貝城
來。來自埃及的女神伊西斯便是龐貝人開放式宗
教崇拜的結果。

　　對伊西斯的敬仰首先來自民間，後來逐漸滲

　　考古專家在龐貝遺址
上挖掘到銀行家尤肯圖斯
的府邸，發現一百五十冊
記事本。這些資料透視出
當時龐貝銀行業的發達水
平。尤肯圖斯把錢貸給商
人，從中收取佣金，每天
的交易額相當可觀。這充
分說明當時龐貝城的貨幣
流通出現了不小的革命。
圖為銀行家尤肯圖斯青銅
頭像。

　　畜牧業發展帶來了毛紡業的欣欣向榮。毛紡織成的布經過捶打、沖洗和乾燥之
後，再進行梳理和硫燻處理，便可對外銷售。這是龐貝最大的資本家凡雷肯度斯的毛
紡染坊。

透到龐貝的上層社會。久而久之，官方開始接受
伊西斯並倍加敬仰。

英國文學批評家泰納一八六五年對龐貝最初
及最持久的印象，便是「一座灰紅色的城市，部
分已傾頹廢棄；山丘上堆滿石塊，一列列厚厚的
牆壁，一塊塊青灰色的石板，在耀眼的陽光下發
白發亮。」「山頂上全是神廟，祭祀的是正義女神，
是維納斯，是奧古斯特，是墨丘利。歐馬希雅家
的雄偉府邸也在山上，另外還有些未完工的神
廟。」

然而，龐貝人崇拜皇帝的程度還是超越了其
他的神。在他們看來，地上唯一的神就是皇帝，
而皇帝具有一切神性。為什麼這麼說呢？他們認
為，皇帝是維納斯的後裔，而維納斯則是戰神瑪
爾斯的情人，瑪爾斯又是羅慕洛的父親，所以，
皇帝身上自然擁有了這三者的神性。

龐貝角鬥士大多是職
業性的。出身於特殊訓練
學校的優秀角鬥士，很受
龐貝人的喜愛。

龐貝麵包師和他的妻
子。油畫。龐貝人對麵包
格外喜愛，城市初期一般
人家都自製麵包，後來城
中中產階級的麵包店比比
皆是，才結束了自製麵包
的歷史。麵包和魚醬後來
成為龐貝的兩大食品業。

第二章
巴比倫（Babylon）：天堂的失落

天堂輓歌

巴比倫古城遺址在現在的伊拉克首都巴格達以南約九十公里的地方。三千八百年前，這裡誕生了強大的巴比倫帝國，帶來了人類歷史空前的輝煌，人們把這個古老的文明稱為「巴比倫文明」，或「巴比倫——亞述文明」。

巴比倫最初不過是兩河流域美索不達米亞平原上一個無名小城，後來不斷壯大和輝煌，成為兩河流域的明珠。《聖經》中把這裡稱為「天堂」。

巴比倫城市占地達二千一百英畝，是當時規模最大的城市之一。幼發拉底河把整個城區分成兩部分，河西為新城，河東為舊城，河兩岸架設

在遠征以前，亞歷山大認為希臘民族是唯一具有開化的文明，隨著東征，他逐漸認識到波斯人和希臘人一樣具有傑出的智慧和才能。於是他產生了一個偉大的計劃，想讓波斯人、希臘人與馬其頓人結為友好的同伴。為了促進馬其頓人和波斯人、東方人的融合，亞歷山大和大夏貴族羅克珊娜結婚，並鼓勵馬其頓人和東方女子結婚。

巴比倫王國的締造者漢摩拉比，是一位具有軍事天才和治國才能的君主，爲了在統一疆域之後能平定內亂，他制訂了一種「公平的法律」，並將它推廣到全國各地。漢摩拉比是西亞歷史上最早實行法治的一位國王。他自稱是「太陽神最寵愛的牧羊人」。他爲表示自己的「王權神授」的永恆性和不可侵犯性，把這部「法典」鎸刻在用楔形文字書寫的高大的玄武岩石碑上。

了大橋。整個城市被一條長約十八公里，高約三公尺的城牆環繞著，城牆上塔樓林立，每隔約四十四公尺有一個塔樓。整個城牆分爲內外兩重。外城牆又分爲三重，最厚的達七‧八公尺，最薄的也有三‧三公尺，上面建有較小的戰堞以利於隱蔽射擊。內城牆間建有壕溝和上圍，寬約二十公尺到八十公尺不等的護城河蜿蜒於內城牆外。尼布甲尼撒二世在巴比倫城的內牆和外牆各有一處王宮，稱爲北宮苑、南宮苑。

南宮苑長五十公尺，寬十五公尺，其名聲遠遠高於北宮苑。南宮

苑建有五個建築格式各異、錯落有致的大院落。尼布甲尼撒二世的正殿在第三重院落，王座就安放在大殿的南牆正中。在南宮苑的一側就是聞名世界的「空中花園」。巴比倫城的建築大多用上了釉的彩色磚塊修成，神廟和王宮更是如此。這種鑲有彩色圖案的建築使整座巴比倫城更顯得壯美、富有激情和人文氣息。

巴比倫城的城門爲世界城市城門之最，共有一百多座。但其中最著名的是城市的北門——伊什塔爾門。

在巴比倫神話中，伊什塔爾是掌管戰爭和勝利的女神。伊什塔爾城門高達十二公尺，雄偉壯麗，氣勢磅礴，正如它的名字一樣富有激情，給人以堅不可摧的感覺。每道門有四個望樓，望樓和望樓之間有拱形過道相連。牆外壁都是用色彩艷麗的彩釉磚砌成。門牆和塔樓上嵌滿藍青色的琉璃磚，磚上飾有野

巴比倫城的八道城門全用八個神的名字來命名的。北門所稱的伊什塔爾，是世界上最早的史詩《吉爾伽美許》中司愛情的女神。整個北門在陽光的照耀下閃閃發光，各種金色的動物塑在藏青色琉璃磚上具有特殊的藝術效果，它是那樣高雅、素樸而又光彩奪目。這座伊什塔爾大門現由柏林國家博物館復原收藏。

漢摩拉比法典浮雕。石碑上的漢摩拉比頭戴王冠，身穿長袍，舉起右手，正站在太陽神的面前宣誓。太陽神則坐在寶座上，他戴著一頂螺旋形的高帽。這是一幅神聖的「授權」場面，現藏於法國巴黎羅浮宮內。「漢摩拉比法典浮雕」不僅是巴比倫重要的藝術古蹟，還是我們研究古代巴比倫經濟制度與社會法治制度的極其重要的實物。

牛和龍等獸類的浮雕。每塊浮雕高約九十公分，共有五百七十五座。

然而由於巴比倫城多次毀於戰火，伊什塔爾門成了現在該城唯一完整的建築。

巴比倫的文明史可謂源遠流長。蘇美爾人、巴比倫人、亞述人和迦勒底人共同在兩河之間創造了巴比倫文明。早在西元前五千～前四千年，在兩河下游地區就有蘇美爾人定居。蘇美爾人創造的文化在西元前二二五〇年左右達到頂峰，形成了兩河流域的初始文明。

到西元前二十一世紀，蘇美爾人的帝國被外來民族所滅。兩河流域中部的阿摩列伊人在西元前十九世紀中期重新統一了兩河流域南部，以巴比倫城（在今伊拉克首都巴格達以南）爲中心建立了古巴比倫王國，達到了兩河流域文明的極盛時期。西元前一六五〇年，巴比倫帝國被外族入侵所滅。西元前一三〇〇年左右，亞述人在底格里斯河的上游開始崛起，到西元前八～七世紀，其帝國達到鼎盛時期，

古巴比倫最傑出的國王是第六位國王漢摩拉比。他是一位智慧英明，具有雄才大略的政治家。他登上王位後，採取了比較靈活的外交政策，先與拉爾撒結盟，滅亡伊新；接著又與馬里聯合，征服拉爾撒，隨即揮兵直逼馬里，基本上統一了兩河流域，最後定都巴比倫。

漢摩拉比在巴比倫帝國建立了君權神授的中央集權制度。他獨攬軍權，振興經濟，重視農業，開發水利，使巴比倫帝國日益興盛，在巴比倫城，他興建了豪華宏偉的宮

西元前三三一年，亞歷山大率軍穿過美索不達米亞北部，在高加米拉平原和波斯進行生死決戰。西元前三二七年，亞歷山大率領軍隊離開中亞，南下侵入印度並想進一步向恆河流域進發。但此時士兵已經厭戰，亞歷山大萬般無奈，分兩路從印度撤回。西元前三二四年初，兩路大軍會師在巴比倫境內的奧皮斯城，將近十年的遠征結束。亞歷山大將巴比倫作爲首都。他建立了一個龐大的帝國。圖爲亞歷山大攻占巴比倫城的情景。

殿和神廟,架建了橫跨幼發拉底河的大橋,還製造了能夠跨海運輸的大商船,使巴比倫城成為一個極具實力的世界性的大都市。

　　漢摩拉比最大的貢獻是頒布了《漢摩拉比法典》。這部法典刻在一根高二百二十五公尺,上部周長一百六十五公尺、底部周長一百九十公尺的黑色玄武岩柱上。法典共三千五百行,用阿卡德語寫成,分前言、正文和結語三個部分。前言主要宣揚王權神授、炫耀漢摩拉比的豐功偉績;結語則說明漢摩拉比遵從神意創立公正法典以垂久遠,並警告後世,若有敢不遵法典之王,必遭神罰。法典的正文共二百八十二條內容,包括訴訟程序、盜竊、軍人份地、租佃、雇傭、商業、

美索不達米亞是由幼發拉底河與底格里斯河衝擊而成的平原。三千八百年前這裡成為世界文明的「王宮」,而創造這一奇蹟的是蘇美爾人。關於蘇美爾人,美國歷史學家斯塔夫里阿諾斯在《全球透史——一千五百年以前的世界》中提出一個怪誕的說法:「最早的美索不達米亞文明的偉大創建者——蘇美爾人,似乎既不是印歐人的一支,也不是閃米特人的一支,這一點很是奇怪,他們的語言與漢語相似,這說明他們的原籍可能是東方某地。」

美索不達米亞雕像。

高利貸、婚姻、繼承、傷害、債務、奴隸等方面，是世界上現存的保存最完整的一部法典。據說西元前十二世紀，埃蘭人入侵巴比倫時將這根石柱作爲戰利品擄回蘇薩（位於今伊朗的西部）。一九○一年法國考古隊在蘇薩遺址發現了這根石柱。

巴比倫不但創立了世界第一部法典，而且第一個把一天劃分爲十二個時辰，實行七日一週的制度。後來的希臘文化、羅馬文化部深受巴比倫的影響。

西元前五三九年，波斯人占領巴比倫城，巴比倫城開始失去往日的輝煌，到亞歷山大大帝時期巴比倫城逐漸式微。

亞歷山大曾拜希臘著名哲學家亞里士多德爲師，自幼接受希臘文化教育，夢想征服世界。他

在歲月無情的蕩滌下，巴比倫廢墟完全被沙漠包圍。一九五八年，伊拉克政府開始對城址中的遺址進行修復。這是復修前的荒涼景象。

十六歲起，就跟隨父親參加軍事征戰，熟諳軍事知識。在著名的喀羅尼亞戰役中，十八歲的亞歷山大曾指揮馬其頓軍隊的左翼取得輝煌的戰果。亞歷山大繼承王位之後，著手仿效希臘人的制度，實行政治、商業和軍事改革。他進行的軍事改革最為成功，他創立了包括步兵、騎兵和海軍在內的馬其頓常備軍，將步兵組成密集、縱深的作戰隊形，號稱馬其頓方陣，中間是重裝步兵，兩側為輕裝步兵，每個方陣還配有由貴族子弟組成的重裝騎兵，作為方陣的前鋒和護翼。亞歷山大通過這些改革，使馬其頓迅速成為軍事強國。他在平定國內叛亂和希臘反馬其頓起義之後，便開始了對東方的遠征。

西元前三三四年春，亞歷山大率領馬其頓和希臘各邦的聯軍，包括步兵三萬人，騎兵五千人和一百六十艘戰艦，渡過達達尼爾海峽，向波斯進軍。當時波斯帝國已極度衰弱，亞歷山大便以快速的攻勢輕易地征服了小亞細亞半島。西元前三三三年，亞歷山大的軍隊在伊蘇斯大敗波斯軍隊，波斯國王大流士三世落荒而逃，大流士的母親、妻子和兩個女兒被俘。此戰打開了通往敘利亞、腓尼基的門戶。

西元前三三二年，亞歷山大沿地中海東岸征服了敘利亞和埃及，被埃及祭司宣布為「阿蒙神之子」（國王），他還自封為法老。

西元前三三一年春，亞歷山大又率軍回師亞洲，假道腓尼基向波斯腹地推進，十月初在底格里斯河東岸的高加米拉以西與波斯軍主力對陣。儘管大流士人多兵強但還是遭遇慘敗。隨後亞歷山大聯軍乘勝南下一舉奪取巴比倫，占領波斯都城蘇薩和波斯利斯等地，摧毀了大流士政權，擄掠大量金銀財寶。亞歷山大還把城市裡的大部分居民流

巴比倫王國界碑。

蘇美爾人發明的圓筒印章。

放出去。從這時起，古巴比倫開始喪失自己的優勢地位。西元前二世紀，古巴比倫被沙漠徹底摧毀，許多城市被埋沒在了黃土裡，巴比倫城也成爲了傳說中的王國。

西元前三三〇年春，亞歷山大引兵北上追擊大流士，大流士被其部將謀殺。亞歷山大由此建立起一個橫跨歐、亞、非三洲的帝國。

然而奪得大片土地的亞歷山大並不滿足於現狀，西元前三二七年，他率軍由裡海以南地區繼續東進，直到前三二五年侵入印度，占領印度河流域。由於多年遠征，軍隊氣力消耗巨大，加之印度人民的反抗和自然條件的不適應，亞歷山大放棄了東進的計劃，於西元前三二五年七月從印度撤兵。

亞歷山大征服了巴比倫，揮戈指向印度，在娶了大流士的女兒不久，亞歷山大因發熱生病而死，死時還不到三十三歲。

從亞歷山大進入巴比倫到塞琉西王朝時期，巴比倫城開始沙漠化。城市居民也逐漸離去。再後來，滾滾黃沙完全掩埋了昔日輝煌無比的巴比倫城。直到二十世紀初這顆被掩埋了將近二千六百年的兩河明珠才被考古學家發掘出來重見天日。

美索不達米亞雕像。

伊什塔爾門上的浮雕。這種牆面裝飾與古代亞述宮殿內的裝飾浮雕相比，顯示了古代藝術智慧的一大躍進。以後西亞地區的伊斯蘭教建築藝術，在許多方面繼承了新巴比倫的裝飾風格。在琉璃磚的採用上，東方阿拉伯建築從古代巴比倫建築中獲得了啟迪。

「冒犯上帝的城市」

$\large 說$ 到巴比倫文明人們不得不想起舉世聞名的「空中花園」。它被譽為世界七大奇蹟之一。令人遺憾的是，美麗的「空中花園」卻和巴比倫文明其他的著名建築一樣，早已湮沒在滾滾黃沙之中。

「空中花園」是人間戀情的產物，關於它的傳說至今令人唏噓——

新巴比倫國王尼布甲尼撒二世娶了米底的美麗公主米梯斯為王后。可是婚後不久，國王發現公主總是愁容滿面。尼布甲尼撒便問其故。公主說：「我的家鄉山巒疊翠，花草叢生，景色非常喜人，而這裡是一望無際的巴比倫平原，連個小山丘都找不到，實在荒涼。我每天都渴望能再見

巴比倫空中花園最令人稱奇的地方是供水系統，因為巴比倫雨水不多，而空中花園的遺址相信亦遠離河流，所以研究人員認為空中花園應有不少輸水設備，使地下水運到最高一層的儲水池，再經人工河流返回地面。

空中花園像羅得斯島巨像一樣，考古學家至今都未能找到空中花園的蹤跡，事實上，不少在自己著作中提到空中花園的古人也只是從別人口中聽到過空中花園，並沒有真的見過。但不管怎樣，所有的人都願意把它當成是真的。這幅畫賦予了空中花園全部的美。

到我們家鄉的山嶺和盤山小道。」公主的思鄉病使尼布甲尼撒二世萌生了建造一座美麗花園的想法。他令工匠按照米底山區的景色，在他的宮殿裡建造了一個階梯型花園，上面栽滿了奇花異草，下面是潺潺流水，園中還有幽靜的山間小道。工匠們還在花園中央修建了一座城樓矗立在空中。如此美麗的園林景色終於使公主眉開眼笑。由於花園比宮牆還要高。給人感覺像是整個御花園懸掛在空中。因此被稱為「空中花園」，又叫「懸苑」。

西元前一世紀，作家昆特斯・庫爾提烏斯對「空中花園」作了這樣的描述：「無數高聳入雲的樹林給城市帶來了蔭蔽。這棵樹有十二英尺粗，高達五十英尺。從遠處看去，如蔭的灌叢讓人認為是生長在高大巍峨、樹木繁盛的山上森林。」

一八九九年德國考古學家羅伯特・科德衛在巴比倫城遺址進行挖掘，可是由於地下水位太高，發掘僅限於新巴比倫時間後地層。儘管如此，他還是在發掘南宮苑時，在東北角挖掘出一個面積有一二六〇平方公尺的奇異建築——略帶長方形、處於半地下狀態。這個建築物由兩排小屋組成，每個小屋平均只有六・六平方公尺。兩排小屋由一走廊分開，布局對稱，周圍被高而寬厚的圍牆所環繞。在西邊那排的一間小屋中發現了一口開了三個水槽的水井，一個呈正方形，兩個呈橢圓形。考古學家分析，這可能就是傳說中的空中花園遺址。因為那些小屋極有可能是原來的水房，而水槽則顯然可用來安裝壓水機。當年巴比倫人用土鋪墊在這

「空中花園」當然從來都不是吊在空中的，這個名字的由來純粹是因為人們把原本除有「吊」之外，還有「突出」之意的希臘文「kremastos」及拉丁文「pensilis」錯誤翻譯所致。

尼尼微的毀滅使亞述國無情地消失在歷史的廢墟中。多少個世紀以後，西方畫家們在他們的作品中總無一例外地把美麗的尼尼微描繪成末日到來前的凄涼。

上帝對巴比倫的懲罰至今刻骨銘心。這幅由中世紀歐洲畫家根據
《聖經》記載所描繪的巴比倫淪陷圖生動地表現了人類的絕望。

些小屋堅固的拱頂上，層層加高，栽種花木。至於灌溉用水是依靠地下小屋中的壓水機源源不斷供應的。

考古學家經過考證證明，那時的壓水機使用的原理和我們現在使用的鏈泵基本一致。它把幾個水桶繫在一個鏈帶上與放在牆上的一個輪子相連，輪子轉動一周，水桶就跟著轉動，完成提水和倒水的整個過程，水再通過水槽流到花園中進行灌溉。考古學家還在在遺址裡發現了大量種植花木的痕跡。

但是若干年來，世人也無法證實考古學家的推理是否正確。在迄今為止所發現的巴比倫楔形文字的泥版文書中，還沒有找到確切的文獻記載。後來有些考古學家認為「空中花園」並不在巴比倫城，而是在亞述的首都尼尼微城。因為尼尼微城內

也有許多的花園。當時的統治者為了灌溉這些花園，還專門從底格里斯河引水過來。尼尼微的一個城門甚至被命名為「花園門」。在眾多花園中，國王辛那赫里布在自己宮殿附近建造的一處大花園最為著名。花園依山而建，山上種滿奇花異草和許多樹種。辛那赫里布花園因為建在小山上，山頂建有宮殿、廟宇，因此他的花園也被稱為空中花園。可備一說。

巴比倫城除了有著謎一樣的「空中花園」外，還有一座據說讓上帝感到又驚又怒的巴別通天塔。

這個說法來自《聖經 · 舊約》。《舊約》上說，人類的祖先最初講的是同一種語言。他們在底格里斯河和幼發拉底河之間，發現了一塊非常肥沃的土地，於是就在那裡定居下來，修起了城池。後來，他們的日子越過越好，決定修建一座可以通到天堂去的高塔，這就是巴別通天塔。他們用磚和河泥做為建築的材料。直到有一天，高高的塔頂已衝入雲霄。上帝耶和華得知此事，立即從天國下凡視察。上帝一看，又驚又怒，認為這是人類虛榮心的象徵。上帝心想，人們講同樣的語言，就能建起這樣的巨塔，日後還有什麼辦不成的事情呢？於是，上

空中花園實際上是一個築造在人造土石林之上，具有居住、遊樂功能的園林式的建築體。西元前五世紀，希臘歷史學家希羅多德考察並描繪了這個非凡的創造之後，「空中花園」便成了著名的「古代世界七大奇蹟」之一了。

帝決定讓人世間的語言發生混亂，使人們互相言語不通。由於人們不能通過語言進行溝通，所以巴別通天塔也無法建造下去了。

巴比倫人冒犯上帝，受到懲罰。後來人們就把巴比倫稱為「冒犯上帝的城市」。

據稱，古希臘歷史學家希羅多德在西元前四六〇年曾在巴比倫城見到了已經荒棄的巴別通天塔。他在著作中描述說，巴別塔有一座實心的主塔，高約二百零一公尺，共有八層。外面有條螺旋形通道，繞塔而上直達塔頂並在半途設有座位可供歇腳。他看到的塔基每邊約九十餘公尺，高度也有九十公尺；而通天塔上的一座大神廟，設有精緻的大睡椅和一張金桌子。可見巴別

通天塔的華麗和雄偉。

希羅多德筆下的通天塔多次毀於戰火又多次重建。據史載西元前五三九年，居魯士征服巴比倫時，第一次繞過了巴別塔。他爲這座雄偉的建築所傾倒，不僅禁止部下毀塔，而且還下令在自己的陵墓上也建了一座類似的建築，只是稍小一點。但這座塔最終未能倖存，它被波斯王薛西斯搗毀，成爲一堆瓦礫。

「巴別」是巴比倫文，意思是「神的大門」。由於它的讀音跟古希伯來語中的「混亂」一詞相似，加上當時巴比倫城裡的居民講的遠不止一種語言，《聖經・舊約》的作者也就很容易把「語言混亂」與上帝對建塔的懲罰相聯繫，編出上述的故事來了。這是尼德蘭畫家彼得・勃魯蓋爾的筆下的巴別塔。爲了表現通天高聳的巴別塔，勃魯蓋爾以宏大的構圖來處理這個富有幻想意味的場面。他不僅精心描繪了眾多的人物，還在塔頂處用雲彩攔腰截去一個頂部，並在雲層上畫了一個隱約可見的塔頂，以示塔已建到可怕高度。該作品現藏於維也納美術史博物館。

新巴比倫王國建立後，尼布甲尼撒二世下令重建通天塔。他命令全國不分民族、不分地區都要派人來參加修塔。

尼布甲尼撒下令重建的巴別通天塔共有七層，總高九十公尺，塔基的長度和寬度各爲九十一公尺左右。在高聳入雲的塔頂上，還建有壯觀的供奉馬都克主神的神殿，塔的四周是倉庫和祭司們的住房。在五千多年前，人們能建起這樣一座如此巍峨雄偉的通天塔，實在是人世間的一大奇蹟。遺憾的是，巴別塔如今剩下的僅僅是一塊長滿了野草的方形大地基的殘跡了。在波斯人徹底摧毀了巴比倫之後，人們對巴比倫通天塔仍然念念不忘。西元前三三一年，當亞歷山大大帝占領已經荒蕪的巴比倫後，他曾經想重建通天塔。但是，單單清除廢塔的磚瓦就需要一萬人工作兩個月，最後他只好放棄了這個計劃。

千百年過去了，不知有多少人一直想找到巴比倫城的遺址。一八九九年三月，德國考古學家羅伯特・科爾德韋，在今天巴格達南面五十多公里的幼發拉底河畔，進行了持續十多年之久的大規模考古發掘工作，終於找到了已經失蹤兩千多年，由尼布甲尼撒二世在西元前

六〇五年改建後的巴比倫古城遺址。巴別塔建造在一個名叫「薩亨」或「盤子」的凹地裡。據科爾德韋測量，增基每邊長八十七‧七八公尺，塔與神廟總的高度也是八十七‧七八公尺。共七層，第一層高三十二‧一九公尺，第二層高一十七‧五六公尺，第三、四、五、六各層均高五‧八五公尺。據測算神廟約高十四‧六三公尺。牆壁包有金箔飾以淡藍色的上釉磚。該塔建造共用去了五千八百萬塊磚。這個龐然大物俯視著附近整個地區。科爾德韋認爲，這座塔就是《聖經》中描繪的巴別塔。

不過，巴別塔的原型究竟在哪兒，人們有不同的說法。有人認爲傳說中的通天塔就是新巴比倫王朝時代巴比倫城內的馬爾都克神廟大寺塔。馬爾都克大寺塔高二九五英尺，相當於今天一座二十多層的摩天大樓的高度。這在當時人們眼裡確實有高聳入雲的通天之感。也有人不同意這種看法。他們認爲，在巴比倫城內有兩座著名的神廟。一是馬爾都克大寺塔，人稱「地廟」；還有一座叫巴別倫塔，人稱「天廟」。他們認爲「天廟」才是傳說中的「通天塔」。

真正的巴別通天塔在哪裡，至今仍是一個謎。

亞述王國在造型上的主要貢獻是建築。這是亞述納西拔二世的王宮內景。在王宮兩側所雕鑿的神獸，亞述人稱「舍都」，它是以半人半獸的形象來表現的。這半人半獸的形象所透視出的神祕力量，一直影響到古波斯和西亞地區，成爲一種吉祥的動物。

亞述或尼尼微蹤影

一八四三年，法國駐摩蘇爾領事保羅·埃米勒·鮑塔在任職期間對美索不達米亞北邊的荒漠上的神奇的土丘發生了興趣。有一次他在距摩蘇爾西北處喀霍沙巴德挖掘，挖出了亞述帝國最強大的國王薩爾貢二世的宮殿，其中有巨大平台上的雄偉王宮、巨形獅身人面石像、浮雕石楹及楔形文字銘文。鮑塔把這些古物用筏子向下漂往波斯灣，在那裡裝船，經過南非好望角附近波浪濤天的水域，運往法國，舉國震驚。

鮑塔原是一名醫生，但他興趣廣泛，學養深厚，熱愛植物學和阿拉伯學，青年時還作過環球旅行。法國政府爲了獲得早期亞述人的珍貴資料便給予鮑塔最慷慨的資助，還派遣了一位技藝高超的畫家跟隨他從事記錄、繪畫和雕刻工作。鮑塔不負眾望，經過三年的挖掘，終於使薩爾貢二世的宮殿露出本來面貌。鮑塔的發掘成果，大部分藏於巴黎羅浮宮。這些古物的出土以及後來羅林遜對楔形文字的成功破譯，創立了世界上一種最爲奇特的

在尼尼微遺址的挖掘過程中，最令人難忘的要算是那些記載著亞述歷史和神話的石雕壁畫，如果把畫一幅接一幅地排列起來，可以達二英里長。專家稱，雖然早在西元前三千年就有了裝飾性的彩色壁畫，但壁畫藝術在美索不達米亞地區一直沒有形成一門獨立的藝術。

學科——亞述學。

亞述學起源於十九世紀歐洲語言學家對亞述語的釋讀和研究。它的創立人是羅林遜。

一九三三年，作爲英國東印度公司少校的羅林遜來到波斯。四年後的一天，他來到隱於大山中的比

希斯頓村。這裡被波斯人稱爲「眾神居住的地方」，因爲在二千多年前，波斯王大流士爲紀念他本人的不世之功，曾下令文官用三種語言在這裡的岩壁上刻上浮雕和銘文。羅林遜來到這裡被岩壁上的浮雕和銘文吸引住。他不顧危險攀上岩壁，抄錄了那用楔形文字刻寫的所有的碑文。從此他開始了對楔形文字的研究，並成功地破譯了岩壁上的美索不達米亞銘文，後來他還成功地破譯了蘇美爾文。一八四三年，羅林遜任英國駐巴格達領事，對庫云吉克挖掘的泥板上的文字進行破譯，進一步豐富了楔形文字的研究資料。一八五七年，羅林遜的

研究成果得到權威機構的正式認可，他也被稱爲「亞述學之父」。亞述學的創立，豐富了人們對美索不達米亞文明的認識。

亞述人是居住在兩河流域北部（今伊拉克的摩蘇爾地區）的一支閃族人。亞述人建立起來的亞述王國在西元前九世紀到西元前六世紀成爲兩河領域的軍事強國。由於亞述處於特殊的被異族包圍的地理環境，經常受到敵對民族進攻的威脅，加之國土、資源又非常有限，使亞述人養成了好戰的習性。亞述那西爾帕二世（前八八三～前八五九年）曾攻占敘利亞，擴張領土到卡爾赫米什附近，兵臨腓尼基海

亞述王國從大規模的掠奪戰爭中取得了霸權地位，一度把統治權擴展到西部亞洲；從伊朗到地中海，直至埃及首都底比斯都成了它管轄的範圍。圖爲亞述人渡海遠征的情形。

　　這是在尼姆德魯遺址發現的象牙雕刻品，題名「窗前的少女」，被稱為「尼姆德魯的蒙娜麗莎」。該作品高十六公分，約在西元前八世紀末完成，是深受腓尼基風格影響的亞述文化成果。該作品原藏於伊拉克國家博物館，但在二○○三年的伊拉克戰爭中遭當地人搶劫。

薩爾貢一世。這位閃族的開國之君，雖然出身卑微，但卻是美索不達米亞歷史最偉大的人物之一。他在位五十餘年，出征達三十四次，建立了薩爾貢帝國，自稱是「天下四方之王」。

岸。其後繼者薩爾瑪那薩爾三世（前八五九～前八二四年）在位三十五年，發動了三十二次的遠征，兩河流域北部和敘利亞地區的許多小國大都被征服，西元前八世紀下半期，擴張的規模遠遠超過了以往，終於形成龐大的軍事帝國。

西元前七四四年，亞述王進軍東北，征服了烏拉爾圖的同盟者米底各部落。次年，又西征烏拉爾圖的北敘利亞各同盟國獲勝。西元前七四二年，亞述軍再次西征敘利亞，圍攻阿爾帕德城，歷時三年終於取勝。西元前七三九年，敘利亞、巴勒斯坦、腓尼基及阿拉伯等地區十九國聯合反抗亞述，被亞述大軍征服。西元前七一四年，薩爾貢二世奔襲烏拉爾圖腹地，最後攻占其宗教中心穆薩西爾，使烏拉爾圖一蹶不振。

為了爭奪兩河流域的霸權，亞述的一個重要目標是南鄰巴比倫。西元前六八八年，亞述軍攻陷並摧毀巴比倫城，俘迦勒底王，從此巴比倫被亞述控制達數十年。

埃蘭古國位於今伊朗西南部的胡齊斯坦。從西元前七世紀它成為一個軍事強國。為了爭奪巴比倫這一戰略要地，亞述與埃蘭戰事迭起。西元前六五二年起，亞述王率軍苦戰三年，終於擊敗了巴比倫和埃蘭等軍隊。西元前六四八年，巴比倫城被攻陷，巴比倫王自焚而死。

西元前六四二～前六三九年，亞述對埃蘭發起強大攻勢，最後攻入蘇薩，埃蘭淪為亞述屬地。

西元前七世紀後期，亞述帝國的經濟力量已被多年的戰爭消耗殆盡，其軍事威力也已成強弩之末。西元前六一四年，米底人的軍隊乘亞述軍隊在外作戰內部空虛之機，攻陷千年古都亞述城。

西元前六一二年，迦勒底和米底聯軍又攻陷帝國首都尼尼微（「獅穴」），亞述王自焚於宮中，亞述王國壽終正寢。

亞述王國本身存在的時間不長，但是他們創造了高度發達的文明，爲世界文化留下了極爲深刻的印記。有人認爲，戰爭和藝術是亞述人貢獻給人類的兩大作品。事實也是如此，由於亞述國家的政治、經濟文化都帶有濃厚的軍事色彩，所以亞述時期留下的浮雕作品，幾乎全是與軍事有關。亞述王朝的幾個重要國王都十分熱衷於大規模的宮廷建築，其中尤其以薩爾貢二世在杜爾—沙魯金城（現霍爾薩巴德）內修建的皇宮最爲輝煌。

亞述王國早已沉埋於歷史的煙塵中，然而世人對亞述人所創造的兩河文明依然津津樂道。十五世紀初人們開始了對亞述王國的首都尼尼微遺址的尋找。

一四七二年，義大利人巴布洛以一腔懷古之情遊歷古波斯時，在設拉子一座廟宇的牆壁上看到一種像楔子一樣不規則排列的奇怪文字，當時他帶著滿腹疑惑回到了義大利。一六一六年，又一個義大利人彼得羅・德・瓦萊來到設拉子，把印有楔形文字的磚塊帶回到義大利。這是楔形文字首次登上歐洲大陸，引起轟動。這些文字形狀像楔子後來被稱爲「楔形文字」。

楔形文字是蘇美爾人的一大發明。蘇美爾文由圖畫文字最終演變成楔形文字，經歷了幾百年的時間，大約在西元前三千年代中期才告完成。

一七五六年，丹麥國王派遣了一個六人科學考察小組去西亞探險，可不幸的是只有數學家卡爾斯股・尼布爾倖存下來。他克服重重困難設法到了波斯古都波斯波利斯（在今伊朗西部設拉子附近），對那裡作了極有價值的考察。他不僅抄錄了該地的楔形碑文，還第一次藉助於草圖，向同時代的人闡述了自己對「尼尼微」古都遺址的見解。

尼尼微是《聖經》中所說的先知約拿佈道的城市，跟《聖經》一起爲人們所傳誦多年。《聖經》中說：「耶和華必伸手攻擊北方，毀滅亞述使尼尼微荒蕪乾旱如曠野。」《聖經》故事中記載多比雅攜妻回尼尼微時這樣寫道：

多比雅攜同妻子和天使拉斐耳帶著奴僕牲畜等一起踏上了回家的路。當他們走到尼尼微郊外的喀什林城時，拉斐耳對多比雅說：「你

尼尼微城的一個顯著特點就是十分注意綠化，在城內修了許多的花園。因此後來有學者認為，傳說中的「空中花園」可能並不在巴比倫城，而在尼尼微。

還記得我們離家時你父親的狀況吧？咱們應在你妻子到家之前把家整理好，你看怎麼樣？你可別忘了把魚膽帶上。」多比雅同意了，他和拉斐耳在眾人之前趕到了家中。亞拿正坐在路邊，像往常一樣等她的孩子回來，當看到走來的確實是多比雅時，她喊了起來：「看哪，我的兒子回來了，快看哪！我兒子跟他朋友一起回來了！」她邊喊邊向兒子跑去，一把抱住了他，說：「我總算活著見到了你，我的孩子，現在我死也心甘了。」說著說著，她又哭了起來。

另一位英國探險家克勞蒂烏斯・詹姆斯・里奇是一位天才式的人物，少年時就熟通好幾種東方語言，並對古代史和古遺跡深感興趣，他的夢想就是想找到消失了的尼尼微城。一八二〇年，他任東印度公司駐巴格達顧問時，考察了巴格達以北的許多土丘，搜集了許多有價值的文物和資料。然而就在他繼續為尋找尼尼微城而努力時，一場莫名其妙的霍亂使他英年早逝。

當時他才三十四歲。

繼尼布爾和里奇後，對挖掘尼尼微發生濃厚興趣的要算前面提到的鮑塔了。當時他在摩蘇里附近挖掘其實就是想尋找尼尼微的遺址，可是工作了好幾週只找到幾塊磚頭，於是失去了興趣。隨後，他又聽說向北幾公里外有一個叫喀霍沙巴德的地方，可以找到大量的刻文磚。便又開始了新的挖掘，卻意外地挖掘出薩爾貢二世的宮殿，尼尼微仍無蹤跡。後來還是英國人亨利・奧斯滕・萊亞德解開了這個謎。

萊亞德一八一七年出生於法國巴黎，年輕時曾在英國攻讀法律，但他對考古深感興趣。二十二歲時曾到兩河流域考察，一八四五年，二十八歲的萊亞德據《聖經》上描述的尼尼微的位置，在美索不達米亞進行考古挖掘。萊亞德發現的第一個遺址是一個叫尼姆路德的城市。尼姆路德城與鮑塔發現的喀霍沙巴德有相似之處，歷史上都曾作過亞述帝國的首都，但不是尼尼微。

一八四七年，萊亞德開始發掘

庫羊吉克——鮑塔在發現喀霍沙巴德之前曾檢測過然而又放棄了的土丘。萊亞德發現鮑塔當時找對了地址，只是挖掘得不夠深。萊亞德在庫羊吉克下面二十英尺處發現了大量的文物。正如亨利 · 羅林遜在翻譯楔形文字過程中很快證實的一樣，庫羊吉克才是《聖經》中所說的先知約拿佈道的首都——人們要尋找的真的尼尼微。

尼尼微城建在一個高達二十五公尺的山坡上，呈不規則的長方形，占地約七 · 五英畝。城牆全長達七 · 五英里。城牆分內外兩重，內牆較矮，建有城塔。外牆較高。城內建有許多神廟和宮殿。

萊亞德的發現使英國人很振奮，大英博物館決定資助對遺址進行深入挖掘，通過幾年的發掘，萊亞德在尼尼微收穫驚人。他發掘出了自西元前七〇四～前六八一年一直統治著亞述的國王辛拿切利甫的

這塊浮雕出於尼尼微宮內，也是大幅獵獅圖的局部，一頭牝獅已中箭，它的後腿無力把後半截身子抬起，而強壯的前爪仍然極其有力，掙扎著想讓全身都站起來。它昂首怒吼，發出悲鳴，形象動人，給人以一種悲壯感。從這個浮雕中可以看出，西元前七世紀，亞述王宮裡的淺浮雕裝飾雖然在內容上沒有更多變化，但在技藝上已達到它的高峰時期。淺浮雕形象寫實傾向被大大加強了。

部份宮殿。宮殿擁有七十一間房間，其中一間是隨後建造的圖書館，這是辛拿切利甫的孫子，阿西巴尼浦的傑作。圖書館收藏了古亞述國大量叢書——從語言、歷史、文學、宗教到醫學，無所不有，宮殿至少還有二十七個入口，每一個都由巨大的牛、獅或者獅身人面石雕衛士守衛著。也許最令人難忘的要算是那些記載著亞述歷史和神話的石雕壁畫。勒亞德估計，如果把這些畫一幅接一幅地排列起來，幾乎有二英里長。

由於大英博物館提供的資金極其吝嗇，惱怒的萊亞德於一八五一年離開發掘地，返回了英國。

然而萊亞德使尼尼微城恢復了本來的面目，其對世界的貢獻是不可磨滅的。他被牛津大學授予名譽博士稱號，後來出版了兩卷本的《尼尼微古蹟》等著作，名噪一時。

薛西斯是波斯王大流士一世的兒子，他登上王位後，決心為父親報仇，要踏平雅典，征服希臘。為此，他精心準備了四年，動用了整個波斯帝國的軍力，於西元前四八〇年春從齊集小亞撒爾迪斯分海、陸兩路，向希臘進發。波斯大軍走到赫勒斯邦海峽，薛西斯下令架橋，這支波斯大軍用了整整七天七夜才全部渡過海峽。有個親眼看到了這一切的當地人，驚恐地說：「宙斯啊，為什麼你變為一個波斯人的樣子，並把名字改成薛西斯，率領著全人類來滅亡希臘呢？」

記錄大洪水的泥板。

泥板上的懸念

大英博物館的研究人員在對萊亞德從尼尼微帶回的兩萬多塊楔形文字碑分類翻譯時，發現了碑文上記載的古巴比倫時期，上帝派大雨和洪水來懲罰邪惡有罪的人類時的情景。碑文記載的這個故事與《聖經·創世紀》上的「洪水與諾亞方舟」的故事極為相似。

這個故事記載在一部名叫《吉爾伽美許》的史詩裡。史詩裡的故事是這樣的：吉爾伽美許做了烏魯克國王後，性情暴戾，荒淫無度，整個國家民不聊生。天神聽到百姓的哭訴後就為吉爾伽美許創造了一個對手思奇都，讓思奇都去制服吉爾伽美許。兩位英雄經過艱苦廝殺後不分勝負。最後，兩位英雄相互敬佩結成了莫逆之交、他們生活在一起，做了許多有益於人類的事。吉爾伽美許因此得到了百姓的敬佩，贏得了反抗女神伊什塔爾的愛情。而吉爾伽美許卻不喜歡伊什塔爾水性楊花的性格。伊什塔爾由愛生恨，便請天牛替她報仇。吉爾伽美許和思奇都與天牛展開了搏鬥，最終取得勝利。但不幸的是，伊什塔爾的父親、天神安努為了報復，讓思奇都患病離開了人世。摯友的去世使吉爾伽美許悲痛欲絕，同時

關於大洪水的故事，
不光《聖經》和尼尼微的
泥板中有記載，在伊斯蘭
經典《可蘭經》中也有極
相似的傳說。於是史學家
斷定，在歷史上肯定發生
過一次遍及世界各地的大
洪水，它影響了世界各個
民族。

也充滿了對死亡的恐懼。吉爾伽美許決定到人類的始祖烏特・納比西丁那裡去探尋永生的祕密。英雄吉爾伽美許在雲遊時遇到了人類的始祖烏特・納比西丁，聽他講了一個神奇的故事：諸神用大洪水懲罰邪惡的人類，而一個名叫烏特・納比西丁的人造了一隻木船，載上家人和許多動物，在洪水中倖存了下來。顯然，烏特・納比西丁獲得永生的祕密對吉爾伽美許毫無用處，因為再也不可能有這種機遇了。後來吉爾伽美許得到的返老還童的仙草又不幸被盜，最後只得萬分沮喪地回到了烏魯克。

《聖經・創世紀》中也講述了類似的故事：上帝看到人類已經道德敗壞，便用洪水來淹沒世界。洪水淹沒了所有的高山，只有諾亞奉了上帝

之命建造了一艘方舟，載著他的一家老小以及各類留種的動物逃脫了滅頂之災。船最後在阿拉特山擱淺，諾亞放出鴿子探測水情，鴿子銜來一片新鮮的橄欖葉，傳達了洪水退盡、大地回春的消息。諾亞走出方舟成爲人類的新始祖……

兩個故事何其相似。

最初發現尼尼微泥板上洪水故事的是一個叫喬治·史密斯的翻譯人員。他從小就對考古學產生了興趣，二十六歲時因對楔形文字的研究有特殊貢獻，當上了大英博物館埃及·亞述部的助理館員，擔負起了破譯尼尼微泥板文字的重任。

史密斯的發現引起了轟動。有些人聲稱那段碑文證明諾亞方舟的故事是眞實的；而另一些人卻爭論說，碑文表明《聖經》故事是依據更古老的神話而寫成的。可是那塊有關洪水故事的碑已破碎，史密斯也因此無法提供巴比倫故事的全文。

爲了解開這個謎，倫敦的一家報紙委派史密

羅林遜只不過是一個業餘的考古學家，然而他對亞述學的貢獻使他名垂千古。

巴比倫城的毀滅無疑是人類歷史的一次大劫難，這天堂中的哀傷令人無比感懷。這是後人想像希羅多德的描述繪製的簡圖，以表示對巴比倫文明的無限追思。

斯去尼尼微找回破裂碑文的殘餘部分，於是史密斯前往尼尼
微，很快找到了那遺失碑文其餘部分。然而令人不可思議的
是，新恢復的碑文全文並沒有有關洪水的新的內容。更令人不
可思議的是，兩年後，正在敘利亞工作的史密斯不幸被痢疾奪
取了生命。

　　長期以來，關於洪水的傳說一直是《聖經》裡最有爭議的
故事之一。有不少人根本不相信這個神話故事的存在，但十九

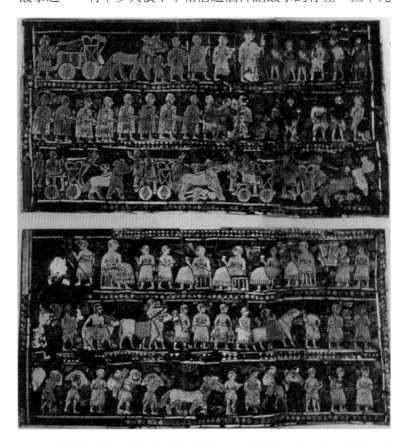

　　烏爾被認為是世界上最早的城市之一，建於西元前三千五百年，在
西元前六世紀後衰敗。《聖經》上說，亞伯拉罕族長就出生在這裡。它
的充滿想像力的奇異寺廟和金字形神塔，都在波斯灣戰爭中被聯軍毀於
一旦。至今，城牆上大約四百個彈孔仍清晰可見，地上還留有四個巨大
的彈坑。烏爾的軍旗用貝殼、粉紅色石灰石、天青石鑲嵌而成。從烏爾
的軍旗圖中的生活場景可以看出烏爾社會的狀況。

世紀的絕大部分史學家都認為，世界各地的大洪
水的傳說都來源於《聖經》。而史密斯的最新發
現，向人們提出了一系列問題：《聖經》究竟是
不是最古老的文獻？大洪水的傳說究竟起源於哪
裡？烏特・納比西丁的故事是否只是證實了《聖
經》的傳奇還是講述了一個更古老的傳奇？

　　人們對《聖經》中的洪水傳說提出了質疑，
但對史密斯譯讀的史詩是否真實也無法提供更有
力的證據。大洪水傳說因此成為十九世紀末二十
世紀初世界上爭論最激烈的上古大疑案之一：遠
古初民時代究竟真正有過一場大洪水嗎？那麼世
界上這樣普遍的洪水傳說究竟起源於哪裡呢？

　　一八七七年美國賓夕法尼亞大學對美索不達
米亞進行了為期四年的考古發掘，這也是美國人
在美索不達米亞的首次考古發掘。在蘇美爾古國
尼普爾城。這次發掘出土了泥版約五萬件，其中
一塊三千七百年前的碎片也記錄著《吉爾伽美許》
史詩所說的那次大洪水的故事。這為史密斯的發
現提供了佐證。

　　一九二二年英國考古學家列奧納德・伍利
爵士在美索不達米亞南部的烏爾古城遺址進行發
掘時，在近十二公尺的深處接觸了一個厚度達二
十五公尺左右、完全沒有碎陶和瓦礫的土層，這
是一個沖積層。地質學家根據這一情形大膽提出，
由於沖積層厚達二・五公尺，一定是被特大洪水
淹沒過。後來經過用顯微鏡對這一沖積層的淤土
進行分析，發現它的確是由於一場大洪水而沉積
起來的。這成了大洪水無可爭辯的地質證據，也
再次證實了《吉爾伽美許》史詩中大洪水的記載
的真實性。又經過伍利的考證，烏爾王陵出土物

　　有關吉爾伽美許王的
神話傳說聽起來有些荒
誕，卻充滿著許多哲理。
我們可以把它看成是早期
蘇美爾人對世界和對自身
奧祕的一種無限探究的思
想反映。

的年代是在西元前四千年，說明了《吉爾伽美許》
史詩涉及的年代早於《聖經》很多年。

伍利爵士的研究和考證澄清了若干年來壓在
人們心中的一個謎。

《吉爾伽美許》史詩的泥版現藏於大英博物
館。

楔形文字反映了蘇美
爾人的創造智慧，這種神
祕的密碼後來又由包括伊
拉米特人和巴比倫人在內
的民族繼承，逐漸成爲音
形結合的文字，刻在泥板
上，眞是成了「不朽的文
字」。

第三章
特洛伊（Troy）：神諭指引的黃金城

荷馬史詩與特洛伊的傳說

西元前八世紀，希臘盲詩人荷馬寫下了兩大史詩：《伊里亞德》與《奧特賽》。 這兩大史詩都是圍繞著一個美女和一個城市展開的——那就是海倫和特洛伊。《伊里亞德》描述邁錫尼王阿伽門農率領希臘軍隊為救海倫攻打特洛伊城的一段故事。《奧特賽》敘述了希臘英雄、伊大卡國王奧特賽在施木馬計毀滅特洛伊城後，渡海返回希臘途中所經歷的艱險故事。據稱，這兩大史詩所描繪的事情可能比詩中所寫的時間早五百年，即發生在西元前十三世紀。

法國詩人和哲學家貝基說：荷馬是我們的祖師爺。事實上「荷馬史詩」已成為世界上翻譯最多的詩歌。荷馬在創作史詩的同時還寫出大量的六步韻詩，把「荷馬式隱喻」發揮到了極致。這尊荷馬像現存於羅馬國立美術館。

　　經典文學作品的廣泛流傳使我們有幸認識了世界上最漂亮的女人和這個世界最遙遠的城市。

　　關於海倫和特洛伊的傳說是這樣開始的——

　　在遠古時，宙斯與海洋女神普勒阿得斯所生的兒子，一個叫伊阿西翁，另一個叫達耳達諾斯，他們統治著愛琴海的撒摩特剌島。伊阿西翁自以為是神的兒子，狂熱地追逐女神得墨忒耳。為懲罰他的膽大妄為，宙斯用雷電把他擊死。達耳達諾斯對兄弟的死十分悲傷，離家出走亞細亞大陸，來到密西埃海灣。這裡的國王是土著的克里特人叫通克洛斯，所以這個地區的牧民也被稱為通克里亞人。

　　國王通克洛斯熱情地接待了他，賞賜給他一塊土地，並把女兒許配給他。這塊地方以他的名

各種荷馬像章。

字而得名，稱為達耳達尼亞，居住在這個地區的通克里亞人從此改稱達耳達尼亞人。達耳達諾斯死後，他的兒子厄里克托尼俄斯繼承了王位，後來特洛斯又繼承厄里克托尼俄斯的王位。從此以後，特洛斯統治的地區則稱為特羅阿斯，特羅阿斯的都城則稱為特洛伊。

特洛伊新一代國王普里阿摩斯娶的後妻是夫利基阿國王迪馬斯的女兒赫卡柏。他們生了第一個兒子赫克托耳。她生第二個孩子時，夢見自己生下一只火炬，火炬點燃了特洛伊城，把它燒成灰燼。這個不祥的夢使赫卡柏深感恐懼。普里阿摩斯召來前妻的兒子、預言家埃薩

庫斯。埃薩庫斯建議父親將新生兒扔掉，否則特洛伊城將遭滅頂之災。

王后赫卡柏生下新生兒後，出於對國家之愛，託僕人阿革拉俄斯把孩子扔到山上，一隻母熊收留了孩子。五天後，僕人看到孩子安好，便帶回家撫養，為他取名為帕里斯。

長大後的帕里斯容貌出眾，人見人愛。一天，他在狹谷裡放牧，看見神的使者赫耳墨斯和奧林匹斯聖山上的三位女神來到他跟前。赫耳墨斯對帕里斯說：「你別害怕，三位女神來找你，是要你評一評她們中誰最漂亮。宙斯吩咐你接受這

荷馬是出生於小亞細亞的西海岸的一位游盲詩人。「荷馬史詩」包括兩部作品：《伊里亞德》和《奧特賽》。兩詩題材都和特洛伊戰爭有關，是特洛伊戰爭以來數百年希臘民間文學的結晶。這是畫家勒盧瓦爾的作品，表現了荷馬在大路旁演奏齊特拉琴和吟唱《伊里亞德》時的情景。

誘拐海倫。義大利
畫家格·列尼作。

個使命,以後他會給你保護和幫助的。」赫耳墨斯說完飛上了天空。

帕里斯覺得三個女神都一樣漂亮,難分高低。這時,三個女神中身材最高大的一個對他說:「我是赫拉,宙斯的姨妹和妻子。你把這個金蘋果拿去。這是不和女神厄里斯在珀琉斯與海洋女神忒提斯的婚禮上擲給賓客的禮物,上面寫著『送給最美的人』。如果你把它判給我,那麼你就可以統治地上最富有的國家,即使你過去是個被人從王宮裡遺棄的人,而你現在也不過是個牧人。」第二個女神說:「我是帕拉斯·雅典娜,智慧女神。假如你判定我最美麗,那麼,你將以人類中最富有智慧者而出名。」第三個女神說:「千萬不要受甜言蜜語的誘惑。那些許諾是靠不住的。我願意送給你一樣禮物,它會帶給你快樂,讓你享受幸福的愛情。我願把世界上最漂亮的女子送給你做妻子。我是阿佛洛狄忒,專司愛情的女神!」最後帕里斯把那個從赫拉的手裡得到的金蘋果遞給阿佛洛狄忒。赫拉和帕拉斯臨走前發誓將向特洛伊人報復。阿佛洛狄忒重申了她許下的諾言後也離開了他。

女神一走不復返,帕里斯只好娶了一個漂亮的姑娘俄諾涅為妻,她是河神與一個仙女所生的女兒。婚後,帕里斯與妻子廝守在一起,生活得很幸福。有一天,帕里斯聽說國王普里阿摩斯為一位死去了的親戚舉辦殯儀賽會,他興致勃勃地趕到城裡參加比賽並戰勝了他的胞兄。父親認出帕里斯是自己拋棄的兒子便把他留在身邊,帕里斯過上了王子的生活。

在普里阿摩斯童年時,赫拉克勒斯攻占了特

洛伊城，搶走了他的姐姐赫西俄涅。多少年來國
王對此事一直耿耿於懷。帕里斯說，如果讓他率
領一支艦隊，開到希臘去，那麼在神的幫助下，
他一定能從敵人手中奪回父親的姐姐。可普里阿
摩斯的另一個兒子埃薩庫斯則預言：帕里斯如果
從希臘帶回一名女子，那麼希臘人就會踏平特洛
伊城。特洛伊市民為此事也出現激烈爭議。最後
國王決定打造一支強大的軍隊由帕里斯統帥前往

在希臘古雕刻中，男
子的相貌都十分英俊。傳
說中帕里斯的容貌便很出
眾，人見人愛，以至於擔
當起評價三女神誰最美貌
的任務。

斯巴達。

　　海上出現一支強大戰船的消息傳到斯巴達。因爲墨涅拉俄斯已外出訪問，政事由王后海倫主持。海倫是宙斯和勒達的女兒，卡斯托耳和波呂丟刻斯的妹妹，她是當時世界上最漂亮的女子。她還是個姑娘的時候，被忒修斯搶走，後來被兩位哥哥重新奪了回來。後來她在繼父斯巴達國王廷達瑞俄斯的宮中長大。姑娘的美貌吸引了大批求婚的人。最後國王選中了阿特柔斯的兒子，阿伽門農的兄弟，亞各斯國王墨涅拉俄斯作他的女婿，繼承了他的王位。海倫爲他生了一個女兒赫耳彌俄涅。

　　美麗的王后海倫在丈夫外出期間孤零零地住在宮殿裡感到非常寂寞。她聽說一位外國王子即將率領強大的戰船來到錫西拉島，便懷著

　　帕里斯和海倫的愛情故事在荷馬史詩和希臘神話故事都有生動描述，但荷馬所描繪的事情比詩中所寫的時間早五個世紀。這是法國「新古典主義」的代表人物大衛的作品：《帕里斯與海倫》。

好奇心前往錫西拉島，準備在阿耳忒彌斯神廟裡隆重獻祭。當她走進神廟時，正好遇上相貌出眾的帕里斯王子。王子看到海倫美貌絕倫，頓時不能控制自己。他早就聽說海倫美艷動人，他覺得愛情女神給他送來的這位女子要比傳說中的美女海倫還要美麗得多。這時他似乎明白了，這便是愛情女神贈給他的美女，他一心想得到她。於是父親的委託，遠征的計劃頃刻間都被拋到九霄雲外。他覺得帶領著成千上萬的士兵遠征的目的就是為了得到海倫。而當海倫打量這位從亞細亞來的俊美的王子時早已魂不附體。帕里斯的形象深深地烙在她的心上。

獻祭完畢，海倫回到斯巴達的宮中，她竭力想要從心中抹去那個異國王子的形象，強迫自己想念仍然逗留在皮洛斯的丈夫墨涅拉俄斯。但不久帕里斯帶著幾個隨從來到斯巴達，進入王宮，把希臘國王的財富擄掠一空，並劫走了美麗的海倫。

他們來到一座島上舉行了隆重的婚禮，兩人沉浸在新婚的快樂中。幾年後雙雙回到特洛伊城。

海倫被劫，墨涅拉俄斯和他的兄弟邁錫尼國王阿伽門農派兵討伐特洛伊。由於特洛伊城池牢固，易守難攻，攻戰十年未能如願。最後，英雄奧特賽獻上妙計，讓邁錫尼士兵全部登上戰船，製造撤兵的假象，並故意在城前留下一具巨大的木馬。特洛伊人高興地把木馬當作戰利品抬進城去。當晚，正當特洛伊人沉湎於美酒和歌舞中，歡慶勝利的時候，藏在木馬內的邁錫尼士兵悄悄溜出，打開城門，將早已埋伏在城外的軍隊放進來。特洛伊城隨後遭到瘋狂的掠奪和血腥的屠殺，

這幅拉斐爾的作品是文藝復興時期最偉大的作品之一。畫中表現三位女神向帕里斯賄賂以求得對自己最好的讚美，都未能如願。只有維納斯承諾帕里斯會擁有世上最美麗的女人而得到讚美。據稱，拉斐爾的這幅作品的靈感來自於古羅馬石棺基座上的兩幅同題材作品。

在特洛伊城遭遇毀滅
的那夜，墨涅拉俄斯終於
找到了海倫。他拔出劍來
準備刺向海倫。美麗的海
倫說自己的無辜的。墨涅
拉俄斯最後寬恕了她。

最後被付之一炬，成爲廢墟……

　　不管這段有關特洛伊的歷史眞實性如何，在古希臘文明的全盛時期（西元前七○○年～前二○○年），特洛伊戰爭的確被視爲希臘人早期的一段重要歷史，特洛伊被古希臘人稱爲他們走向勝利和輝煌的又一個轉折點。在西元三三四年亞歷山大大帝攻打波斯人的途中，到特洛伊城爲曾經幫助希臘人戰勝特洛伊人的神靈獻祭。智慧過人的亞歷山大也跟他的同時代的人一樣，毫不例外地把荷馬史詩中的每一個故事當作眞實的歷史。

　　不啻如此，羅馬人在統治了地中海沿岸國家後，也絲毫沒有表現出對特洛伊故事的怠慢，他們在他們所認定的古特洛伊城的遺址上修建了一座新特洛伊城，只不過他們把特洛伊稱爲伊爾昂。

　　規模空前的特洛伊戰爭被視爲希臘人早期的一段歷史，阿基里斯和阿伽門農等都是古希臘文化中的英雄，特洛伊也被譽爲古希臘人獲得輝煌勝利的地方。該圖左側爲奮戰三身巨人革律翁的赫克力士。

英雄奧特賽在特洛伊戰爭中冒險偷偷回到家中，被老奶媽認出來。這幅畫由法國畫家布格羅在一九世紀完成。

這幅繪畫出現在六世紀的脂粉匣上。中間身著王子服飾是帕里斯。

新特洛伊城位於小亞細亞西北部，即今土耳其恰納卡萊南部，北臨達達尼爾海峽。西元六世紀，羅馬人退出小亞細亞，這座城市隨之廢棄。幾個世紀以來沒有人知道它的確切位置。

十九世紀後，世人開始用懷疑的眼光看待特洛伊和特洛伊戰爭，尤其是西方人根本不相信《伊里亞德》和《奧特賽》所說的是一個眞實的故事。由此他們也不相信特洛伊城的存在，甚至開始懷疑荷馬其人的眞實性。他們推測這些詩是根據一個不存在的民間故事，經過眾多詩人共同潤色流傳下來的結果。因爲在西元前十三世紀，愛琴海周圍居住的是目不識丁的農民，文化貧乏，民不聊生，根本不會出現荷馬史詩中的繁華城市和掌管著大權的國王。在一八二二年，這種看法十分流行；也就是在這一年，天才的考古學家亨利奇・謝里曼在特國出生，他驚世駭俗地重寫了人類考古神話。

這尊雙耳陶瓶上的繪畫，描繪了希臘英雄阿喀琉斯與特洛伊戰爭中的另一位英雄埃阿斯，在率領十二艘戰船去特洛伊的途中，遇到風暴，停船靠岸休息時擲骰子遊戲的情景。作品約製作於西元前五三〇年，作者是當時希臘阿提卡有名的瓶繪藝術家歐克塞基。希臘陶瓶上的許多繪畫題材與當時的戲劇有關，但它反映在陶器上面，已成了一種風格迥異的「幻影」作品。這是古代希臘藝術家在裝飾藝術上的一種獨特創造。該陶瓶現藏梵蒂岡美術館。

牧師家庭出生的謝里曼天賦很高，又嗜書如命。爲了找到夢中的特洛伊，他準備了二十二種語言，終於一舉成名。

這幅描繪木馬計攻陷
特洛伊城的壁畫，現存於
義大利那不勒斯國立考古
博物館。

邁錫尼出土的器皿上的邁錫尼勇士阿奇里斯在噴泉
前與怪獸搏鬥。

最具傳奇色彩
的考古學家謝里曼

謝里曼對特洛伊遺址採取的瘋狂行動，使他背上「特洛伊第二個破壞者」的罵名。

亨利‧謝里曼出生在特國，他的父親是教堂牧師，因有酗酒、通姦、侵吞財產等惡習而被教堂開除。謝里曼的哥哥熱愛讀書，對文學和歷史有著極大興趣。有一次哥哥把一本有關特洛伊戰爭的書送給當時只有七歲的謝里曼閱讀。謝里曼被書中的故事深深吸引，特洛伊城也在他腦海中留下深刻的烙印。

謝里曼天賦很高，又熱愛讀書，這使他在很小的時候就很博學。他一生共掌握了二十二種語言，對歷史和文字有著個人獨特的理解。

由於家庭經濟狀況不好，謝里曼十四歲就輟學，當起了童工，十九歲在開往南美的輪船上當勤雜工。有一次這隻船在一次風暴中沉入北海，謝里曼僥倖抓住一只浮在水上的木桶，才未葬身海底。後來他在阿姆斯特丹的一家商務公司當職員，由於聰明勤奮，很快被提升為公司經理。隨後，他被派往俄國。在那裡，他做原材料貿易，為自己攢了不少錢，還娶了一位俄國女子做妻子。一八五〇年，他去了加利福尼亞。那時的加利福尼亞正是淘金的熱點。他買賣砂金，賺了將近五十萬美金，隨後又投資房地產，還在俄國克里米亞戰爭和美國南北戰爭期間，做軍火生意，成為一個很富有的人。

謝里曼覺得生活無憂之後，便想起了自己從

小的夢想——尋找荷馬史詩中的特洛伊城。因為
他早就相信特洛伊城是存在的。

特洛伊城牆。

　　一八六八年，他到了希臘和小亞細亞，第一
次踏上荷馬史詩中的這片土地。土耳其西北部的
兩個遺址早已和特洛伊傳奇有著神話般的關聯，
這就是名叫布納巴西的村落和稱為西沙里克的小
山。他相信他要找的古城就在那兒。

　　他沒有帶嚮導，他的「嚮導」就是荷馬史詩。
他沒有再花時間去閱讀別的書，他只看荷馬史詩，
特別是其中的《伊利亞德》。他認定西沙里克小
山更加符合他在《伊里亞德》史詩中所找到的特
洛伊城的位置。雖然在這之前，有幾個人也曾推
測過：西沙里克小山是遺失特洛伊城的位置。

　　在西沙里克進行考古發掘必須獲得土耳其政
府的准許。而當時的情況告訴謝里曼，美國人要
比特國人和俄國人更容易獲得土耳其政府頒發的
許可證，於是他在美國印第安納州的印第安納波
里度過了幾年。一八六九年，他獲得了美國公民
的身份。此時他也與他的俄國妻子離了婚。

　　也許是因為荷馬史詩中海倫對他具有特別的
吸引力，他希望自己能有個希臘式家庭，娶一個
「對荷馬充滿熱情」的特洛伊式的新娘。果然他
的朋友為他介紹了一個十六歲的希臘姑娘索菲亞
英格斯托門羅斯。他們一見鍾情，很快結了婚婚
後生了兩個孩子——安卓米其和阿伽門農，這兩
個名字全部源自荷馬史詩中的英雄人物。

　　一八七○年，謝里曼回到西沙里克。他仍然
沒有獲得土耳其政府的准許證，但他還是在土耳
其雇佣了一批當地人和他一起勘探、發掘遺址。
在土耳其當局勒令他停止非法開掘之前的兩星

期，謝里曼挖出了一段很牢固、足足有六英尺厚的石牆。他堅信，這就是荷馬在史詩中描寫的特洛伊城牆！

　　一八七一年，謝里曼獲得了土耳其政府的准許，正式動工開掘了。由於渴望發現特洛伊城，他的發掘方法顯得魯莽與妄動，竟雇用了一百二十名民工不加科學地挖寬，挖深，從小山的這一端挖到那一端，挖出了一道一百三十英尺長的坑。

　　對於謝里曼的瘋狂行動，科學界的人士都認為，謝里曼這樣做，簡直就是個瘋子。即使那些相信特洛伊城可能存在過的人，也認為他的做法行不通。還有人這樣譏諷道：「他簡直是在挖蘇伊士運河，哪裡像是在考古現場發掘！」

　　事實上，謝里曼確實犯了考古的大忌，在他判斷出石牆下面的第一層廢墟不是他要找的特洛伊時，竟讓民工殘忍地用大車拖走了成千上萬立方的泥土和石頭，使這座遺址小丘上面幾層具有考古實證價值的地層，因他的意氣用事而破壞掉了。他自己頗為懊悔地申辯道：「我的目的是掘出特洛伊，我估計它是較低地層遺址中的一個，我不得不破壞而放棄較上面的地層中許多有趣的遺址。」當時一些學者憤怒地詛咒他是「特洛伊第二個破壞者」。

　　這個山丘下埋著一大片的城市，從上層到下層共有四十五英尺深，幾乎每一層代表著一個城市。謝里曼判定靠近下面或最下一層是特洛伊。後來證明他的判斷是準確的。在層層疊疊的廢墟下面的倒數第二個城，有著厚實的城牆和高聳的城門，城內有一處昔日甚為可觀的宅院，城牆上也有大火焚燒的痕跡。這就是特洛伊城，而那個

索菲亞，謝里曼的妻子。一個希臘化的美女，具有的中世紀希臘上層女人所有的高貴和迷人氣質。而在謝里曼看來，她更是一個像海倫一樣的特洛伊式的女人。

謝里曼做過學徒、客輪上的服務生和染料代理商等，四十歲的時候成為富翁，結果是他放棄了經商，去尋找關於特洛伊的童年夢想。這是有關謝里曼生活歷險的一幅插圖。

院也就是普里阿摩斯王宮。

　　謝里曼很清楚他一生中最重要的時刻到來
了，但事與願違，他幾乎挖空了古城的一半，卻
從沒有發現一塊金子。

　　一八七三年六月十四日，謝里曼和雇工們到
工地作最後一次努力。當他站到二十八英尺深靠
近普里阿摩斯王宮環形牆附近時，目光突然被廢
物層中一個形狀很特別的器物吸引住了，因為那
東西後面似乎有奪目的光彩在閃爍，謝里曼的心
臟頓時狂跳不已，意識到那肯定是金子。但此刻
他很冷靜。他知道土耳其政府派來的官員在監視
自己，不會讓他帶走任何東西，於是便找來妻子，
要她告訴工人們：今天天氣太熱，所以提前收工，
工資照發。

　　在遣散雇工後，謝里曼就迫不及待地撲向那
件器物，扒開邊上的灰燼一看，是一件銅製器具，
可是要把它挖出來殊屬不易，因為上面壓著一截
十九英尺高的城牆。但謝里曼早已把安全置之度

謝里曼在尋找特洛
伊城時，沒有帶嚮導，他
的「嚮導」就是荷馬史
詩。

外，他在城牆下面挖啊挖，終於可以把手伸進去了，於是一件又一件金銀財寶被取了出來。回到他們居住的木屋，仔細檢點，發現共有金王冠二頂，還有四千零六十六個近似心形的金片、十六尊神像、二四條項鏈，以及杯、瓶、耳飾、鈕扣、針、棱柱等，總計八千七百件各式金製物件。謝里曼認為這就是普里阿摩斯王宮的寶藏。

謝里曼設想，這些財物緊挨在一起呈長方體，可能是原來是裝在一個木製箱子裡的，後來木箱被戰火焚毀，寶藏卻保留了長方形狀。他們在寶藏附近發現的銅鑰匙可以驗證這種推判是可靠的。希臘人攻進特洛伊城後，城內一片混亂，王宮內有人匆忙地把一些財寶裝進箱子，連鑰匙都來不及拔下來就倉皇出逃。走到城牆邊，也許遇上了大火，也許是敵人的追趕，使他被迫丟下箱子逃之夭夭，而箱子也馬上被倒塌的房屋和城牆所覆蓋。但後人對此假設提出異議，他們認為這些財寶原是藏在王宮樓上的箱子裡的，後來由於大火燒毀了王宮才使寶箱摔落到了離城牆不遠的地方，因為不久在離第一寶藏只有幾碼遠的地方以及在王宮牆腳處又發現了另外兩個寶藏。於是又有人推判，這可能是當希臘人破城而入的時候，宮廷侍衛情急之中把國王的財寶裝進幾個大箱子，故意放到即將傾塌的城牆下面的。

謝里曼認定這裡是特洛伊古城的所在，可較早前這片土地被英國人弗蘭克·加爾沃買下。謝里曼在土耳其西北部遇到了加爾沃，從而成全了一個偉大的夢想。謝里曼在這裡開始了他現代考古學里程碑式的工作。

　　謝里曼夫婦「一夜暴富」，激動的心情無以言說，而更讓他欣喜萬分的是，終於找到了證實特洛伊城存在的證據，實現了他一生的夢想。

　　為了保住這筆財富，謝里曼想盡辦法在土耳其官員眼皮底下將它們偷運出土耳其。儘管這樣很冒險，倒屢試不爽。

　　在以後的六個月裡，謝里曼躲過土耳其官員的視線，在古城遺址中更為偏遠的地方進行了祕密發掘，再神不知鬼不覺把裝滿寶藏的箱子一批批地裝上船從土耳其運往希臘。這批寶物的種類之多，覆蓋面之廣，令謝里曼驚訝不已。

　　謝里曼用黃金飾物將妻子裝扮了一番，彷彿要在妻子身上找到當年海倫的影子。他感到自己像活在神話故事裡一般，再也抑制不住興奮喜悅之情，終於向全世界宣布了他的這個神奇的發現。

特洛伊土陶。

四葉形金飾品。

從特洛伊遺址挖出的文物上依稀能看到具有希臘風格的人像。

文學書籍的影響賦予了謝里曼浪漫主義情懷，只有身懷這種情結的人才會對古籍如此地信任。然而謝里曼對特洛伊的發掘卻是災難性的。

這是謝里曼發掘出的普里阿摩斯王宮的部分寶藏，人們猜想希臘人攻城後把國王的財寶裝進箱子故意放在一個不為人知的地方。特洛伊寶藏後來也稱「謝里曼寶藏」。

軒然大波

特洛伊古城被發現的消息引起軒然大波，首先人們不相信荷馬史詩上的子虛烏有的城市真正存在過，更不能相信一個名不經傳的局外人能發掘出一個三千年前的城市。可謝里曼手中的寶藏向世界證明一個童話的真實。用他的話說：「我沒想到我會親眼目睹荷馬筆下的這座不朽的城市。」

在世人對謝里曼進行祝賀和質疑的時候，謝里曼也承受著很大的壓力。土耳其政府非常氣憤，斥責謝里曼掠奪了土耳其的財富，表示不甘就此罷休。土耳其政府甚至下令禁止謝里曼再次踏入土耳其的國土。

為了表示對希臘的摯愛之情，謝里曼決定把這批寶藏獻給希臘政府。然而希臘政府在土耳其政府的壓力下，拒絕接受這批寶藏。謝里曼無奈把它送到英國倫敦的博物館，希望因此而授封，但英國人沒有同意給他這個許諾。最後，他選定了柏林，因為特國人許諾授予他封號和勳章。於是一八八〇年，他正式將這批寶藏送給了特國，送到了柏林。當時特國政府還為此舉行了盛大的儀式，特國皇帝親自接見了他，場面極為隆重，後來特國人展出了這批寶物，世界各地的人們都紛紛趕來親眼目睹謝里曼的這批黃金寶藏。

出於道義，謝里曼後來付給了土耳其二千英

鎊作爲補償。一八七六年，謝里曼被允許再次回到土耳其進行勘探考察。這次他打算發掘邁錫尼——特洛伊戰爭中希臘人出征遠行的地方。這次的發掘比與上次遜色很多。十九世紀七〇年代中期，他還開掘了一個稱爲邁錫尼的古希臘遺址——傳說是征服特洛伊的希臘聯軍統帥阿伽門農國王的故鄉。謝里曼對邁錫尼文明的發現，將歐洲歷史的序幕提早了一千年或更早。在那個遺址，謝里曼發現了又一個有價值的寶藏——「皇家墓地」，其中有金飾點綴的遺骸，還有一個男性骷髏戴著的一個黃金面罩，被稱爲「阿伽門農面具」。

一八九〇年，六十八歲的謝里曼離開了人世。他被安葬在希臘，受到國葬的禮遇。他逝世三年後，他的有關特洛伊遺址的論斷被人們所推翻。

考古學家特爾費特根據新的發掘材料，認爲地層下第六座城才是荷馬詩所說的特洛伊遺址，而謝里曼至死不疑的特洛伊第二座城在特洛伊戰爭前一千年就已經存在了。上世紀三〇年代，英國考古學家布列經研究後進一步指出，眞正的特洛伊戰爭遺址也不在第六文化層，而在第七文化層，因爲導致第六文化層城堡毀滅的原因是地震而不是戰爭。推算各地層所屬年代的主要權威是威廉‧多朴菲爾特，他在一八八二年被謝里曼

這是謝里曼在「皇家墓地」發現的阿伽門農面具。謝里曼對邁錫尼文明的發現，將歐洲歷史的序幕提早了一千年或更早。但後來考古學家發現「阿伽門農面具」其製作時間比阿伽門農國王（如眞有其人）在位的時間早幾百年，一時間謝里曼的發現再次遭到質疑。

謝里曼對特洛伊的發現，被認爲是繼十五世紀末哥倫布發現美洲大陸之後又一個傳奇。西班牙畫家達利的這幅《哥倫布之夢》對那段歷史作了神奇的構思，畫上出現許多爲古代人的儀仗隊伍所習用的旗幡，有十字架、耶穌像和聖母畫像等旗幡，表現他們登岸時的情景。

雇佣來監督發掘工程進展。據他斷言：整個廢墟遺址由九個不同地層構成。謝里曼認爲的倒數第二層遺址比推算的要古老的多；荷馬史詩中早已描述過的特洛伊，即西元前十三世紀的特洛伊，會在新近得多的地層，即遺址的六層中找到。謝里曼還是接受了威廉耐心收集的證據，認爲有這樣的可能性，即他所發現的寶藏可能不屬於普里阿摩斯國王。在他去世之前，他承認：他所發現的藝術珍品可能比普里阿摩斯在位的年代要早一千年。

謝里曼去世後，威廉在西沙里克遺址上繼續探察，並成功定位了第六層城市的部份遺跡。這是謝里曼的民工尚未破壞掉的部分。威廉宣告，這才是「眞正的」特洛伊。現代考古學家已經證實了他對年代的推算。只有美國考古學家卡爾‧布勒根認爲第七層的城市才最有可能是傳奇中的特洛伊。

另外，現代考古學家認爲，謝里曼發現的「阿伽門農面具」製作時間比阿伽門農國王（如眞有其人）在位的時間早幾百年。由此看來，謝里曼也錯認了阿伽門農。

儘管有眾多爭議，但考古專家都一致認爲謝里曼把西沙里克作爲特洛伊遺址的所在地是準確的。特

一九四五年四月十六日，蘇聯紅軍開始進攻柏林，希特勒在柏林郊外布置了三道防線，但是，這一切都阻擋不了蘇聯紅軍對法西斯巢穴的最後衝擊。二十七日，蘇軍攻入柏林市中心，三十日，紅軍向特軍守衛的最頑固的堡壘——特國國會大廈發動進攻，特軍負隅頑抗，國會大廈彈痕累累，到處殘垣斷壁。經過異常激烈的戰鬥，三十日下午，蘇軍終於攻克特國國會大廈。不久特洛伊黃金從柏林不翼而飛。圖爲攻克特國國會大廈後，蘇軍戰士在仍然是硝煙彌漫的國會大廈前歡呼的情景。

國考古學家瑪夫銳特‧柯夫曼他認爲，《伊里亞德》史詩描述的事件是否曾經發生不太重要。他這樣說道：「我相信，《伊里亞德》描述了歷史事件的核心：戰爭確實在這個地勢險要的地區不停地發生……」

另一位史學家也說就其意義和價值而言，特洛伊城的發現並不比哥倫布發現美洲大陸遜色！

特洛伊黃金失蹤之謎

在謝里曼的發掘之前，從來沒有任何一次考古發掘引來如此大範圍和如此高密度的世界性關注；也從來沒有任何一個考古遺址的複雜程度可與特洛伊的複雜程度相比。這是一九九○年發行的謝里曼紀念郵票。

謝里曼去世後，他的妻子索菲亞繼承丈夫的事業，在土耳其指導考古發掘工作。他們的兒女們也成為新一代的考古工作者。然而誰能想到，半個世紀後第二次世界大戰爆發，收藏在柏林博物館的特洛伊城黃金寶藏不翼而飛。這件事在當時被稱為現代考古史上的最大祕密。

據稱，第二次世界大戰期間，特國的藝術珍寶（包括特洛伊的黃金寶藏）被統統打包，藏進了地下碉堡，以防不測。但在大戰結束的一片混亂中，取勝的俄國和美國軍隊占領了特國，許多珍藏品不是被士兵搶走，就是作為獲勝方的戰利品而被沒收，曾經轉移到柏林動物園的特洛伊黃金寶藏也不見蹤影！

二戰結束時，特國人聲稱，特洛伊寶藏已在盟軍占領柏林時被毀掉了。但不久傳出消息，前蘇軍曾從特國運走了這批寶藏。關於寶藏是如何落入前蘇聯之手，前蘇聯和特國各執一詞。前蘇聯人說，當炸彈開始大規模轟炸柏林時，柏林博物館的那位老館長做了他唯一能做的事來挽救那些寶藏——他去找能碰到的第一批盟軍士兵——前蘇聯人，並把寶藏交給他們妥善保管。而特國人卻說盟國的軍隊進駐柏林後，下令沒收一切特國的和外國來的藝術品。這些東西都是盟軍用暴力奪走的。多年以後，特國人要求前蘇軍歸還這些戰利品，但前蘇聯人一再聲稱特洛伊黃金寶藏

的確在二戰中被毀掉了。人們似乎都信以為真，沒有人想著再去找它。

但沉寂了近半個世紀的特洛伊黃金寶藏懸案在一九九一年又一次成為熱門話題。

一九九一年的春天，普希金博物館正在處理一些舊文件。莫斯科兩個學藝術的學生正好路過那裡，便主動幫助處理文件。這兩個學生早就聽到人們談論普希金博物館裡的地下密室藏著了戰爭時期運來的巨額寶藏。二十世紀八〇年代以來，他們查閱了許多官方文獻，但只找到很少一些有關寶藏的線索。然而這次上帝賜給了他們難得的機會，使他們找到了相關文件。文件中詳細記錄了二戰時前蘇聯軍隊是如何從特國運回寶藏的。

原來前蘇聯人當時把這些寶物裝上了一輛卡車運到機場，爾後再用飛機運回莫斯科。到達目的地後，又用一輛貨車運往普希金博物館，存放在入口通道下面的一個很小的地下貯存室。一九四五年至一九四九年期間，世人對普希金博物館裡的祕密議論紛紛，似乎是一個公開的祕密。這批珍藏品當時

只向考古學家、古物鑑賞專家及一些政界要人開放。可是到一九四九年，博物館卻突然宣布不再對外展覽這些珍藏品，並將其祕密地藏了起來。後來，冷戰開始，有關這批戰利品的消息被視為國家的最高機密。每個人都收到嚴格的指示，只有官方才有權過問的這批寶藏，必須絕對保密。如果有人問前蘇聯是否藏有這批寶藏，官方的答案總是否定的。在以後的五十年裡，每天都有成千上萬的參觀者通過這裡，然而他們卻不知道世界上最大的一筆財富就在他們的腳下。

被前蘇聯獲取的特洛伊寶藏安藏在普希金博物館內，有一段時間只向考古學家、古物鑑賞專家及一些政界展示過，後來突然神奇般地銷聲匿跡了。

這兩個學生的發現使普希金博物館的祕密得到進一步的證實，蘇聯人想隱瞞也不行了。正值當時國際政治的微妙變化，前蘇聯政府想與歐洲國家做朋友，想盡快恢復自己的聲譽，迫於這些壓力不得不承認，他們已經發現這批黃金被藏在某個地下室裡。

前蘇聯還通露，在二十世紀九〇年代曾對這批黃金作過碳定年代法的測試，卻發現謝里曼黃金形成的時間要比普里阿摩斯國王和荷馬詩人所處的時代還要早一千年。這種說法正好與考古學家威廉的說法一致。

謝里曼是現代考古學的奠基人之一，也是第一個運用攝影進行考古學研究的人。他在特洛伊和希臘邁錫尼、奧爾赫曼諾斯、提林斯的考古發掘，將《荷馬史詩》中「英雄時代」的寶藏和城堡展示出來，推進了學者們關於「《伊里亞德》所詠唱的特洛伊戰爭很可能是歷史事實」的猜測。

當時前蘇聯人只同意展出謝里曼發掘的黃金寶藏，但並沒有打算把它們歸還給特國。他們的理由是，特國人在二戰中也從蘇聯掠奪走大量的財富，至今尚未歸回。他們的國家在戰爭中遭到巨大的損失，謝里曼黃金僅僅是戰爭的勝利者應該得到的戰利品而已。但是特國政府的態度非常堅決，他們認為自己才是這筆財富的合法主人。因為謝里曼是特國公民，而且他生前已經把這些寶藏送給了柏林博物館。

　　另外，土耳其、希臘等國也聲稱這筆黃金財富該歸他們所有。土耳其認為，這一寶藏最初在他們的領土上發現的，應屬於土耳其國家所有。希臘認為，謝里曼的第二任妻子索菲亞是希臘人，而且這批黃金最初是被運到雅典之後才送往柏林的，所以希臘對這批財富享有所有權。英國人也聲稱自己該擁有這筆財富，因為二戰即將結束的時候用來存放這批寶藏的地下室是在他們所管轄的區域範圍之內。於是，特洛伊城的黃金又成為有史以來最有爭議的寶藏。

　　而這一切爭議對特洛伊寶藏的發現者謝里曼來說已沒有意義。他的傳奇發現已向世界展示了一種失落的人類文明，為我們開啟了通向這一古代文明的大門。

遺址上的現代人的木馬。

第四章
統萬（Tongwan）：唯一遺存的匈奴都城

千年古城浮出沙海

毛烏素沙漠位於中國陝西和內蒙古的交界地區，其流沙綿延兩萬里，為中國五大沙漠之一。在毛烏素沙漠的深處，三十一公尺高的「角樓」突兀而出，遠遠望去就像一根卓然挺立的桅桿。在它四周散布著殘存的城牆輪廓。

——這就是湮埋地下千餘年的匈奴故城統萬城遺址。

統萬城建成於五世紀初，那是史稱「西晉十六國大亂」的時代，群雄割據，黃河以北各少數民族貴族集團擁兵為王，「鐵弗匈奴」首領赫連勃勃在朔方建立大夏政權，自稱大夏天王。

「鐵弗」的意思是指匈奴父、鮮卑母的後裔，也就是匈奴與鮮卑兩民族的融合體。

赫連勃勃先世原與「漢」劉淵為近支。漢主劉聰在位時，其曾祖鐵弗劉虎曾受冊封為樓煩公。後劉虎死，祖父務桓繼立，務桓為保存實力，曾相繼依附於代王什翼犍、後趙石虎。三五六年（東晉永和十二年），務桓死，叔祖闕陋頭代立，

晉武帝司馬炎是西晉建立者，司馬昭長子，二六五～二九〇年在位。建晉初期，他以曹魏亡國之鑒而大封同姓諸侯王，最終招致皇族紛爭，史稱「八王之亂」。經過西晉短暫的統一後，中國又陷入紛亂的動盪中。西晉十六國就是這個時候形成的。

統萬城開始被沙漠覆蓋是在宋太宗時，但沙漠也趕不上宋太宗的一紙命令。相傳，宋淳化五年（西元九九四年），因西夏軍隊常以此城爲依托侵擾北宋，宋太宗便下令毀掉統萬城，並將城內居民遷走。唐咸通年間許棠在詩作《夏州道中》說：「茫茫沙漠廣，漸遠赫連城」。

部落多叛歸悉勿祁。三五九年，悉勿祁死，父衛辰嗣立。衛辰爲維持自己的統治地位，一面遣子向代王朝獻，一面又潛通前秦苻堅，受其冊封，請入塞寄田（借地耕種），勢力日張。

西元三六五年（東晉興寧三年），衛辰聯合貳城（今陝西省黃陵縣西北）匈奴右賢王曹毅，出兵兩萬人進攻秦杏城，爲苻堅擊敗，曹毅投降，衛辰束手就擒。苻堅經略中原，正需匈奴力量以供驅使，於是委任曹毅爲轂力雁門公，衛辰爲夏陽公，仍使其各統所部。什翼犍不滿衛辰投奔苻堅，便帶兵討伐，未果。三七四年，什翼犍復遣兵往征，衛辰南奔，請援於苻堅，苻堅發幽、冀、并三州兵力分道擊代。什翼犍令匈奴部帥劉庫仁領兵迎戰。庫仁敗，什翼犍率衆逃奔陰山以北。苻堅以其地分爲東、西二部份，黃河以東一帶歸隸劉庫仁，黃河以西一帶歸隸衛辰，各拜官爵。三八三年，苻堅因淝水之戰敗歸，政權分裂。三九一年，衛辰在與北魏戰鬥中失敗爲部下所殺，子赫連勃勃奔走鮮卑，並逐漸形成自己的勢力。四〇七年，赫連勃勃領兵南掠，來到「臨廣澤而帶清流」（《太平御覽》）的水草肥美之

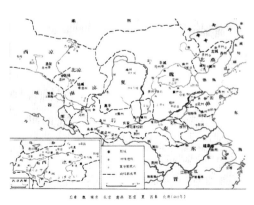

晉末年，匈奴、鮮卑、羯、氐、羌等五個少數民族的統治者，趁司馬家族「八王之亂」入主中原，形成南北對峙的局面。南方仍是司馬氏政權，歷史稱東晉，北方則較爲混亂，政權分割交替，且多爲少數民族政權，所以歷史稱五胡十六國。十六國中的「鐵弗匈奴」首領赫連勃勃在朔方建立大夏政權，築建統萬，信誓旦旦統一中原。

統萬城在進入唐玄宗時代幾代後幾乎不爲所聞，一是因爲大夏滅亡後統萬由都城被降爲一個地方小鎮，二是因爲「安史之亂」後戰爭不斷，塞北草原已經發生嚴重沙漠化傾向。

晉持盾武士。

地，就地築城，動用十萬軍之眾，歷時六年之久，於西元四一三年（東晉義熙九年）將城築成，取名「統萬」，意爲「君臨天下，一統萬邦」。

建立了大夏國的赫連勃勃坐在王宮裡，躊躇滿志，做著一統中原的美夢。

據史載，赫連勃勃生性凶殘，脾氣暴烈，並對土地有著極爲強烈的欲望。西元四一八年，東晉所屬的長安城發生騷亂，赫連勃勃馬上意識到一統長安的機會到來，便帶領大軍突破正因內訌而疲勞不堪的晉軍防守，大舉入城，見晉軍格殺勿論，整個長安城血污遍地。由於晉軍被殺過多，赫連勃勃竟將人頭壘成叫做髑髏台的墳堆，成爲長安城一道血腥風景。由此，赫連勃勃便又在長安稱皇帝，但仍以統萬爲都，直到四二五年赫連勃勃死去。

赫連勃勃死後，其子赫連昌繼位。但兩年後（四二七年），北魏太武帝取長安，奪統萬，大夏國西風日下。

喪失都城和後方基地的大夏國苟延殘喘，殘部流竄甘肅，與北魏、西秦連年戰爭。四三一年終被魏屬國吐谷渾擊滅於河西。西夏從稱王到覆滅，前後不過二十四年。

大夏國滅亡後，統萬的地位從此一落千丈。統萬被魏降格爲不如一個縣的「統萬鎮」，結束了顯赫的國都歷史。但由於統萬城的戰略價值，北魏太和十一年（四八七年），統萬升爲夏州（後爲化政郡）治所。但是到了隋唐時代，特別是「安史之亂」後，由於戰爭和亂墾濫伐，塞北草原便開始沙化。唐詩中「眼見風來沙旋轉，終年不省草生時」、「茫茫沙漠廣，漸遠赫連城」，描

繪了當時統萬城的蕭瑟之景。

五代十國到宋初，塞北是殘酷的戰場，楊家將即屯兵於此。統萬城已處於沙漠包圍之中，雖屬州郡之治，但已岌岌可危。宋淳化五年（九九四年），朝廷以「深在沙漠」，常爲少數民族「聚反中心」爲名，將統萬居民遷入塞內，搗毀城池。統萬遂成廢墟。

宋太宗（西元九七六年即位）時，統萬城開始被沙漠覆蓋。十一世紀初，北方崛起的「西夏國」，占靈武（今寧夏境內）爲都，爲了與東方的遼、南方的宋相抗衡，重建統萬城，駐以重兵。但當統萬城再次被廢棄後便在沙漠中沉睡了一千多年，直到清代後期才被重新發現。

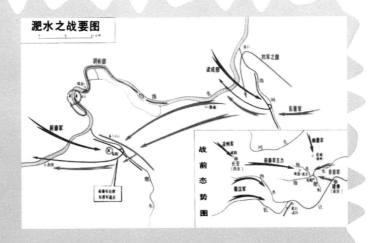

淝水之戰後，前秦迅速衰落，各族首領紛紛率部脫離前秦的控制，鮮卑族慕容氏相繼建立了後燕、西燕、南燕等，匈奴人赫連勃勃建夏，以統萬爲都。西秦、後涼、北涼、南涼、西涼等國也先後在河西走廊一帶建立。北方的混亂長達四十餘年。

固若金湯的城池

固若金湯的城池。

作爲匈奴首領赫連勃勃建立的「大夏」政權的都城，統萬成爲中國歷史上少數民族建設的最完整、最雄偉、最堅固的都城，也是匈奴民族保存下來的唯一一座城牆輪廓、衆多建築保存完好的都城。在建成後的五個多世紀裡一直是鄂爾多斯高原南部的政治、經濟和軍事中心，也是扼守「草原絲綢之路」的東西交通重鎮之一。在北魏始光四年(四二七年)，北魏與大夏的統萬之戰中，這座沙漠中的孤城表現了頑強的生命力，完全可以用固若金湯來形容。

北魏是鮮卑族拓跋部所建。鮮卑拓跋部原居於今東北興安嶺一帶，後漸南遷至蒙古草原，以「射獵爲業」，靠游牧爲生。東晉咸康四年（三三八年），其首領什翼犍稱代王，建代國，都盛樂（今內蒙古和林格爾一帶）。什翼犍被苻堅所滅後，其孫拓跋珪於北魏登國元年（三八六年）繼稱代王，不久改國號爲魏，制定典章，重建國家，史稱北魏，

拓跋珪即太祖道武帝。皇始元年（三九六年）八月，拓跋珪敗北燕，占有今山西、河北地區，同時遷都平城（今山西大同市）。在漢族先進文化的影響下，進入中原的拓跋部，實行「分土定居」，開始由游牧經濟轉向農業經濟，並引用漢人士族，建立封建制度，開始了由原始末期

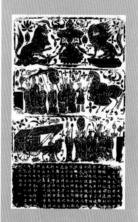

此圖爲北魏正光六年（西元五二五年）彌勒造像佛座的石刻線畫，形象地反映了北魏時期上層人物的衣裝髮式、牛馬轎車，以及線描技藝的精湛水平。

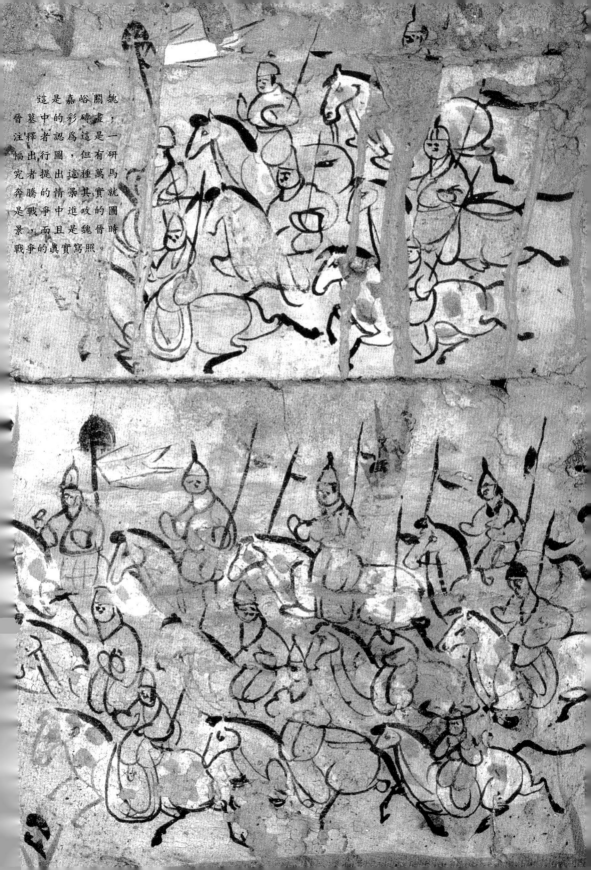

這是嘉峪關魏晉墓中的彩磚畫，注釋者認為這是一幅出行圖，但有研究者提出這種萬馬奔騰的情景其實就是戰爭中進攻的圖景，而且是魏晉時戰爭的真實寫照。

東晉始於元帝司馬睿，終於恭帝司馬德文。劉裕將東晉滅亡之後，與北方的北魏對峙，形成南北朝的局面。圖為司馬睿像。

的家長奴隸制飛躍向封建制的發展過程。

拓跋珪死後，長子明元帝拓跋嗣繼位，嗣死，其子拓跋燾即位，是為世祖太武帝，於時開始了統一北方的戰爭。

拓跋燾，字佛貍，是北魏一位傑出的君主。他繼位後，採取了多項措施，如整頓稅制，分配土地給貧人，安置流民，引用大批漢人參政，旨在加強北魏的封建化進程，加強與中原地主的結合，穩定社會，發展經濟。這些政策的實施，又使北魏國勢日盛，為其統一北方奠定了堅實基礎。

當北魏建國和發展時，正處於十六國的後半期。拓跋燾即位並日益強盛，南方的東晉已為劉裕的劉

宋王朝所取代，北方則還有西秦、夏、北燕、北
涼等割據政權的並立與紛爭，北魏的北邊還有蠕
蠕（又稱柔然、芮芮）經常南下侵擾。拓跋燾君
臨中原，即把平定北方提上議程，但關於先取何
方，統治集團內部一直爭論不休。及始光三年
（四二六年），西秦主遣使朝魏，請討夏國。北魏
大臣們仍意見不同，有的主張先伐蠕蠕，有的主
張先伐北燕，北方士族出身的崔浩則認為「赫連
氏（夏主）土地不過千里，政刑殘虐，人神所棄，
宜先伐之」。時拓跋燾舉棋不定。同年九月，拓
跋燾聞夏主赫連勃勃已死，子赫連昌嗣位，內部
不穩，遂決定先攻夏國。

　　拓跋燾進攻夏國的部署，是分兵兩路。一路
攻長安，一路趨統萬。始光三年九月，拓跋燾命
司空奚斤等人率四萬餘人襲浦阪（今山西永濟縣
西蒲州鎮），目的是指向長安。而十月，拓跋燾

什翼犍之孫拓跋珪於
三八六年繼稱代王，改國
號為魏，三九六年八月，
拓跋珪敗北燕，進入中
原，漢文化和草原文化開
始了淺層次的融合。迦葉
是釋迦的另一名大弟子，
他組織了第一次佛教經典
的結集，為後世佛教的傳
播打下了基礎。從這尊出
土的北魏迦葉像可以看出
漢文化對當地藝術的影
響。

　　前秦苻堅是個悲劇性的人
物，在他統一北方後，迅速攻
占東晉梁、益（約今陝西南部
及四川）二州，繼占襄陽、彭
城等地，企圖滅亡東晉，統一
天下。然而西元三八三年，秦
王苻堅自恃國強兵眾，不聽群
臣勸阻，在淝水之戰中吃了大
虧，前秦軍被殲和逃散的共有
七十多萬，這樣苻堅統一南北
的希望徹底破滅，鮮卑族的慕
容垂和羌族的姚萇等他族貴族
重新崛起，各自建立了新的國
家，苻堅本人也在兩年後被姚
萇俘殺。

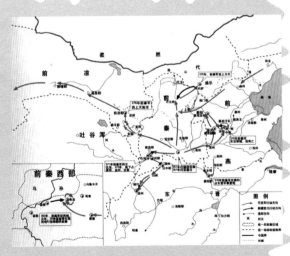

崔浩是北魏大臣，仕北魏道武、明元、太武帝三朝，官至司徒。崔浩博覽經史，善於書法，兼通陰陽術數，對促進北魏統一北方起了積極作用。太武帝時，崔浩三次力排眾議，主張攻滅赫連夏（四二七），主動大規模出擊柔然（四二九），攻滅北涼沮渠氏（四三九）。柔然的大潰敗和夏的覆亡，使北魏得以解除政治上和軍事上來自北方和西北方的威脅。北涼沮渠氏的滅亡，使北魏得以打通西域商道，並從河西輸入遺存的中原文化，有利於北魏經濟和文化的發展；後因得罪於太武帝，太平真君十一年（四五〇）被殺。

親自率主力進攻統萬。十一月，奚斤一路尙未至浦阪，夏守將赫連乙升即棄城西逃長安。奚斤輕取浦阪後，進抵長安，夏長安守將赫連昌、弟赫連助興即與乙升等棄長安西奔安定（今甘肅涇川縣北）。十二月，奚斤占領長安。而拓跋燾進攻統萬，卻因城池結構獨特，易守難攻，再加駐守嚴密，竟久攻不克。

拓跋燾享有九五之尊，竟連小小統萬城都攻而不克，不免氣急敗壞，於是只得率兵自統萬城返回平城，休養生息，伺機再攻。拓跋燾返回平城不久，就聽說赫連昌遣平原公赫連定率二萬兵力往攻長安，於是便下令伐木於陰山（今屬內蒙古），大造攻具，再謀攻伐統萬。

始光四年（四二七年）三月，拓跋燾命高涼王拓跋禮鎮守長安，又命執金吾桓貸於君子津（今內蒙古準格爾旗東北）造橋。四月，魏司空奚斤與赫連定相峙於長安；魏帝欲乘虛襲擊統萬。

拓跋燾先命司徒長孫翰等率三萬騎兵爲前驅，又令常山王拓跋素等率步兵三萬作後繼，南陽王伏眞等率步兵三萬運送攻具，另以將軍賀多羅率精騎三千居前作候騎，充任前哨。

五月，魏帝留下龍驤將軍陸俟督諸軍以防柔然，自率軍從平城出發，經君子津過黃河，至拔鄰山（今內蒙古准格爾旗境）築城，留下輜重，以輕騎三萬開道先行。

王導，東晉大臣，出身世家大族。西晉末年，獻策琅邪王司馬睿，勸其移鎮建業（今江蘇南京）。睿稱帝，任爲丞相，居中執政，其堂兄敦外掌兵權。當時稱「王與馬，共天下」。歷仕元、明、成三帝，領導南遷士族，聯合江南豪族，對穩定東晉局勢貢獻很大。

謝安是東晉政治家，出身士族，多年隱逸林下，四十歲始出仕。孝武帝時任宰相。太元八年（三八三年）前秦苻堅親率大軍南下伐晉，江東大震。他鎮定沉著，獲淝水之戰全勝，乘機收復洛陽及徐、青、兗、豫、梁等州；後司馬道子執政，謝安遭排擠，不久病故。

統萬城固若金湯，前有久攻不克的教訓，如今僅憑輕軍前往，勢必會重蹈覆轍，大敗而歸。所以，魏帝的行動計劃引起群臣質疑。但魏帝卻認為，正因為統萬城固若金湯，所以強攻未必能贏，只有以計奪城。他的計劃是：「夏見我僅有輕騎，意必懈怠，我軍示弱誘之出戰，再以死力與之決戰，定可勝。」

六月，拓跋燾率輕兵來到統萬城外，兵力分散埋伏於深谷，只以少數部眾進抵城下誘戰。赫連昌得知魏兵已臨城下，打算待赫連定從長安率兵來援，然後內外夾擊，所以下令閉城堅守。

魏帝看統萬城門緊閉，擔心夏軍不出戰，便假伴退軍，以示弱，另派五千騎兵掠擾西郊居民。

正在這時，魏有軍士因犯罪而逃到大夏，對夏國說，魏軍已沒有備糧，後繼的步兵也沒有到，兵力弱不堪擊。

赫連昌信以為真，大開城門，率步騎三萬出擊。魏帝一看城門已開，便佯裝收兵逃遁，以引出夏軍出城，造成統萬城內空虛。

夏軍分成兩路追擊，讓拓跋燾頗為慌亂。因為其時風雨交加，飛沙蔽天，魏軍逆風而戰，自然有些力不從心。有人建議收兵避風，遭到大臣崔浩的反對。崔浩建議騎兵兵分兩路，夾擊夏軍。此計果然成功，夏軍大敗，夏主赫連昌不及入城，逃奔上邽（今甘肅天水）。

傳說劉裕是漢高祖劉邦的弟弟楚元王劉交的後代，出生後其母即死，其父劉翹因家境貧寒，便想將劉裕拋棄，同郡的劉懷敬之母聞後前去阻止劉翹，「斷懷敬乳而乳之」。此時劉母生兒還不足一月。劉裕長大後對繼母孝敬有加，但忱於賭博，為鄉鄰所不齒。泰常五年（四二○年）六月，劉裕代晉稱帝，國號宋，人們稱為「寒人掌權」。

　　被稱為「固若金湯」的統萬城終於被魏軍以計謀輕取。拓跋燾率軍進城後，俘夏王、公、卿、將、校及后妃、宮人等以萬數；又獲馬三十餘萬匹、牛羊數千萬頭，府庫珍寶、器物更是不計其數。此時，與魏軍相峙於長安的赫連定得報統萬城已被攻破，放棄長安，也急忙逃奔上邽。魏帝率軍東還，以拓跋素為征南大將軍，與桓貸、莫雲留守統萬。

　　統萬歷經輝煌和磨難，成為中國歷史的一個見證。可一千六百多年來，由於不斷被荒沙圍困，它深陷於毛烏素沙漠之中，幾乎被完全淹沒，也幾乎從人們的記憶中消失了。

　　統萬城由宮城、內城和外廓城三部份組成，不但固若金湯而且格局極為講究，體現了魏晉時代的建築風格。經過十五個世紀的風雨洗禮，統萬城的白色城垣和角樓殘跡依舊輪廓畢現，護城河也隱約可見。

十六國時期的金銅佛像。

人類建築懸案

統萬城在當地也稱作白城子，依地勢而築，西北高東南低，既防多天的寒風，又順勢利用城北的河水為城內用水和城外護城河供水，構思十分精巧。它之所以固若金湯也是因為城市這種特殊的結構。

這個不大的城市由宮城、內城和外廓城三部份組成。城牆外圍還有三十五座敵樓拱衛。內城東西四百九十二公尺，南北五百二十七公尺，總面積二十六萬平方公尺；城牆高十公尺，四角都有墩樓（最高三十餘公尺）。外城更為高大，城基厚近三十公尺，高約十八公尺；南門叫朝宋，西門叫服涼，東門叫招魏，北門叫平朔，均設甕城。

統萬城依地勢而築，西北高東南低，既防冬天的寒風，又順勢利用城北的河水為城內用水和城外護城河供水，構思十分精巧；它的城牆是用糯米汁、白粉土、沙子和熟石灰摻和在一起夯築而成，西城牆厚達十六～三十公尺。雖為土城，但具有石頭一樣堅硬的質地和抗毀力。

築城的用料十分講究，用土都經過蒸熟，再用糯米汁、白粉土、沙子和熟石灰摻和在一起，築成後以鐵錐刺土檢驗質量。內城王宮的宮牆也用熟蒸土夯成，堅可磨刀斧。雖為土城，但具有石頭一樣堅硬的質地和抗毀力。而宮內樓台館舍相連，殿閣宏偉，雕梁畫柱，極盡豪華，不亞於中原都城。

此外有的城牆之中設有存儲糧秣、武器等庫房，城牆四隅的角樓皆高於城垣，西南隅角樓更高達三十‧六二公尺，這在世界築城史上非常罕見。

當時參加築城的人超過十萬，但有數千人因施工過程玩忽職守而遭殺害。按照工藝要求，凡鐵錐刺城，入牆一寸者，即屬夯築不合格；凡刺不進去，即屬有意包庇。施工不力者和包庇者都得遭到酷刑或殺戮。可以說，這座固若金湯的都城，是在一種極為殘酷的威懾下建造起來的，城牆上塗滿建築者的鮮血。

經歷了一千五百多年的風風雨雨的古城，當年固若金湯的一國都城，竟深深地陷進了沙漠之中，出現「黃沙漸遠統萬城」的局面，固然是此地的沙漠化導致的結果，但人們爭論的分歧在於統萬城是營建初就在沙漠中，還是後來陷入沙漠中的？它已成為一個懸案。

一種觀點認為，統萬城在營建之初，這裡是一片水草豐美，景色宜人的好地方，根本沒有流沙的影子。《水經注》上說，統萬城是在漢代奢延縣的基礎上改建的；王莽時，這裡還設過奢延縣，也就是說，當年此地是常設縣的所在。

一點觀點認為統萬城當初就是建築在沙漠之中。《水經注》的記載，奢延澤離奢延縣不遠，奢延縣改築為統萬城，其西南是北魏的長澤縣，長澤縣正是從奢延澤而來，

匈奴對中原的威脅早在西元前四世紀就已存在，秦始皇時代，為了抗擊匈奴的入侵，不惜興師動眾，投入巨大財力和人力，建造萬里長城。但是到了漢朝時，匈奴的勢力依然強於漢。

這座固若金湯的都城，是在一種極為殘酷的威懾下建造起來的，城牆上塗滿建築者的鮮血。

　　陶淵明出身於破落官僚家庭，曾祖陶侃是東晉的開國元勛，祖父、父親均作過太守。外祖父孟嘉曾任征西大將軍桓溫的長史，但到陶淵明出生時，家道已衰落。陶淵明二十九歲，爲謀出路，先作江州祭酒，又作荊州刺史桓玄的僚佐，四十歲時出任鎮軍將軍劉裕的參軍，一年後分道揚鑣。有傳說他辭官前曾到過統萬城。

之所以叫長澤，是因爲河流的出口被流沙堵塞形
成長條形的湖泊。而赫連勃勃對於此地的讚美，
恐怕是沙漠地區的自然現象，而不是草原地區的
自然環境。

　　以上兩種說法，依據同一材料作出不同的解
釋，而且不無道理。看來，要弄清統萬城之謎不
是件容易的事。若干年來，中國的考古、地質和
歷史研究人員對統萬一千五百多年的變遷過程進
行了分析和研究，已取得成績。

　　中國古都學會會長、陝西師範大學教授朱士
光曾多次在統萬遺址實地考察。他認爲，統萬城
的再發現不僅在中國民族史和考古史等方面具有
巨大價值，在人地關係的生態學上也具有無與倫
比的獨特價值。在農耕文明與草原文明的交匯區，

統萬城地處陝西和內蒙古交界地區的毛烏素沙漠的深處，這裡也是農耕文明與草原文明的交匯點，隨著匈奴人逐漸對中原的滲通，游牧民族學習農耕文明中的技術已是一種必然。事實上統萬城的特殊地理位置對游牧文明向農耕文明過渡起著牽引作用。這是魏晉時的磚畫，反映了當時的農業生產和狩獵情景。

往往是游牧民族學習農耕文明中鑿井、築城等技術的關鍵地區，也是其向農耕文明過渡的地區。

　　朱士光從統萬城的遺址上也看到了在中國北方馳騁了十個世紀又消失了十五個世紀的匈奴民族的歷史風塵。這個在西元前四世紀至五世紀不可一世的強悍民族，一直是中原地區的最大威脅，但隨著漢匈和親和交往的頻繁，匈奴人進入了長城內，衝突逐漸得到了化解。這個民族在南北朝以後的消失是個謎。

　　另一位對統萬懷有濃厚興趣的學者戴應新從統萬城的廢墟上也看到了匈奴的偉大與強悍，並且看到當年匈奴人與漢人的文化和貿易上的密切聯繫。他說，由於處於奴隸社會階段，匈奴在經濟文化和社會制度等方面皆落後於中原，必須依靠中原的貿易場所──「關市」來實現社會經濟的發展，戰爭年代也不例外。同時，匈奴也受到漢族文化的強烈影響，尤其是與漢族毗連的地區，漢族的綢緞和手工藝品逐漸成為一般匈奴族人日常生活的重要部分。而開始建築城市，也是在和漢族打交道的過程中慢慢學會的，但其主要設計人員和技術人員仍依仗漢人。統萬城也是在漢族知識分子的直接幫助下建成的。

　　由於歷史上基本無匈奴民族的詳細文獻資料，統萬城的發現和挖掘將對掀開匈奴神祕面紗提供珍貴的歷史資料。

大夏國錢幣。

第五章
佩特拉（Petra）：中東玫瑰紅

瑞士探險家闖入禁區

　　八一二年某一天，一個操著一口流利阿拉伯語、化名西克·坎布拉罕·阿布道拉的瑞士探險家穿行在荊棘的岩道間。他頭裏穆斯林頭巾，身穿穆斯林長袍，滿臉的絡腮鬍鬚又濃又密，完全一副阿拉伯商人的裝扮──他正在接近一個他夢幻中的神祕之地。

　　六年前，他的同道──一個名叫尤爾里奇·西特仁的德國學者，在穿越奧斯曼領地時，從一個

　　爲了尋找尼羅河源頭，貝克哈特計劃在敘利亞完善自己的阿拉伯語，然後前往開羅，加入穿越撒哈拉沙漠去尼日爾地區的商隊。可他卻鬼使神差地進入了佩特拉禁區。他認爲這是神諭的指引。

　　皮斯克像。西元一世紀，羅馬的尼祿皇帝派出探險隊前往尼羅河上游查找源頭，但由於尼羅河消逝在一望無際的沼澤中，要逆流而上探尋源頭幾乎是不可能的。一八五七年兩名英國軍官皮斯克和伯頓受皇家地理學會和外交部委託前往非洲探尋尼羅河源頭，途中兩人不歡而散。皮斯克是真正發現尼羅河源頭的人。

貝督因人那兒獲悉了有一個被稱為「佩特拉廢墟」的地方，便偽裝成阿拉伯人，悄悄踏進這片岩石古道，在基督教徒身分被揭穿後，慘遭殺害。

奧斯曼帝國是一個地處土耳其中心地帶的穆斯林國家，十四世紀中期，奧斯曼土耳其強大起來，東羅馬帝國被趕出小亞細亞。接著，土耳其人越過達達尼爾海峽，擊敗東羅馬、巴爾幹聯軍和西歐封建主聯軍。一四五三年土耳其攻占君士坦丁堡，東羅馬帝國滅亡。從那時起，奧斯曼土耳其開始大規模的軍事擴張，到一四八一年，占領了全部小亞細亞、巴爾幹半島和黑海北岸。到十六世紀中期，土耳其人占領了外高加索、兩河流域、敘利亞、巴勒斯坦、阿拉伯半島西部沿海地區。在非洲，占領了從埃及到阿爾及利亞大片土地。在歐洲，攻下貝爾格萊德，控制了匈牙利，並兵臨維也納城下，震動了西方。十七世紀時，奧斯曼土耳其成為地跨亞、非、歐的軍事帝國。由於幾個世紀來奧斯曼帝國與信仰基督教的歐洲各國戰火不斷，因此，奧斯曼土耳其人以及他們遍布中東和北非的臣民們對歐洲人都頗懷疑心。獨身途經穆斯林地帶的基督教徒會被當地人驅逐出境，甚至殺害。

阿布道拉似乎已經忘記了西特仁的悲慘遭遇。他的腳步很堅定，面帶疲憊和莊重，眼睛裡閃爍著別人難以覺察的自信。他以恭謙的姿態與路人打成一片，以他的淵學、對伊斯蘭教義的精通，贏得了穆斯林的尊敬。

阿布道拉的真名叫約翰·路德維格·貝克哈特，一七八四年生於瑞士，在德國和英國接受教育並且學習阿拉伯語。一八〇九年，他受命於英非聯合會，負責調查尼日爾河和尼羅河是否源於同一條河流的問題。這是當時的一個地質學難題，有些地質學家認為北非的這兩條大河起源於同一個源頭，或者是在巨大的北非沙漠內部某地匯合的；而另一些人卻堅持認為這兩條河流完全沒有任何關係。英非聯合會要求貝克哈特用第一手考察材料，以解答這兩條河的謎底。

貝克哈特接受了任務後，著手策劃自己的旅行。他首先計劃去敘利亞，用幾年時間完善自己的阿拉伯語；然後前往埃及的開羅，加入穿越撒哈拉沙漠去尼日爾地區的商隊。貝克哈特還特地蓄了阿拉伯式的鬍鬚，改裝化名，動身去了敘利亞。

　　古希臘學者希羅多德說：「埃及是尼羅河所送的禮物。」但穿越大沙漠的尼羅河的源頭到底在哪裡卻是個謎。希羅多德還認爲尼羅河和尼日爾河應是同一條河流，都發源於西非，流向埃及。這觀念在當時也引起極大的爭議。十九世紀，西方探險家都希望能解開這些謎。貝克哈特就是受命這樣的任務進入中東的。此圖爲尼羅河源頭圖。

在敘利亞生活多年的貝克哈特開始慢慢敬仰穆斯林文化，尤其對阿拉伯文明產生了濃厚的興趣。他想走遍阿拉伯的所有國家，眞切地了解穆斯林神祕世界。

穆斯林入侵前的中東由兩大帝國統治：拜占廷帝國和薩珊王朝。前者是具有希臘─羅馬文化的基督教國家，後者是具有波斯─美索不達米亞傳統的瑣羅亞斯德教國家。兩帝國長期不和，於六○三至六二九年爆發了一系列戰爭，雙方元氣大傷，無力抵擋穆斯林的侵入。而奧斯曼土耳其的崛起和擴張，使基督教在中東地區更無立足之地，穆斯林與基督徒之間的殺戮事件屢見不鮮。這是喬托的作品，表現了基督耶穌在中東的影響。在十九世紀，這種題材的藝術根本就不可能進入伊斯蘭世界。

貝克哈特在敘利亞完成語言學習後，便向開羅南行，突然發現自己正處在神祕古城佩特拉附近。

眞是鬼使神差，貝克哈特非常順利地到了被穆斯林看作「禁區」的佩特拉城。他發現，通往佩特拉的必經之路是一個叫西克的山峽，深約二百英尺。這條天然通道蜿蜒深入，直達山腰的岩石要塞，這就是加保・哈朗（《聖經》中稱爲荷爾）的要塞。

別看西克山峽漆黑恐怖，令人毛骨悚然，可是一翻過這個山峽，則別有天地。你會看到世上最精彩的建築：高一百三十英尺，寬一百英尺，高聳的柱子，裝點著比眞人還大的塑像，整座建築完全由堅固的岩石雕鑿成形。這座建築名叫卡茲尼，它最引人注目的特徵是其色彩。由於整座建築雕鑿在沙石壁裡，在陽光的照耀下，粉色、紅色、桔色以及深紅色層次生動分明，襯著黃、白、紫三色條紋，沙石壁閃閃爍爍，神奇異常。

過了卡茲尼，西克峽霍然開闊，伸向約一英里寬的大峽谷。這峽谷中有一座隱沒於此的城市：懸崖絕壁環抱，形成天然城牆；壁上兩處斷口，形成這狹窄山谷中進出谷區的天然通道。四周山壁上雕鑿有更多的建築物。有些簡陋，還不及方形小室大，僅能算是洞穴；另一些大而精緻──台梯，塑像，堂皇的入口，多層柱式前廊，所有這一切都雕築在紅色和粉色的岩壁上，這些

十四世紀中期，奧斯曼土耳其強大起來，東羅馬帝國被趕出小亞細亞。一四五三年土耳其攻占君士坦丁堡，東羅馬帝國滅亡。從那時起，奧斯曼土耳其開始大規模的軍事擴張，到十六世紀中期，土耳其人占領了外高加索、兩河流域、敘利亞、巴勒斯坦、阿拉伯半島西部沿海地區。十七世紀時，奧斯曼土耳其成為地跨亞、非、歐的軍事封建帝國。

《聖經·出埃及記》第十四章中記載，摩西舉起木杖指向紅海，耶和華便使海水分開，露出陸地，以色列人便得以拯救，而在他們經過後，洶湧的海水吞噬了緊跟其後的埃及軍隊。在這個故事中，神再一次顯現他奇妙的能力。這是十四世紀巴爾托洛·迪弗雷迪的壁畫。

建築群是已消失的納巴泰民族的墓地和寺廟。

　　對貝克哈特來說，佩特拉不過是旅途中遇見的眾多奇觀之一。他馬不停蹄，前往開羅；然後穿過尼羅河岸去埃塞俄比亞，橫跨紅海奔向阿拉伯，最後再返回開羅。在他給英非聯合會的信中，他解釋說他正在等待一個機會，以便加入進入西部沙漠的商隊，一旦時機成熟，他將繼續執行原有使命——探索尼日爾河。不幸的是他於一八一七年因病在開羅去世，解答北非兩河的工作就此擱淺了。好在他在漫游敘利亞、阿拉伯和尼羅河峽谷期間做了大量的筆記，極具參考價值。一八一九年至一八三一年間，英非聯合會出版了他的厚達五卷的筆記。在其中名為《敘利亞聖地旅行記》的一卷書中，他對佩特拉古城的描述引發了歐洲人的興趣。從此各國冒險家，不畏艱辛，紛紛闖入阿拉伯這片神祕禁地。

　　佩特拉城隱藏在一條狹窄而陰森的峽谷內，建築物雕鑿在懸崖峭壁上，其房間也隱沒在岩石之中。

石頭上鑿成的城市

有考古學家把佩特拉比喻成一片巨大的墓地，事實上山谷在寶庫的一邊展開，展現出眾多的開鑿於岩石中的墳墓。這些墳墓由粉色的沙岩構成，也摻雜著很多其他顏色。這裡的墓碑群曾被當作是房屋。第一次世界大戰中，英國士兵Ｔ・Ｅ・勞倫斯領導下的阿拉伯游擊隊曾把這裡岩牆洞穴作為藏身之所。

佩特拉城地處從阿拉伯半島到地中海的貿易之路上，所以它成了那些橫越乾旱鄉村地區疲乏的旅行者們喜歡的歇腳地。遺址上的這塊石頭有人猜測來自埃及。

　　八三〇年，一位名叫利昂・德・拿波德的法國旅人出版了一本有關佩特拉古城的遊記，書中用大量的插圖展示了神奇的佩特拉石雕墓地及神廟。一八三五年，一位年輕而博學的美國遊客在巴黎偶然讀到此書，產生了一睹佩特拉風采的強烈衝動。他就是約翰・李約德・斯蒂芬斯。

　　斯蒂芬斯一八〇五年出生於美國新英格蘭一個殷實的家庭，大學時讀法律專業，但他更有興趣的是世界文化。二十九歲時他放棄了律師工作，跳上一艘船前往歐洲旅行，繼而輾轉來到中東，他要揭開隱藏在山谷中的古城佩特拉的神祕面紗。後來他還在南美叢林中發現了馬雅人的科潘城。

　　斯蒂芬斯首先去埃及，考察了拿克斯爾和其他一些法老時代的古蹟；然後像貝克哈特一樣，偽扮成商人，帶著一個身著阿拉伯服裝的義大利僕人，前往佩特拉。為了給探險工作提供必要的方便，他還不得不賄賂當地貝督因酋長。

　　佩特拉城的建築物全都是依傍山勢雕鑿而成的，這一奇景是大自然的「雕刻師」和能工巧匠共同創造的成果。卡茲尼石宮是從陡壁上雕鑿出來的宮殿，具有羅馬式的建築藝術風格。斯蒂芬斯看到石宮分上下兩層，底層有六根直徑二公尺的石柱支撐著前殿，顯得很雄偉，上層有六根半

圓形的石柱依山壁鑿出。在石柱的中間，矗立著聖母和帶翅膀的武士的雕像。石宮的頂部，也有一些造型奇特、左右對稱、線條粗獷、畫面清晰的雕像。斯蒂芬斯讚美它是「一座神廟，精緻清晰，宛如一顆嵌在岩石壁上的浮雕寶石」。

在南面的半山腰，有一座歐翁石宮。這座石宮的建築順序是先削平半山腰，再開鑿石窟，最後才修建宮殿的。幾百平方公尺的大廳殿，居然沒有一根柱子，真是巧奪天工。

歐翁宮的兩側是石窟群，向東西延伸。石窟內有住宅、寺院、浴室和墓窟。

高地另一段陡峭的山路通往阿塔夫山脊。在一片人造的高地上有兩方尖碑，山腰再往上一些是另一塊被夷平的地，約有六十一公尺長，十八公尺寬。高地被理解成用於舉行祭祀儀式的地方。高祭台上是放祭品的地方，供奉著納巴泰人兩個神：杜莎里斯和阿爾烏扎。這裡的祭台有排水道，可能是用來排放血的。有跡象表明，納巴泰人曾用人來進行祭祀。

石頭城幾經滄桑，不僅保留了石宮、石窟群，還保存了露天劇場。看台呈扇形，有數十層石階梯。每十層的階梯中築有一個通道。整個劇場可容納幾千名觀眾呢！

斯蒂芬斯獨自坐在岩石雕鑿而成的巨大圓形劇場裡，舉目眺望著峽谷，心裡久久不能平靜。他驚嘆遺跡保存得如此完好。他在書中這樣寫道：「整個劇場保存完好，假如墓中住戶們有幸顯靈重生，他們或許會在老位子上就坐。」

為了及時向外界真實報導佩特拉古城的奇蹟，斯蒂芬斯返回紐約後迅速整理出考察筆記，

佩特拉古城的發現，引起了一場中東考古熱潮，引來了謝里曼（他也是特洛伊城的發現者）等一大批考古學家，貝督因人藉機強烈干預，使考古工作一度受阻。

考古學家推斷，在全盛時期，佩特拉城居民多達三萬，城市規模遠比早期歐洲人估計的大得多。

從佩特拉的房屋建築來看，不但可看到希臘式的廊柱應用，還有柯林斯式的柱頭，表示此地是集中文明之處。佩特拉最獨特的建築方式是層層相疊中間一分爲二，最上再掛一高塔。

於一八三七年出版了《阿拉伯人佩特拉區遊記》一書。該書得到美國詩歌評論家埃德加・愛倫・坡的高度評價和讚揚，一時洛陽紙貴。後來電影製片人史蒂芬・斯皮爾伯格和喬治・路卡斯合作，實地拍攝了影片《印第安納・瓊斯和最後的十字軍》，以另一種更立體的藝術方式使佩特拉名垂青史，

貝克哈特向世人驚爆佩特拉古城遺址，斯蒂芬斯揭開了佩特拉的神祕面紗，中東考古熱潮方興未艾，吸引了考古學家亨利・謝里曼（他後來發現了特洛伊城）和奧斯丁・亨利・萊亞德

是一種天才式的幻想
和紳士般的熱情，使斯蒂
芬斯放棄了律師工作而去
尋找佩特拉。貝克哈特向
世人驚爆佩特拉古城遺
址，斯蒂芬斯則揭開了佩
特拉的神祕面紗。

（他後來在尼尼微地區開鑿出尼尼微古城）前往
佩特拉。但由於外來人員逐漸增多，引起了貝督
因人的強烈反對，考古工作在該地受到阻礙，佩
特拉城一度異常安靜。一九一四～一九一八年，
第一次世界大戰的戰火向中東蔓延，英國士兵
Ｔ・Ｅ・勞倫斯領導下的阿拉伯游擊隊曾把佩特
拉的岩牆洞穴作為藏身之所。

　　到了二十世紀，佩特拉「禁區」重又被打開，

美國東方問題研究中心發現的拜占庭教堂的壁畫大多是以《聖經》故事為主要題材，最常見的是聖經人物畫，描繪得最多的是聖母、耶穌、施洗約翰等。形象生動，筆法細膩。

德國、英國、瑞士、美國以及約旦等國的考古學家們在佩特拉考察，逐漸擴大了挖掘範圍。

　　早期的研究者都把注意力聚集在那些墓地上，結果人們常把佩特拉當成是一個大墓地，一個亡靈之城。而後來的考古學家則對佩特拉人的生活方式越來越感興趣。他們發掘了三個大市場，研究由納巴泰人發展起來的蓄水設施。該設施包括一個岩石中開鑿出來的大蓄水池（或稱水庫）和一條水渠；水池用來收集泉水和雨水，並通過水渠把水送給城中心的一個較小的水池，納巴泰人還從噴泉處直接安裝了許多陶管，把水引向城市各地。

　　現代考古學家還在遺址上發掘出納巴泰人的陶器製品，表明當時佩特拉不僅商貿發達，而且手工藝製作也達到了很高的水平。他們的泥器細薄精緻，裝飾著樹枝樹葉之類的自然圖案，用於出口。地處約旦阿曼的美國東方問題研究中心（ACOR）的一位考古學家，於一九九○年在佩特拉發掘出了始於西元六世紀的拜占庭教堂的部分牆壁和整個地板。地板由兩塊各七十二平方英尺大的鑲嵌圖案裝飾而成：圖案中描繪了長頸鹿、大象之類的動物，四季的象徵，以及漁夫、吹笛者和趕駱駝的人，如今這些圖案已經得到清理和修復。一套約四十卷的羊皮紙卷是在教堂中發現，科學家們估計它們有一千四百多年的歷史，可追溯到晚期的羅馬時代。考古學家推斷，在全盛時期，佩特拉城居民多達三萬，城市規模遠比早期歐洲人估計的大得多。

傳說是摩西
「擊石出水」的地方

佩特拉，在希臘語中是「岩石」的意思。據一些神話傳說，這裡還是摩西「擊石出水」的地方。

摩西是希伯來先知，猶太人民族立國之父，他依靠上帝的力量帶領猶太人逃離埃及，在上帝應許之地迦南恢復本民族簡樸、自由的生活，並重新建立對上帝的信仰，直到建立猶太人的國家。在西奈山，他領會了上帝對人世間的律法，把律法傳給了雅各的子孫，一直流傳至今。隨著年事漸高，便指定約書亞，而不是他過於蒼老、衰弱的哥哥亞倫，做自己的繼承人。然後，摩西登上了位於死海東岸的比斯迦山的頂峰，從那裡俯瞰約旦河谷。然後，孤獨地死去，沒有人知道他葬在何處。

「擊石出水」的事件發生在古代希伯來人從埃及出逃後處於一片荒野的四十年裡。《聖經》上說，以色列人在阿卡巴灣停留了一段時間以後，轉而向北，遷到曠野中一

西元前一六〇〇年，迦南發生了一次特大飢荒，迫使以色列人居家逃荒到埃及。在埃及住了二百多年後，因不甘忍受法老的欺壓，便在摩西的帶領下，決定重返迦南。西元前一三〇〇～前一二五〇年，他們推舉摩西為首領，掙脫奴隸枷鎖，從埃及經西奈半島，回到了迦南。在西奈山頂，摩西待了足足四十天。下山後，他對失去信心的以色列人說，他見到了耶和華（希伯來人敬奉的神），並得到他的聖諭。後來，摩西成了猶太教的創始人。

摩西擊石出水的故事發生在古代希
伯來人從埃及出逃後處於一片荒野的四
十年裡。這是瓦勒西歐・卡斯提羅描繪
的摩西出埃及時的情景。

個叫做加低斯的地方，在那裡長期
居住。剛到加低斯的時候，百姓們
找不到水源，就聚集起來攻擊摩西、
亞倫，對他們大聲爭鬧說：「你們
為什麼逼我們出埃及，領我們到這
地方來？這裡不好撒種，也沒有無
花果樹、葡萄樹和石榴樹，又沒有
水喝。我們和我們的牲畜要渴死在
這荒漠中了。」摩西和亞倫就帶著
牧羊杖，來到一尊磐石前，當著以
色列會眾的面，舉杖擊打磐石兩下，
一股清涼的泉水汩汩流了出來。這
樣以色人在加低斯就有水喝了。因
為摩西擅自使用上帝賜予的神杖，

為這些背叛的會眾擊打磐石出水，
犯了不敬的罪，上帝就對摩西、亞
倫說：「因為你們不信我，不在以
色列人眼前尊我為聖，所以你們必
不得領著眾人進我所賜給他們的土
地上去。」耶和華就給那泉水取名
為米利巴，就是「爭鬧」的意思。
以色列人在加低斯逗留期間，摩西
的姐姐女先知米利暗去世了，他們
就把她葬在那裡。

　　摩西在此擊石出水的傳說或許
只是一個美麗的想像，然而佩特拉
的確有著沉重和不尋常的歷史，它
是中東古代城市中的一個異數。

　　逃出埃及後，摩西對希伯來
人說，只有回到迦南，才是唯一
的出路。但是大多數希伯來人沒
有勇氣同勇猛強悍的迦南人進行
戰鬥。摩西只好帶著希伯來人到
處流浪。四十年過去了，摩西已
經成為一個衰弱的老人。不久，
摩西去世了。接替摩西領導希伯
來人的是約書亞。

佩特拉城位於埃多姆（古代地名，與古以色列相鄰，在今約旦西南部，死海與亞喀巴灣之間。古名已失傳）的中心，卻是納巴泰人所建的城市。五個多世紀以來，除了貝督因人知道它存在於大漠與高山之間，幾乎無人造訪過此地。

納巴泰人和貝督因人一樣是阿拉伯游牧民族，約在西元前六世紀從阿拉伯半島北移進入這裡，很快在這裡建立了佩特拉城。他們選擇在這裡建城，主要是看中這裡的特殊地形。一是它唯一的入口是狹窄的山峽，敵方無法調集大軍攻城，難攻易守；二是環抱城市的高地平原上森林繁茂，牧草肥沃，利於游牧；三是水源充足，一股終年不斷

西元一世紀，羅馬兵攻入佩特拉城。佩特拉成為羅馬帝國的一個省，西元四世紀又淪為拜占庭帝國的一部分。拜占庭帝國即東羅馬帝國，指的是羅馬帝國在西元四世紀分裂之後，繼承羅馬帝國正統政權，且據有東半部領土的帝國。而拜占庭帝國的中心，就是拜占庭，後改為君士坦丁堡。

摩西率以色列人出埃及重返迦南途中，為統一人心，創立了信奉一神的猶太教（後人又稱「摩西教」），以上帝的名義定出十誡，在一神教歷史上，第一次以一種契約的方式被提出來。人與神訂立契約，在當時具有革命性。此為「十誡圖」。

的噴泉提供了可靠的水源。

到了西元前四世紀，納巴泰人利用它處於亞洲和阿拉伯去歐洲的交通要道附近，積極把它發展成很具規模的貨物中轉站，經波斯灣輸入的印度香料、埃及的黃金以及中國的絲綢途經這裡，運往大馬士革、泰爾以及加沙等地的市場。商隊經過這裡都得交納途經貨物的稅和過路費。當地人也有償為旅客、商隊及牲口做嚮導，提供食物和水，從中獲利不少。

西元三二五年，君士坦丁在拜占庭蓋了一座大教堂，即索非亞大教堂。該教堂在十七世紀聖彼得大教堂完成前，一直是世界上最大的教堂。當時的統治者藉以建立巨大的教堂來對包括佩特拉在內的所轄地區施與影響力。

西元前三世紀，佩特拉成為了納巴泰人的首都。而在岩石中開鑿墓地成了一種風俗。考古學家認為，這可能是早期居住在那兒的部族的風俗，後來又由納巴泰人繼承了。納巴泰人還有可能把已故的國王們視為神靈，把他們的陵墓視為神廟。納巴泰人也建造其他「宇廟」，有的嵌鑿在岩石中。不過其中最大的一座是建於西元前一世紀的獨立式建築，可能是用來供奉佩特拉主神都薩爾斯的，該神的象徵是一塊石頭。

索非亞大教堂內部的裝飾，除了各種華麗精緻的雕刻之外，也包括運用有色大理石鑲成的馬賽克拼圖。從西元四到六世紀開始，教會逐漸對教義與救贖的觀念有漸深的認知，同時希臘羅馬文化對基督教產生影響，信徒逐漸產生將聖母、聖子、聖徒等人物畫像化的需求。西元七三○年羅馬皇帝里奧三世頒布禁令，禁止聖母、聖子、聖徒、天使以人物形象出現，自此揭開了兩派人馬長達二百年間的血腥鬥爭。

西元前二世紀，納巴泰人到了全盛時期。版圖最大時，王國由大馬士革一直延伸到紅海地區。在納巴泰文化的巨大衝擊下，原來的阿拉伯文字也被納巴泰人的文化所替

代。西元前八十年～前六十五年，國王阿爾塔斯
二世統治時期，納巴泰人鑄造了自己的錢幣，建
造了希臘式的圓形劇場，佩特拉城蜚聲於古代世
界。

　　西元前一世紀開始。羅馬人控制了佩特拉周
圍的地區。一○六年，羅馬人奪取了佩特拉，城
市及周邊地帶成了羅馬帝國的一個省，稱作阿拉
伯人佩特拉區。但它是羅馬帝國最繁榮的一個省。

　　在羅馬人統治下，佩特拉曾一度繁榮昌盛，
羅馬工程師們鋪築商道，改進灌溉設施。但由於
地中海岸亞歷山大城的崛起，原經過佩特拉的貨
物大部分依靠海上運輸，佩特拉中轉地位發生變
化。後來羅馬人又在佩特拉城的北部興建了一條
大路，連通了敘利亞的大馬士革與美索不達米亞
（今天的伊拉克），掠走了更多的運輸貿易。到了
西元三世紀，佩特拉的經濟實力和財富大大減弱。

　　西元四世紀，佩特淪為拜占庭（或稱東羅馬
帝國）的一部分。在這期間，它成為一座基督教
城市，是拜占庭（或稱東正教）大主教的居住地。

索非亞大教堂特別之
處在於平面採用了希臘式
十字架的造型，在空間
上，則創造了巨型的圓
頂，而且在室內沒有用到
柱子來支撐。大圓頂離地
五十五公尺高。

沉寂的玫瑰紅

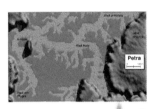

佩特拉地形圖。佩特拉城地處從阿拉伯半島到地中海的貿易之路上，所以它成了沙漠苦旅者的歇息地。自羅馬人接管佩特拉以後，該城市也一度繁華。但後來因貿易路線改變了，佩特拉的重要性因此大為削弱。

由於佩特拉位於埃多姆（意為「紅色」）的心臟地帶，所以十九世紀的一個英國詩人J·W·柏根在一首詩裡中又稱它是「一座玫瑰紅的城市，其歷史有人類歷史的一半」。後來柏根曾親臨佩特拉才發現此城並非玫瑰紅色，甚至不能稱為一座城市，不禁啞然失笑。儘管如此，「玫瑰城」之名還是不徑而走。

「玫瑰城」的沉寂從西元一〇六年開始。

西元七世紀，伊斯蘭教在阿拉伯地區東山再起，迅速波及西亞和北非地帶。伊斯蘭帝國日趨強大，最終控制了從西班牙到阿富汗的廣大地區，阿拉伯人佩特拉區又成了伊斯蘭帝國的一個小省。西元一〇六年，佩特拉被羅馬帝國國王圖拉眞占領。

圖拉眞生於西班牙的伊大利卡，隨父在軍中長大。西元八十九年成為軍團指揮官。九十年任執政官。九十七年任上日耳曼行省總督時被皇帝內爾瓦收為養子，成為帝位繼承人。翌年即位後對內加強集權統治，對外奉行擴張政策。一〇一～一〇二年、一〇五～一〇六年兩次發兵達契亞，使其淪為羅馬一行省。一〇六年占領納巴泰王國，將它設為阿拉伯行省。後來圖拉眞於一一三年出征帕提亞（安息）。次年攻占亞美尼亞；後沿底格里斯河南下，吞併上美索不達米亞。一一六年圖拉眞攻陷帕提亞首都泰西封，直抵波斯灣。一

在可尋的佩特拉的墓碑上，還留著記錄歷史風塵的雕刻，但在時光的侵蝕下已無法辨認。

有足夠的考古學方面的證據表明，早先的佩特拉既不是玫瑰紅的也不是類似鮭魚的粉紅色，而是灰泥粉飾，與今天看到的情況完全不同。

一七年他在回師途中病死於小亞細亞的塞利努斯。

從西元前四世紀直至西元一○六年，到羅馬帝國國王圖拉真下令把它占領爲止。此後三百多年裡，佩特拉的地位改變了，但它卻繼續存在下去，繼續成長和發展。只是此時的佩特拉幾乎處於被遺棄的地步。

幾個世紀後，爲了爭奪近東控制權，伊斯蘭勢力與歐洲基督教各國間戰爭不斷。佩特拉這座石城在十字軍東征期間再次興旺起來。歐洲十字軍在該地建立起短命王國，把佩特拉作爲他們的一個要塞，一直堅守到一一八九年。西元十二世紀後，佩特拉再次被遺棄。

佩特拉爲什麼被遺棄一直是人們百思不得其解的問題。就算是它一度失去了對商道的控制權，但仍然可以倖存下來，那麼爲什麼它又沒有倖存下來呢？

史學家分析認爲，導致佩特拉城衰亡的可能是天災。西元三六三年，一場地震重擊了佩特拉城。震後，許多建築淪爲廢墟，房屋的主人們無能力或者無心思將它們修復。參加過發掘拜占庭教堂的 ACOR 組織成員日比紐‧菲瑪說：「沿著柱廊街道看看那些商店你就明白了。店主們嫌麻煩，不願打掃清理碎石，寧願在震倒的建築前重建房屋……這是城市財富與秩序開始衰退的跡象。」西元五五一年，佩特拉城再次遭受嚴重地震，也許那次地震震塌了拜占庭教堂；隨後教堂又受到震後蔓延全城的大火襲擊，羊皮紙卷也就在火災中被毀壞了。

佩特拉地震之說在歷史中可以找到線索，然

而令人不解的是，為什麼許多城市都能在地震和火災之後重建，而佩特拉卻不能呢？

上世紀九〇年代初幾位亞利桑那的科學家們認真研究過佩特拉的那些鼠、兔和囓齒類動物的貝塚。這一類動物都慣於收集棍子、植物、骨頭以及糞便一類的東西。巢穴被它們的尿水浸透，尿中的化學物質硬化，便可形成一種膠狀物質，防止穴中的東西腐爛。據發現，有的貝塚已有四萬年之久，盛滿了貝塚形成年代的植物和花粉的標本。他們發現在早期的納巴泰人時代，橡樹林和阿月渾子林遍布佩特拉四周的山地；然而到了羅馬時代，大量的森林消失了。人們為了建房和獲取燃料砍伐了大量的木材，致使林區衰變成為灌木林草坡帶；到了西元九〇〇年，這種衰退進一步惡化，過分地放牧羊群使灌木林和草地也消失了，這個地區逐

佩特拉幾度興廢，成為不解之謎。西元一〇六年，佩特拉成為羅馬帝國的一部份，擁有廣場、公共浴室、劇場等所有古羅馬文化常有的建築，隨著鄰近的阿位伯古城巴爾米拉消沉而痕跡依稀。幾百年中，佩特拉的玫瑰紅終於沉寂了，只為當地部落的居民所知。

佩特拉的入口是錫克峽谷，它最早建立於西元前四世紀，為納巴泰人商隊的集散地。考古學家發現，佩特拉的街道有引水道，配合水壩以供給整個城市的用水，因為佩特拉位於沙漠中，這項設施更顯得重要。在西元前後，羅馬與它結盟以對抗波斯，戰略地位重要。到了西元一世紀，羅馬強占敘利亞，正式將佩特拉收進版圖。

漸淪爲沙漠。周圍的環境再也無法爲龐大的人口
提供足夠的食物和燃料時，城市就徹底消亡了。
因此科學家們認定環境惡化是導致佩特拉衰亡的
因素之一。

關於佩特拉的消失之說到目前還沒有一個定
論，但無論如何，有關佩特拉從史前到伊斯蘭時
代的歷史依然吸引著對歷史深懷敬意的人。正如
英國詩人威廉貝根在《致佩特拉》中說：令我震
驚的唯有東方大地，玫瑰紅牆見證了整個歷史。

從佩特拉中部出發經
半小時的山路便到達代
爾。關於這座紅色城市，
有人稱它爲修道院，也有
人稱之爲廟宇。

羅馬國王圖拉眞於西元一〇六年占領
佩特拉城。這座圖拉眞圓柱高二十七公
尺，立於羅馬城，於西元一〇六～一一三
年用大理石砌成。建成時的柱頂上聳立著
圖拉眞的青銅像，後於十六世紀換成聖彼
得像。柱身上環繞著長達二百公尺的飾帶
浮雕，描繪了圖拉眞率領軍隊征服西亞的
戰爭，共刻畫了二千五百個人物，而圖拉
眞的形象前後竟出現了九十次。

第六章
克諾塞斯（Knossos）：歐羅巴最初的榮華

神話裡的迷宮

謝里曼，這位特伊洛城的發現者希望在有生之年能有更大的發現，而此時的克諾塞斯城對他來說還很遙遠。

一八七三年，亨利·謝里曼發現特洛伊和邁錫尼遺址後，把視線轉向克里特島。這座位於地中海東部的狹長島嶼在古希臘的文明演繹中發揮了舉足輕重的作用，是另一個充滿神話色彩的神祕之地。謝里曼根據《伊里亞德》史詩的線索找到了失落的特洛伊古城。他似乎也想通過神奇的傳說找到克里特文明的異樣的故事。他記得荷馬在《奧德賽》中有這樣一段對克里特島的描寫：

「在遠處暗藍色的大海上，浮現著一個島嶼，那就是克里特。可愛而富饒的土地的四周，拍打著一陣陣巨浪。島上有九十個人口稠密的城市……其中之一就是克諾塞斯……米諾斯王掌管大權，他與萬能的宙斯神十分友好。」

神話中的米諾斯王是宙斯與他的情人歐羅巴所生，後來成為一位位尊四方的君主。他以強大的海軍稱霸愛琴海，並建立起規模宏偉的宮殿——克諾塞斯宮，從而揭開了燦爛輝煌的克里特文明的序幕。

相關的人物故事在希臘神話中有著詳細的記載——

歐羅巴是腓尼基王國國王阿革諾耳的女兒，在王宮裡深居簡出。有一天半夜她做了一個奇怪的夢。她夢見世界的兩大部份亞細亞和對面的大陸變成兩個女人的模樣，在激烈地爭鬥，想要占

有她。其中一位婦女非常陌生，而另一位她就是亞細亞，長得完全跟當地人一樣。亞細亞十分激動，她溫柔而又熱情地要求得到她，說自己是把她從小餵養大的母親；而陌生的女人卻像搶劫一樣強行抓住她的胳膊，要帶她去見宙斯。

歐羅巴醒來，心裡極為慌亂，她想知道是哪一位神給了她這樣一個溫柔而神奇的夢，而夢中的那個陌生女人又是誰呢？第二天清晨，她和姑娘們一起到花園裡嬉玩。她穿著一件十分漂亮的長襟裙衣，那是火神赫淮斯托斯為她特意製作的。歐羅巴穿上漂亮的衣服，楚楚動人。她跑在同伴的前頭，奔到海邊的草地上。草地上鮮花怒放，格外芬香。姑娘們歡笑著散了開來，採摘自己喜歡的花朵，有的摘水仙，有的摘風信子，有的尋紫羅蘭，有的找百里香，還有的喜歡黃顏色的藏紅花。歐羅巴也很快發現了她要找的花。她站在幾位姑娘中間，雙手高高地舉著一束火焰般的紅玫瑰，看上去真像一尊愛情女神。

姑娘們採集了各種鮮花，然後圍在一起，坐在草地上，大家動手編織花環。為了感謝草地仙子，她們把花環掛在翠綠的樹枝上獻給

這是法國印象派畫家克洛德·洛蘭作於一六六七年的油畫。歐羅巴被劫的故事就發生在這一塊美麗如畫的海灘旁。

風景中除了海口處有一古時殘留的碉堡、海上數艘清晰可見的帆船外，沒有任何建築物。從畫中可以看到，樹叢裡有幾個牧人在彈琴休憩，歐羅巴已坐到牛背上。但人物都畫得很小，在整個風景中不甚顯目。這是洛蘭繪畫中的時常流露的理想主義色彩。

這一是幅描繪歐羅巴被劫時的油畫作品，瑞士畫家瓦洛東作於一九〇八年。畫上描繪的是歐羅巴正爬上牛背的情景，用筆渾厚、簡略、富裝飾性。此畫現藏瑞士伯爾尼藝術博物館。

她。

宙斯為年輕的歐羅巴的美貌深深地打動了。可是，他害怕嫉妒成性的妻子赫拉發怒，同時又怕以自己的形象出現難以誘惑這純潔的姑娘，於是他想出了一個詭計，變成了一頭膘肥體壯、高貴而華麗的公牛。宙斯在變形前把兒子赫耳墨斯叫到跟前，吩咐他快把在山坡上吃草的國王的牲口統統趕到海邊的草地去。赫耳墨斯立即飛到西頓的牧場，把國王的牲口從山上一直趕到草地，那正是歐羅巴和姑娘們快樂玩耍的地方。這樣變成公牛的宙斯就混在國王的牛群中。

在希臘神話中，風流的宙斯常常詭計多端變換自己的外貌去誘惑美女，他曾變作一隻柔順的天鵝接近斯巴達國王的妻子勒達，也曾化作一陣金雨與阿爾戈斯國王的女兒達那厄幽會。圖中的宙斯變成公牛，來到歐羅巴面前，懇求她坐在他的背上前往克里特島。

牛群在草地上慢慢散開，只有神化身的大公牛漸漸向歐羅巴靠近。這頭與眾不同的公牛不但漂亮健美而且溫順可愛。歐羅巴和姑娘們被公牛的姿態所吸引，紛紛誇讚牠的嫻靜和高貴，還用手溫柔地撫摸牠油光閃閃的牛背。公牛似乎很通人性，牠越來越靠近姑娘，最後，牠依偎在歐羅巴的身旁。歐羅巴先是嚇了一跳，但看到公牛馴服的樣子又大膽地把手裡的花束送到公牛的嘴邊。公牛撒嬌地舔著鮮花和姑娘的手。姑娘用手拭去公牛嘴上的白沫，溫柔地撫摸著牛身。歐羅巴越來越喜歡這頭漂亮的公牛，最後壯著膽子在牛的前額上輕輕地吻了一下。公牛發出一聲歡叫，隨後溫順地躺倒在歐羅巴的腳旁，用溫情的目光打量著她，並示意她爬上自己寬闊的牛背。

歐羅巴心裡很激動，便壯著膽子騎上牛背，還把姑娘們編織的花環掛在牛角上。這時公牛從地上躍起，輕鬆緩慢地走著，把姑娘們甩出很遠。當走出草地，公牛像奔馬一樣前進。歐羅巴還沒有來得及知道發生了什麼事，公牛已經縱身跳進

了大海。

歐羅巴用右手緊緊地抓著牛角，左手抱著牛背。她非常害怕，回過頭張望著在遠方的故鄉，大聲呼喊女伴們，可是風又把她的聲音送了回來。海水在公牛身旁緩緩地流過，姑娘生怕弄濕衣衫，竭力提起雙腳。公牛卻像一艘海船一樣，平穩地向大海的遠處游去。

公牛馱著姑娘在水中游了整整一天。周圍永遠是無邊無際的海水，可是公牛卻十分靈巧地分開波浪，竟沒有一點水珠沾在牠那可愛的獵物身上。傍晚時分，他們終於來到克里特島。公牛爬上岸後突然消失了。驚詫中的歐羅巴看到面前站著一個俊逸如天神的男子。男子告訴她自己是克里特島的主人宙斯，歐羅巴了解到那頭公牛的身分後懇求原諒。宙斯立刻向歐羅巴傾訴他的愛意，並稱如果姑娘願意嫁給他，他可以保護姑娘。歐羅巴答

完成使命的忒修斯帶著同伴歷經風險回到家鄉，可他沒想到因為他的疏忽，父親已跳海而死。愛琴海的淒美故事是最希臘化了的傳說。這幅圖見於西元前五七○年的弗郎索瓦陶罐，表現了忒修斯與同伴棄舟登岸的情景。現藏於佛羅倫斯考古博物館。

雅典國王之子忒修斯在希臘神話中是一個正義和光明的象徵。他自告奮勇地充當貢品進入克諾塞斯迷宮，殺死了米諾牛，解除了人民的心頭之患。後來他娶了米諾斯的另一位女兒阿里阿德涅為妻，並成為雅典的賢明君主。

宙斯不僅是萬物之神，更是上天之神，他的威力全部集聚在擁有的天火上。在這只放香料的瓶上，畫家以凝重的筆法描繪了宙斯揮舞著閃電的形象。

應了他的要求。宙斯邀請了四季之神爲歐羅巴打扮，舉行了盛大的婚禮。後來宙斯把歐羅巴最初到達的地方稱作歐羅巴洲（歐洲）。

歐羅巴跟宙斯生了三個強大而睿智的兒子，他們是米諾斯、拉達曼提斯和薩耳珀多。米諾斯和拉達曼提斯後來成爲冥界判官。薩耳珀多是一位大英雄，當了小亞細亞呂喀亞王國的國王。

爲了躲避天后赫拉的加害，宙斯曾將歐羅巴變爲牝牛，因此，他們的兒子米諾斯從不使用牝牛向神祭祀，此舉觸怒了神。神讓米諾斯的王后與牡牛相愛，生下了牛首人身的怪物米諾陶（俗稱米諾牛）。從此吃人怪獸米諾陶使克里特人陷於恐怖的漩渦。米諾斯決定請當時希臘傑出的建築師代達羅斯在克諾塞斯宮內修造了一座迷宮，用來隱藏米諾陶。

當時雅典是克里特的附屬國，米諾斯命令雅典王每年送七對童男童女到克里特島，放入迷宮中餵養米諾牛。

這一年，又是供奉童男童女的年頭了。有童男童女的家長們都惶恐不安。雅典國王愛琴的兒子忒修斯看到人們遭受這樣的不幸而深感不安。他決心和童男童女們一起出發，並發誓要殺死米諾牛。

雅典民眾在一片哭泣的悲哀聲中，送別忒修斯在內的七對童男童女。忒修斯和父親約定，如果殺死米諾牛，他在返航時就把船上的黑帆變成白帆。只要船上的黑帆變成白的，就證明愛琴國王能再見到自己的兒子忒修斯了。忒修斯領著童男童女在克里特上岸了。他的英俊瀟灑引起米諾斯國王的女兒美麗聰明的阿里阿德涅公主的注

在希臘神話和荷馬史詩中，作為眾神之神的宙斯其實都是一種人神結合的產物。他的絕對威嚴和對愛情的歇斯底里，在當時的希臘人看來是那樣的不合時宜。在這幅畫中，宙斯坐在奧林匹克山上，無動於衷於忒提斯海神女的苦苦哀求，保持了威嚴莊重的神態。

意。公主向忒修斯表示了自己的愛慕之情，並偷偷和他相會。當她知道忒修斯的使命後，她送給他一把魔劍和一個線球，以免忒修斯受到米諾牛的傷害。

聰明而勇敢的忒修斯一進入迷宮，就將線球的一端拴在迷宮的入口處，然後放開線團，沿著曲折複雜的通道，向迷宮深處走去。最後，他終於找到了怪物米諾牛。他抓住米諾牛的角，用阿里阿德涅公主給的劍，奮力殺死米諾牛。然後，他帶著童男童女，順著線路走出了迷宮。爲了預防米諾斯國王的追擊，他們鑿穿了海邊所有克里特船的船底。阿里阿德涅公主幫助他們，並和他們一起逃出了克里特島，啓航回國。經過幾天的航行，終於又看到祖國雅典了。忒修斯和他的伙伴興奮異常，又唱又跳，但他忘了和父親的約定，沒有把黑帆改成白帆。翹首等待兒子歸來的愛琴國王在海邊等待兒子的歸來，當他看到歸來的船掛的仍是黑帆時，以爲兒子已被米諾牛吃了，他悲痛欲絕，跳海自殺了。爲了紀念愛琴國王，他跳入的那片海，從此就叫愛琴海。

神話中的克諾塞斯宮長埋於地下三千餘年而杳無音信，很多人認爲那是子虛烏有的傳說。但謝里曼認爲，米諾斯王與克諾塞斯的傳奇，與特洛伊傳奇一樣，有它的事實根據。他渴望著能像在特洛伊和邁錫尼的考古發現一樣，在米諾斯王宮遺址的考古上有重大發現。但他終究未能實現自己的夢想。一八八八年，即他去世前的兩年，他寫道：「我多麼想在我的有生之年能對這一偉大遺址——克里特島上的克諾塞斯王宮做點什麼！」

荷馬史詩無疑是古希臘文化的大手筆，流傳數個世紀而經久不衰，然而有關荷馬的身世卻幾乎無人所知。這是十八世紀法國畫家的作品，描繪了詩人荷馬在雅典的城門外吟唱他的史詩。

伊文思：
歐羅巴的眺望者

謝里曼的遺憾留給了一個有心人，他就是英國考古學家阿瑟‧伊文思。

伊文思於一八五一年出生在英國一個名不經傳的小村莊。父親是一個造紙商，對歷史與文物十分感興趣。優越的家庭環境使伊文思從小就接觸到稀奇古怪的歷史文物，七歲時他已搜集了不少有價值的古董。青年時代的伊文思是在英格蘭的牛津大學和德國的哥廷根大學度過的。畢業後，他前往東歐旅行並在那裡結婚成家。這期間他還寫了好幾本有關東歐歷史的著作，但都沒有產生影響。後來回到英國，在牛津大學阿西莫林博物館任館長。他在那裡工作了二十五年，憑著他的真誠熱情和遠見卓識，使這個博物館成為充滿活力並得到世界同行認可的博物館。

一八八三年，聽到謝里曼在邁錫尼遺址獲得重大發現的伊文思來到了謝里曼在雅典的家中。謝里曼對這位同行的造訪給予了特殊的關照。他十分慷慨地把他在邁錫尼發現的文物展示給伊文思。伊文思的注意力集中在那些小小環狀或塊狀雕石（印章）和壇罐上。他發現那些雕石上許多符號和圖畫似乎不像是邁錫尼文化和希臘文化中所能見到的，倒有點像埃及的象形文字，而那些邁錫尼壇罐上的符號，更是深不可測，十分神

伊文思對世事自覺懷疑的態度成就了他一生的偉名。這尊西元前一千七百～前一千六百年的克諾塞斯牛頭酒樽印證了伊文思當初對謝里曼藏物的不信任是正確的。他對克諾塞斯的發現把歐洲歷史從傳說中的「荷馬時代」，又向前推了一步。

祕！伊文思認為，這些印章傳遞出的訊息表明它或許早於邁錫尼文明，可能是一個未知文化的線索。他甚至進一步推測，這些印章上的標誌體現了歐洲書寫文字的源頭。

帶著這樣的疑惑，在以後的幾年中，他有意在地中海東部一帶的遺址進行考察，搜集了大量類似的印章。果然來自遙遠的雅典、希臘，埃及開羅的商人告訴他，這些印章是從克里特島而來。

歐羅巴神祕的文化深深地吸引著伊文思，他懷著從未有過的衝動，決定親自到克里特島去。

商人們的提示一下子觸動了伊文思心中那困惑已久的結。他知道在克里特島北邊海岸附近有一個大型遺址——克菲那王宮，即神話傳說中米諾斯的宮殿——克諾塞斯，但在這之前除了謝里曼外幾乎人人都把它當作一種傳說，沒有人相信地底下藏著克諾塞斯的祕密。伊文思想起了謝里曼通過荷馬史詩最後發現特洛伊城的神奇歷險，便懷著從未有過的衝動，決定親自到克里特島去。

一八九四年，伊文思第一次來到了克里特島，他吃驚地發現商店裡擺著各式各樣的古代雕刻印石，就連農人的脖子上的裝飾也是這樣的古刻印石。此時他深信克里特的地下埋著謝里曼的夢想。便決定出巨資買下了這片土地。

一九〇〇年，伊文思拿到了克菲那王宮遺址的所有權，便雇用了當地的一批民工，開始挖掘。

米諾斯王宮基本完整，座落在凱夫拉山麓，總面積二萬二千多平方公尺。主體爲二層建築，低坡地的東宮是四層樓，共擁有大小宮室一千七百多間。支撐屋面的立柱都用整棵大圓木刨光而成，上下一般粗，極其整齊協調。一千四百平方

伊文思在宮內找到了許多寫實的人物和動物壁畫，還有著色的泥塑浮雕。這一尊陶土製的蛇神女塑像，即出土於這座宮殿的廢墟中。她原來是被安放在王宮神龕裡的，女神雙手各持一條蛇，身穿長裙，胸乳裸露，頭梳高髻，顯然是一個與蛇聯繫在一起的神像（這類女神像在宮內還有很多，有的將蛇盤在腮邊、胸側、腰間），但蛇的含義不很清楚。據有些考古學家分析，認爲與生殖有關，因爲蛇與裸露的乳房都是生殖力的象徵物。

公尺的長方形中央庭院將東宮和西宮聯成一體，各個建築物以長廊、門廳、複道、階梯連接。國王寶殿、御寢、后妃居室、貯寶庫、亭閣等等，巧妙配置。千門百廊，曲巷暗堂，忽分忽合，前堵後通，神機莫測，確實是座名副其實的迷宮。

邁錫尼文化時期的器皿。

　　開挖的第一天，首先發掘到一道長長的走廊，通向一排儲藏室。每間儲藏室都存放著盛裝油類的瓷罋和一些藝術品。第二天，發現一堵有壁畫的牆，和畫有圖案的石膏作品，雖然這些作品經歷年深埋已經褪了色和破損，但仍可辨認和想像原貌。第四天，他發掘出了御座之室，裡面豎立著米諾斯王的寶座——歐洲三千年來最古老的御座和其他文物。這一天，他在日記中寫道：「這是一種異乎尋常的現象，不像古希臘，也不像古羅馬……也許，它的全盛時期可以至少追溯到邁錫尼時期之前。」第五天，他們發掘出一片埋滿了石器的遺址，文物古董堆積如山：數枚雕刻印石、花瓶、陶罐和數以百計的泥板。

　　泥板上面刻著兩種未知文字：伊文思稱它們

　　克諾塞斯王宮內不僅有國王寶殿、接待室和起居室，而且還有占去了王宮一大半的眾多的倉庫和手工業作坊。克里特人在室內裝置的複雜的取水和排水系統領先幾個時代，很久，也沒有誰能超過他們。

克諾塞斯室內絢麗多彩的裝飾令伊文思十分稱奇，它使整座王宮建築更加光彩奪目。宮牆上的裝飾，包括大量的壁畫，其基本色調都是明亮的紅、黃、藍，內容和形式活潑生動，使半明半暗的宮室透出輕快活躍的氣氛。

邁錫尼文化時期的文物。

爲「直線 A」與「直線 B」，因爲這些文字都是由直線構成的。他認爲「直線 A」是米諾斯語言的書寫形式，而「直線 B」是邁錫尼語言的書寫形式。他花了數十年時間努力破譯這些文字所代表的含義卻沒有成功。一九五二年，一位叫邁克爾・文突斯的英國建築師，提出了「直線 B」的破譯方法，他能把「直線 B」的符號與希臘語中的詞彙聯繫起來，證明這種由「直線 B」表達的語言（邁錫尼人的書寫形式）是現代希臘語的前身。此舉震驚了學術界。而關於「直線 A」到底代表什麼意思，語言學家和密碼解析專家試用了迄今爲止的每一種解碼方法但仍未成功。

在出土的又一組壁畫中，伊文思看到真人大小的圖畫，畫的是一個優雅、黑髮的人像，還纏著白色條紋的腰布。伊文思曾見過埃及類似的圖畫，埃及人把穿的就是這種類型的衣服的人稱為「島人」。伊文思確信，「島人」與克諾塞斯王宮

克里特島主要由村莊組成，村莊很大，進行宗教禮拜的地點在室外，是村社生活的中心。克里特村社無論在社會地位還是經濟上，似乎都比大陸上的村社更奉行平等主義，婦女享有與男子同樣的自由和社會地位。這是在慶典活動上優雅的女人。

的建造者是一回事。

在發掘的頭三個月，伊文思在遺址上發掘了二英畝多，最後擴展到了六英畝以上，發現了一千四百多個房間。這些房間包括民居、庭院、通道、樓梯、地窖和陽台。這樣的宮殿群的確像一座迷宮，稍不留神，就會迷路。伊文思斷定，這就是傳說中的克諾塞斯迷宮。於是他向全世界宣布了他的重大發現。

伊文思的發現公布後，馬上引起強烈反響。英國倫敦的《泰晤士報》這樣說道：「克諾塞斯的發掘，在重要性上若不能說是超過，也至少不遜色於謝里曼的發現。」

考古學家們意識到，伊文思發現的不僅僅是一座廢墟，而且是發現了一個全新的文明。於是，他們從許多大學和博物館匆匆趕到克里特島進行大規模發掘。凡是與傳奇故事有關的每個地方，每一個小丘，他們都不放過，整個小島變得熱鬧起來。一九○一年，伊文思又在大型中央庭院一側的樓梯發現了更多的描寫當時宗教和民間生活場景的壁畫，發現由象牙、銀、金、水晶石嵌合而成的遊戲板，後來他把這個遊戲板說成是克諾塞斯遺址上所發現的考古學上最有價值的單件工藝品。

一九○六年，伊文思乾脆在遺址附近修建了自己的住房，準備長期從事這項有意義的工作。他在克諾塞斯艱辛地工作了三十年，獲得大量珍貴文物。一九一一年，他因在考古學上的重大貢獻而獲得爵士爵位。

掩埋的米諾斯文明

伊文思的發掘表明，在西元前六千年時，克里特島已經有人居住。這些居民可能來自西亞或地中海東部地區。這時島上已出現了石製工具，培育的作物，家畜，紡織，陶器，房屋和製銅業。約在西元前三千年克里特島進入金石並用時代。

西元前二千年，克里特的原始社會逐漸解體，島上的一些地區出現城堡和階級分化，形成國家。這一時期克里特文明最引人注目的發展是宮殿建築，這些宮殿大約在西元前二千年左右，建於距海岸不遠的克諾索斯、瑪里亞和法埃斯特等，其中以克諾塞斯王宮的規模最大。據推算，克諾塞斯王宮在其最繁榮的時期，連同附近的建築群可容納八萬人左右。克諾塞斯王宮防禦森嚴，圍以

大量事實證明，克里特島文化和希臘文化之間有密切的聯繫。但是在亞歷山大時期，亞歷山大大帝試圖把希臘文化推向他所征服的東方各地，結果希臘文化在許多方面被東方文化征服，變成一種具有大量東方文化特色的希臘藝術，西方藝術史家稱作「希臘化藝術」。該圖是取自伊特魯里亞人模仿希臘風格生產的酒杯：普羅米修斯是被宙斯放逐的古老的神族的後裔，他聰慧睿智，知道天神的種子蘊藏在泥土中，於是把泥土捏成人形，並賦予生命。最後他將神出賣給人，因而被宙斯鎮在高加索山上，宙斯還派出兀鷹，啄食他的肝臟。

克里特自然資源非常豐富，尤其盛產魚、水果和橄欖油。克諾塞斯壁畫中也能看到與生活密切相關的題材。在這些題材中以魚的圖案為最。

高而厚的牆，有碉堡守住出海口，宮中有寬闊的房舍，儲藏室，神坊等。宮殿是政治和宗教權的象徵，因此宮殿的出現可能表明克里特島這時出現了奴隸制國家。每個宮殿群體可能都代表一個獨立的小城邦，這些小城邦在西元前一千九百～一千七百年左右爲爭奪霸權可能發生過戰爭。克諾塞斯王宮可能逐漸占了上風，取得了霸權。在克諾塞斯和法埃斯特之間，修築了道路。

國家的出現促進了文字的發展和演進。克里特的文字由最初的圖畫式文字發展爲象形文字，又由象形文字演進爲線形文字。約在西元前一千七百年和前一千六百年，島內各城的宮殿曾由於大地震等原因兩度被毀，但很快就被重建。重建的宮殿在設計上比以前更大。其建築風格受埃及影響，結構嚴謹，充滿朝氣。在第二次重建的宮殿中仍以克諾塞斯王宮爲最大，占地面積爲三英畝，如果把周圍的建築物計算在內，達五英畝。西元前一六五○～前一四五○年，是克里特文明繁榮的鼎盛時期。

這時手工業更加發達，各種的陶器製作更加精美，有的陶器壁薄如蛋殼，其典型式是卡瑪瑞斯式陶

克諾塞斯繪畫的一個常見的主題是「跳牛」，可能與克里特的宗教有關。這幅從克諾塞斯王宮發掘出的「鬥牛士濕壁畫」，畫面兩位皮膚白皙的姑娘和一個深色皮膚的男人正在進行類似於體操的運動。這幅畫一方面表明克里特人已經意識到智慧的力量可以戰勝一切野蠻的勢力，另一方面也突出了克里特人生活的富庶。

這種象形符號，排列有序，組成數個大小不等的同心圓，十分精緻，而上面的克里特文字至今尚未眞正解讀出來。

器（因其發現地而得名）。克諾塞斯王宮的壁畫都達到了很高的藝術水平，堪稱古代藝術的傑作。它們多以人們的日常生活和自然景物爲題材，而很少描寫戰爭。

大約在西元前二千～前一千六百年期間，是米諾斯文化在克里特島的高潮時期，從中發展出一種嶄新的宗教形式，它的主要特點就是推崇形形式式的女神。這是克里特人的戒指上雕刻出的人們朝拜肥沃與生育之母的情形。

米諾斯人在其強大時，不僅統一了克里特島，而且還統治過愛琴海上的若干島嶼及大陸希臘的一些地方。關於雅典向克里特敬獻童男女以及忒修斯殺死米諾牛的傳說可能反映了這一事實。另外，據說克諾塞斯國王還曾經遠征過西西里，但被西西里人燙死，也反映了它在海外的擴張。

據考證，這個時期克里特文明繁榮的主要原因是其有豐富的自然資源，主要是羊毛和油，部分原因是其對外貿易活躍。由於克里特島人的文明具有水陸雙重性，他們掌握了制海權，因而我們可以認爲他們的文明是海上文明。米諾斯的經濟主要依靠貿易。米諾斯人擅長航海，且擁有高效率的船隊。「新殿時期」的船隻長達一百英尺，有船員五十人，橫渡地中海是輕而易舉的事。米諾斯人在希臘與土耳其之間的愛琴海島嶼上建立起殖民地和貿易港。米諾斯工藝品，如印石，在整個地中海東部地區都有所發現。在米諾斯遺址上已經發現來自希臘、土耳其、愛琴海諸島、埃及以及美索不達米亞的金屬製品。在克里特島工作的考古學家也發現了各種各樣的大型壜罐；這些土壜罐曾經用來盛裝橄欖油和葡萄酒，這兩種東西是米諾斯人的出口產品。此外，他們還出口木材、羊毛絨、陶器、珠寶、刀具、香水，以及藥品。

克里特村社無論在社會地位還

大約在西元前二千六百年左右，克里特人學會了鑄造銅器，冶煉業的興起，大大改進了農具和兵器，從而加速了克里特島的經濟發展和海上霸權。這是克里特人製造的雙面斧。

是經濟上，似乎都比大陸上的村社更奉行平等主義。

除積極開展對外貿易外，米諾斯還進行過許多殖民活動。米諾斯影響遠遠超出了克里特島。

米諾斯人的宗教生活在西元前一千五百年前就已經相當活躍。伊文思和後來的考古學家發現克諾塞斯遺址上的許多塑像和壁畫表現的是女神或女祭司，這些女祭司或女神，常常手握毒蛇或雙葉斧，這種場景可能與動物祭祀有關。米諾斯人心中的上帝就是女神；女人在米諾斯的宗教禮儀上應扮演著重要角色。事實上，伊文思認爲在王室正殿的廳室，崇拜女神的地方，都被看成是聖堂。

米諾斯人的最令人著迷的是他們的藝術品，這些充滿生氣的大自然中精靈的形象，看上去更加人性化；至少比其他古文化，比如亞述和巴比倫文化中那些僵硬、呆板、描繪著猙獰面孔的作品，更具現代情趣。

米諾斯人的繪畫題材首選動植物，尤其是海洋生物。克諾塞斯宮王后寢宮內發現的「海豚」壁畫中，眾多的小魚簇擁著幾條恬靜、優美的海豚，在珊瑚和海綿間靜靜地游蕩，噴射著水花，表現出一種寧靜、安詳的格調。人物題材的壁畫中，最完整的是一件高二・二二公尺名爲「國王─祭司」的著色淺浮雕。畫中年輕的國王正在百

合花叢中主持祭祖活動。他頭戴用羽毛裝飾的百
合花冠，胸前掛著百合花項飾，左手握著鏢標，
右手上擺至胸前、人物形象富有古典美，肩膀寬
闊，腰部纖細，四肢肌肉發達且富有彈性。百合
花和蝴蝶也是用極富特色的手法，表現出人與自
然環境的和諧、統一。背景則使用大面積的紅色，
烘托出祭祖活動豪華與神祕的氣氛。

　　克諾塞斯宮中有很多關於牛的題材，最有名
的是壁畫「調牛圖」。畫面表現的是三個緊張而
又沉著的人物和一頭奮蹄擺尾、狂奔不止的牡牛。
牡牛前後似乎為兩個身材修長的少女，她們的手
腕和臂膀上戴有環狀飾物；牛背上倒立著一個深
棕色的人，長髮飄逸，動作嫻熟。這幅壁畫的確
切含義，目前尚無從考證，似乎是表現一個宗教
活動的場面。但學者們更關心的是畫面中間的
人是如何躍上牛背的。此外、宮殿中還有帶
牡牛形象的雕塑，甚至連高牆上的城堞都
製成牛角的形狀，或許這些與米諾陶及迷
宮的傳說有關。

　　米諾斯文明似乎與牛有著千絲萬
縷的關係。至於克諾塞斯宮是根據米
諾牛的傳說而設計的，還是米諾牛
的傳說由克諾塞斯宮的設計而來，
至今仍是個未解之謎。

　　由於謝里曼在特洛伊城
址，伊文思在克諾索斯城的
發掘，把歐洲歷史從希臘的
古典時代上推到傳說中的
「荷馬時代」，又進而追溯
到史前時代。

這幅名為「巴黎女
子」的肖像畫，惟妙惟
肖，美麗動人，是米諾斯
壁畫中的傑作。它生動地
表明米諾斯人是熱愛生活
的民族。

悲劇的誕生

由於克里特位於地中海東部的中間，周圍的海面風平浪靜，氣候條件較宜於用槳或帆推動的小船航行，因而克里特島成為地中海區域的貿易中心。基於這樣一種天然優勢，克里特人的軍事勢力也在不斷擴大，然而最後還是不敵邁錫尼人的堅利武器。這幅圖描繪了克里特人整裝待發的船隊，說明克里特人在邁錫尼時代前已經掌握了制海權。

米諾斯人把他們自己描繪成一個友善、文雅的民族，酷愛大自然，喜歡運動，他們看上去還有點時髦，無論男女都把長長的黑髮捲盤在腦後，男人佩帶纏腰布；女人口唇著紅，身穿荷葉邊長裙，緊身衣，袒胸露懷。一句話，米諾斯人似乎是一個精神飽滿，有文化教養，熱愛和平的民族。

後來的發現表明米諾斯宗教呈現了它陰暗的一面。一九七九年，希臘考古學家埃菲和簡利斯在克里特島北部埃勒摩斯皮利亞發掘出米諾斯遺跡，當地克里特島人稱它為「風洞」。在這裡，

在克里特文明後期，有一個與希臘婦女有關的宗教活動，這就是「酒神節」。每逢葡萄種植業和葡萄酒釀製業的庇護神戴奧倪索斯奉獻祕密儀式，都要舉行盛大遊行。參加酒神節的多半是婦女，當時人們稱她們是「酒神女巫」。她們身披斑爛獸皮，頭戴青藤花冠，手持酒神戴奧尼索斯的錫杖，在火炬的照耀下，敲鑼打鼓，翩翩起舞。

簡利斯發現了一個小小建築物，據考可能是當時的神壇，但大約在西元前一五五○年的地震中遭到破壞。走進這神壇，他們發現了真人大小的塑像遺跡，遺跡旁邊是祭祀用的花瓶。這間神壇還存在著早期米諾斯人的遺骸，一共有四具骷體，有三具只留下不完整的骨頭，另一具基本完好，後來斷定是一個十八歲的男子，像是被捆綁著做獻祭儀式，禮儀刀具橫放在他的身上。

簡利斯暗示，用這個年輕男子作祭祀，是為了清除地震災難。人們或許沒想到，一貫熱愛和平、舉止文雅，超越許多其他古國文明的米諾斯人，當時竟用活人作祭祀！這一發現頓時引起一場軒然大波，許多希臘和克里特島人認為，這是對他們祖先的一種侮辱，他們深感震驚！

一九八○年在雅典的一次公開大會上，考古學家們對簡利斯的發現和解釋發起攻訐，認為他做出了錯誤的解釋。然而四年後，英國考古學家

約西元前一千四百年，克諾塞斯王宮突遭毀滅，代之而起的是邁錫尼文明。邁錫尼奴隸制城市國家早在西元前一千五百年已經形成。邁錫尼的城牆用巨石壘成，城門上有兩隻雄偉的石雕獅子，稱爲「獅子門」，它的遺址至今仍在。「獅子門」建於西元前一三五〇～前一三〇〇年。門寬三十五公尺，可供騎兵和戰車通過，門上過梁是塊巨石，重達二十噸，中間比兩頭厚，在巨石的門楣上有一個三角形的疊澀券，用以減少門楣的承重力，中間鑲著一塊三角形的石板，上面刻著一對雄獅護柱的浮雕。這一對雄獅，俯視著進入城門的人，更突出了城門的莊嚴肅穆。像獅子門這樣的城門在當時是十分流行的。

邁錫尼時期酒神的名字已經出現在祭祀牌位上。尼采認爲在希臘，具有日神和酒神精神的人各有一半。而在克里特時期的酒神節中，被酒神附魔的婦女們會離開閨房，去挑戰傳統習俗和日常生活。

彼得‧華倫，在對克諾塞斯西北一棟米諾斯建築物的地窖進行發掘時，發現了兩具兒童骸體，一個八歲，另一個十一歲。骨上的刀具印跡與祭祀動物骨上的刀具印跡一致。這兩具骸骨和其他證據，使彼得聯想到，這兩個兒童是在祭祀禮儀上被殺。而且肉還被用刀子從骨上剔下。彼得認爲，祭神者很可能吃了這兩個孩子的肉。彼得的發現證明了簡利斯的考古解釋是正確的！

西元前一四七〇年，米諾斯文明陷入危機。當時，除克諾塞斯外的所有宮殿，連同所有的邊遠定居建築物和鄉間別墅，都被大火燒掉了。伊文思認爲，是大地震才導致了克諾塞斯的毀滅。他認爲用地震災難來解釋是合乎邏輯的，因爲克里特島和其他愛琴海島嶼經常有地震發生。他堅信地震使米諾斯文明走到了盡頭。

二十世紀中期，更多自然災害的證據被發現。那時，考古學家們開始挖掘愛琴海的色諾島廢墟，該島從前曾叫山托銳里島。在它南邊海岸一個叫阿克諾堤銳的地方，他們發現了一座被湮埋的城市，裡面堆滿了工藝品和壁畫，與米諾斯遺跡非

常類似。這城市似乎是米諾斯的前哨，或是與米諾斯人有密切貿易和文化聯繫的居住區。地質學的證據顯示，該城市與其他居住區可能在西元前一千六百年的一次巨大的火山噴發中被毀。此地的火山爆發可能為亞特蘭蒂斯島的古希臘傳奇提供了素材———一個繁榮昌盛的國家怎樣被一次自然災害徹底摧毀，一些專家還認為，這也可以解釋米諾斯人的瓦解崩潰。他們推測，這次大地震的火山灰可能湮沒了克里特島，或以它巨大的氣浪吞沒了海岸的居住區。

現代學者拒絕接受這樣的解釋，認為米諾斯文明不是由一場自然災害所毀滅。他們認為，西元前一四七○～前一三八○年米諾斯人捲入了與剛剛興起的希臘內地邁錫尼文明的一場強力爭鬥；邁錫尼人占領了克里特，破壞了幾乎所有的米諾斯住宅區，並統治了克諾塞斯。在此期間，邁錫尼占領者用「直線 B」取代了當地米諾斯文字，即「直線 A」。

有的學者認為希臘大陸上的邁錫尼人通過聯姻入主了克里特，形成文明演變的一種和平過渡。但也有學者認為是地震或邁錫尼人的入侵結束了這段輝煌的歷史。總之，落後的邁錫尼人未能再現米諾斯文明的輝煌，只是迎來了屬於自己的邁錫尼文明。

克諾塞斯宮發掘的壁畫忠實地再現了盛極一時的古希臘宮廷生活的片段以及關於米諾斯迷宮的傳說。米諾斯王不僅是祭司王而且是神的化身，人民對他必須絕對忠誠。即使是對今天的希臘人來說，「米諾斯」也是強大、繁榮和輝煌的代名詞。圖為克諾塞斯宮壁畫中的祭司造型。

　　雖然克諾塞斯古城已經消失了五個世紀，但伊文思在對米諾斯文明的遺跡開掘和研究中，還想恢復它原來的模樣。他雇用了能工巧匠用鮮艷的色彩在褪色破舊的壁畫上重新描繪；他用鐵梁和混凝土把搖搖欲墜的樓梯間支撐起來；他重修一些房間，根據他自己的設想，盡可能讓它們顯得堂皇，一些評論家稱之為「混凝土克里特島」。今天考古學家認識到，他的復原工程簡直是錯誤的，因為它除了能吸引了當今的旅遊者駐足，對克里特歷史真實的再現幾乎是無能為力的。

西元前五○○～前四四九年，波斯對捍衛自己獨立的古希臘諸城邦（都市國家）進行了征服性戰爭。希波戰爭是亞洲與歐洲之間的一場規模大、時間長的戰爭。有研究者認為，希臘在希波戰爭中之所以獲勝，無不得益於克里特文明時期的經濟發展和海上的霸權經驗的積累。希波戰爭結束後，希臘進入奴隸社會繁榮時期。而這個時候，克里特文明成為歷史的一個記憶。圖為波希戰爭前的大流士宮廷。

第七章
樓蘭（Loulan）：羅布泊的美麗幽靈

中國驚現「龐貝城」

　　一九〇〇年三月，正在中國西部羅布泊地區進行科學探險的瑞典探險家斯文‧赫定向世界宣布了一個振奮人心的消息，他在中國新疆的羅布泊沙漠找到了消失近兩千年的樓蘭古城！

　　消失傳出，世界一片譁然。此後，大批探險家、地理學家紛紛前往中國羅布泊進行實地考察，希望能夠破解樓蘭消失之謎。這些探險隊包括了：一九〇五年美國的亨廷頓探險隊；一九〇六年英國的斯坦因探險隊；一九〇八～一九〇九年日本的大谷光瑞探險隊；一九一〇～一九十一日本的大谷光瑞、橘瑞超第二次探險隊。

　　這些探險隊在樓蘭古城及羅布泊地區發掘出

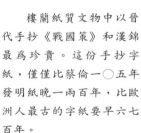

樓蘭紙質文物中以晉代手抄《戰國策》和漢錦最爲珍貴。這份手抄字紙，僅僅比蔡倫一〇五年發明紙晚一兩百年，比歐洲人最古的字紙要早六七百年。

樓蘭草編小簍。

大量文物，其價值之大震驚世界，其數量之豐富難以數計。除新石器時代的石斧、木器、陶器、銅器、玻璃製品、古錢幣等等，文物品種極其繁多。其中以晉代手抄《戰國策》和漢錦最爲珍貴。這份手抄字紙，僅僅比蔡倫一〇五年發明紙晚一兩百年，比歐洲人最古的字紙要早六七百年。製作年代在一～二世紀的漢錦，色彩絢麗，相當精緻。還發現當年任西晉西域長史的李柏給焉耆王的信件，根據這件信件而發現了「海頭」故城。樓蘭，這個曾經被中國人遺忘的城市引起了世界的密切關注，人們交口讚譽它是一個埋藏在「沙漠中的寶地」，是「東方的龐貝城」。

樓蘭在羅布泊西岸，坐標爲東經八九度五五分二二秒，北緯四十度二九分五五秒，今屬新疆巴音郭楞蒙古族自治州若羌縣。整個城市被扯碎成條條塊塊，屬於典型的雅丹地貌。全城面積一〇八‧二四〇平方公尺。城牆西、北兩面均長三二七公尺，東、南各長三三三‧五公尺、三二九公尺，殘存最長的一段城牆長六〇‧五公尺，厚八公尺，殘高三‧五～四公尺。

城內分三個區。東北爲寺院區，以高聳的佛

斯文‧赫定發現樓蘭古城時，才三十出頭。這位天賦極高的瑞典冒險騎士也隨著樓蘭古城的出土而名揚天下。

一五一九年葡萄牙人麥哲倫率船隊從西班牙的桑盧卡爾港出發，沿南美東岸南下，進入太平洋，於一五二一年到達菲律賓群島。麥哲倫這次環球航行給世界最大的振奮是：西方船隊一旦順利進入太平洋，那麼敲開中國和印度的大門已是指日可待。地理大發現使世界從分散、孤立、閉塞，因海道大通而開始結成一個整體，同時各種商業性的探險活動也在東方次第展開，神祕的中亞則成爲各國探險家最具誘惑力的地

黃文弼在樓蘭城東北發現的遺址上，所獲有西漢紀年的木簡，至今仍是樓蘭研究中的珍品。

樓蘭漆器。

塔為主體，塔周有木構土築的寺廟。殘塔高十‧四公尺，呈八角形；塔基直徑十九‧五公尺，下層板築夯土，上層疊砌土塊。西南為官衙區，房屋坐北朝南，牆厚一‧一公尺，最大的中廳有房三間，面積一百零六平方公尺；牆以文木為架、紅柳編網、外塗草泥而成。西部和南部為住宅區，也是紅柳編的葦牆，最大宅院可達三百五十平方公尺，最小不過二十三平方公尺。城中有一條古水道，自西北向東南穿城而過。

　　故城東四公里有一座較小的佛塔，殘高六‧二八公尺，遺有彩色佛教壁畫殘片和佛像殘骸。故城西北五‧六公里有一座烽火台，殘高十‧二公尺，基寬十八‧七公尺，內可住人。

　　城東北有多處墓葬群，在這裡人們發現了大量的隨葬品，有銅鏡、漢錢、織錦、漆器、玉器、木碗、陶罐、耳飾等，皆為前漢、魏晉時代遺物。

　　中國科學家到樓蘭考察，開始於一九二七年。當年隨中瑞（典）西北科學考察團來樓蘭的著名考古學家黃文弼和地理學家陳宗器，曾先後數次到達羅布泊北岸考察，發掘遺址，出土了七十多

一九〇二年後，日本大谷光瑞考察隊曾三次進入新疆進行考察，年輕的橘瑞超是考察組中的核心成員。他曾兩次在樓蘭進行挖掘，獲得了包括李柏文書等重要文物。

一九〇〇年五月三十一日，英國探險家斯坦因在英印政府資助下由葉爾羌至和闐地區進行探察活動。他訪問了並確定于闐故都約特干，組織人力對著名的丹丹烏里克和尼雅等文化遺址進行挖掘，獲得了大批文物文獻。接著又於一九〇六年和一九一四年來到樓蘭古城，又發掘了大量文物，僅漢文文書就達三百四十九件。

枚寫有明確的西漢紀年的漢文木簡，發掘了漢代烽燧遺址，還出土了相當數量的銅器、鐵器、漆器、木器和骨、石、陶器，以及絲、麻織品殘片。此後五十年很少有人再進入羅布泊地區和樓蘭古城考察過。

一九七九年六月，時任中國新疆考古所所長的穆舜英借中央電視台拍「古絲綢之路」電視片之機，作出聯合組成大型探險考察隊去羅布泊地區考察古絲綢之路和探尋古樓蘭城的決定。一九八〇年四月她騎著駱駝，歷盡艱辛，對古樓蘭遺址進行考古。在樓蘭半個多月的發掘考古，發現了「樓蘭美女」，成為世界上第一個進入古樓蘭王國遺址的女性。另一位中國考古專家王炳華先生曾五次進入樓蘭考察，獲得豐碩成果。

一九八〇年六月十七日，五十六歲的中科院新疆分院副院長、著名科學家彭加木在羅布泊考察，當天留下一張「我向東去找水井」的字條，冒著攝氏五十六度的高溫獨自一人外出，便神祕失蹤，再也沒有回來。十六年後的同一天，上海籍旅行家余純順在完成了他的五十八項探險計劃後，也倒在了這塊乾涸的土地上。

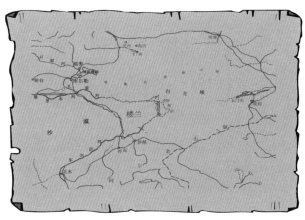

在西方探險家進入羅布泊之前，樓蘭只是中國史書上的一個來無蹤去無影的神祕符號。它處於羅布泊的西岸，孔雀河的下游，四周被參天的胡楊所覆蓋。二千多年前它創造的輝煌和遭遇的苦難在現在看來只是稍縱即逝的夢。

一九八○年四月中國考古學家穆舜英對古樓蘭遺址進行考察時發現了「樓蘭美女」，引起考古界震動。這是經過復原的「樓蘭美女」圖像。

中國的樓蘭探險熱潮，再次轟動了國際。響應最積極的是日本。上世紀七○年代末，日本NHK電視台與中央電視台聯合攝製電視片《絲綢之路》，再次獲得了魏晉時期的漢文木簡、文書（包括少量的佉盧文）及大量的古錢、毛織物、絲織品、皮革製品、漆器等珍貴文物。日本人將一九八八年稱作「樓蘭年」，發起了以樓蘭探察為中心內容的紀念活動，樓蘭的研究進入了世界。

奇人：斯文‧赫定

斯文‧赫定一八六五年生於瑞典的斯德哥爾摩一個有著皇族背景的家庭，十九歲時中學畢業後曾有機會來到俄國巴庫任家庭教師，遊歷了波斯和古巴比倫城，一八八六年回國後進入斯德哥爾摩大學學習地質地理專業，獲得碩士學位，後又到柏林大學，師從著名的地理學家李希霍芬。一八九○年他參加瑞典王廷的波斯使團再次來到東方，受到土耳其國王和波斯王的接見，同年，在瑞典國王的支持下進入中國新疆喀什噶爾，然後進入中亞名城喀什，正式開始了他富有傳奇的亞洲之旅。那時正是十九世紀地理大發現的熱浪吞沒的時代。

探險考古幾乎貫穿了赫定的一生。而他選擇中亞作爲他的目標是意味深長的。印度文明、中國文明和埃及文明交匯處之蘊藏豐富自然毋庸置疑。

中世紀以來，瑞典就是個盛產探險家的國家，哥倫布、麥哲倫等一批探險家的揚帆遠航，征服

衛星上看到的羅布泊溫柔而迷茫。是不是可以這樣設想：如果沒有赫定，樓蘭至今或許還沉睡在羅布泊的沙漠裡；沒有羅布泊和樓蘭，赫定的一生該重新改寫。

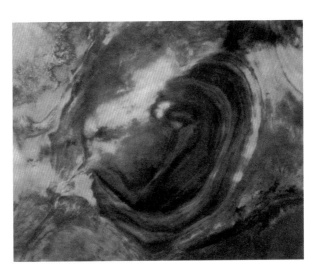

　　一八八六年，斯文‧赫定進入大學學習。其中他的老師就是著名的「絲綢之路」名稱的首創者李希霍芬教授。一八九〇年四月，赫定作爲瑞典王國外交使團的翻譯，去中東進行考察；並在國王的支持下開始了他在亞洲的探險。

了世界上未知的空白點，也呼喚著像斯文‧赫定這樣具有探險潛質的探險家。

一八九三年，他組織了中亞探險隊，從斯德哥爾摩出發，經俄國中亞鐵路，從塔什干進入帕米爾到達喀什噶爾，對帕米爾海拔七五四○公尺的慕士塔格峰進行了冰川考察。兩年後，他又組成中亞探險隊重新回到喀什噶爾，進入被稱為「死亡之海」的塔克拉瑪干大沙漠，由於嚴重缺水，險些藏身沙海。一八九六年，他稍作修整後，又組織了第三次探險隊從和闐出發，沿著白玉河北上進入沙漠，發現了古于闐國的一個遺址後終於走出沙漠，但對羅布泊的考察沒有實質進展。

一八九九的七月是他第四次的亞洲腹地探險旅行，也是獲益最多最富傳奇意義的一次探險。這一次他幾乎直撲羅布泊而來，在喀什噶爾和羅布泊，他待了整整兩年的時間。

一九○○年三月，他帶著哥薩克軍士切爾諾夫、羅布駝夫奧爾得克以及嚮導阿布都熱依木等從孔雀河繼續向沙漠深處走去。他們這次旅行的任務就是測繪一千五百年前乾涸的古河床圖。這河床是俄國探險家科茲洛夫所發現的，但當時他僅指出了它的位置而已。

三月二十七日，斯文‧赫定帶著隨從向南前進時，陷進了溝壑裡。這裡沒有任何生物的痕跡，死樹林和灰色多孔的樹幹散發著淒涼的氣息，風暴夾著沙石向他們飛來，前進的道路異常艱難。

為了探路，切爾諾夫和奧爾得克去尋找西南和東南方面的駱駝最可行的路途。這時，他們在一個小土山頂發現三處寺廟小屋的遺跡。

斯文‧赫定來到他們身邊，測量了他們發現的三座房屋。這些房子在小山上約有八九尺高，可考證他們原來是在平地上的；風力將四周的土蝕去，這些房屋便保護著

少年時的赫定就具有冒險的潛質，英雄史詩般的探險活動是從最初對神祕東方的嚮往開始的。

它們底下的泥土。

　　他們還在那裡發現了幾枚中國銅錢、幾把鐵斧、幾個木頭的雕刻。

　　再往東南，他們發現了一座泥土的塔。在這塔頂上他們又辨識了三座別的塔。

　　第二天他們繼續向南走了約十二里後，發現長著幾棵楊樹的低凹地。當時由於嚮導阿布都熱依木決心離隊北返，駝隊踏上決定性的路程時，赫定只剩下三個助手：切爾諾夫、奧爾得克和一個羅布人法拉蘇；駝隊僅有四峰飢渴的駱駝、一匹瘦馬、兩隻而跛行的狗。走了二十公里之後，他們竟在一片窪地意外見到了幾叢活著的紅柳！赫定決定在此宿營，因為這裡的地下水水位不會太深，而他們實在需要挖口井了，此地離喀拉庫順湖至少還有三四天的路，人可以堅持，可駝馬駒不飲水要出問題。當他們選好挖井地點，才發現唯一的一柄鐵杴不見了。

　　奧爾得克記得，是他把鐵杴遺忘在寺院遺址的破房子裡。鐵杴是丟不得的。奧爾得克和那匹馬痛飲一番僅剩的水，便連夜返回。兩小時後，一場猛烈的東風不期而至，赫定很為奧爾得克擔心。因為那把鐵鍬對他們有著異乎尋常的意義。

　　赫定希望奧爾得克能在迷路前返回，但直到第二天早晨也不見他的蹤影。駝隊只得逆風南行。如果挖不成井，他們必須盡快趕赴南方的淡水湖泊喀拉庫順，一刻也不能耽誤。

　　被大風沙折磨了一整天的赫定和同伴來到了一處有乾柴可避風的地方。大家正緊張忙碌地紮營，卻突然發現一手牽馬、一手拿著那個要命的鐵杴的奧爾得克就站在面前，便全放下了手中的工作，擁了過來。

奧爾得克告訴大家，原來他在狂風中迷了路，但是一座泥塔指引著他。他在那塔不遠的地方，發現了幾處房屋的殘跡。令人不可思議的是他不但找到了鐵杴和帳篷，還發現一塊半隱在沙土中的木板、古錢和雕刻品。當奧爾得克帶著他的收穫回來時，赫定的激動心情簡直無以言說。

赫定聽奧爾得克說，那裡還有很多東西。於是他決定明年還得回到沙漠中來。

一九〇一年元旦，斯文 · 赫定繞過安南現山脈，向荒涼的戈壁走去。那綿亙不斷的沙山，風化剝蝕的花崗岩山嶺從他們的腳下或身邊退去。

三月三日，斯文 · 赫定在一個泥塔底下搭起了帳篷，將冰藏在一個陰涼的地方，然後派一個人帶著所有的駱駝回到泉源，一個禮拜後再馱著冰回來。

赫定和伙伴沙都爾就是在這裡看到一個佛教廟宇的遺跡，原來這裡就是奧爾得克當初丟失鐵杴的地方。

令赫定驚奇的是，他們還在這裡掘出一尊三 · 五尺高直立著的佛像，刻著古怪文字的小木板。他們將那廟宇的每一所房屋都掘開，最後只剩下一間上蓋的房屋。他們在那屋裡找著幾張有中國文字的紙、

赫定在樓蘭發掘的裝飾品。

有文字的小木板。除此以外，他們還發現一些破衣、魚骨、印有花紋的毛氈等。他相信這毛氈是世界上最古老的。

接著赫定考查一座泥塔，但它卻是實心的。赫定只在它的旁邊找到兩管中國毛筆；兩個瓦罐和無數的小錢。

——這就是當年繁盛一時的樓蘭古城。

樓蘭古城是絲綢之路上繁盛一時的古樓蘭國，是目前被發現的最重要的歷史遺跡，它對研究新疆以至中亞的古代史、絲綢之路的歷史變遷、中西方文化的交流與相融具有至關重要的作用。

斯文‧赫定回家以後將所有的文件和別的古物都交給威斯巴登地方的卡爾‧希姆來先生。是希姆來第一個向世界宣布那城名叫樓蘭，在三世紀盛極一時。

希姆來死了以後，所有的材料都轉交給萊比錫地方的中亞文字研究家康拉德（中文名叫孔好古）教授。於是有了文件的德文版。後來他又出版了一本書《斯文‧赫定在樓蘭所得的中國文書與其他發現》。該書認定所有紙片中最古的是後漢時（西元前二五年～前二二〇年）的歷史殘片。中國人在西元前一〇五年發明造紙。那片文字記錄的年間是紀元前二二〇～前二〇〇年，因此是現今所有最古的紙張，也是最古的紙上的文字；比歐洲人最初所記的文字至少還早七百年。

別的紙上或木板上的文字約在紀元前二七〇年所記，其中不少是有年月的，所以他們可以知道它們寫的日子。從這些文件中可以知道中國政府關於行政、商務、生產、農業、軍隊組織、政務、檔案的事情以及一六五〇年前樓蘭城生活的

樓蘭出土的銅錢。

狀況。

　　寫在紙上的信札是折疊後夾在兩塊木板中間，再用繩子捆著的，上面寫著某某所封。他們找到兩支毛筆，因此可以認定在二世紀時中國已經使用筆了。

　　赫定在樓蘭還挖掘出許多魏晉兩朝間通用的錢幣。此外還有戰箭、火箭、魚網上所用的鉛和石錘、貝錢、耳墜、頸鏈，一塊有赫爾美斯像的寶石、敘利亞或羅馬來的玻璃杯、銅匙、銅毛鉗、銅髮針、一條鐵鏈、水匙，還有各色做衣服用的綢子、床單、毛氈、麻線、鞋等等。

　　赫定可以從文件和掘出的物件中知曉樓蘭有公家的倉庫，而且城中有一家客店；一所醫院；一個驛站；一座廟宇；偏僻的房屋和茅舍。從當時輸入的物品尤其是中國絲品在本地大量消費，足以證明當時的人口之繁盛……

　　康拉德教授認為，樓蘭城中社會的組織和極精密合適的管理方法是三世紀以前經過許多世紀的進化發展的結果。樓蘭的文件還昭示那時城中和四周曾處於動蕩之中，發生過不少重大討伐事件。隨著當時中國國權的漸漸衰敗，樓蘭城四周的情勢愈來愈緊急。中國在內憂外患之中遭夷狄蹂躪，蒙受恥辱的歷史有幾百年之久。

　　可考證，樓蘭城在第四世紀初年失守，這是中國衰敗的表徵。康拉德說他們可以把這小小的廢址當作對外通商的不幸結局的紀念。

　　斯文・赫定對樓蘭古城的重大發現，最終確立了他作為一個探險家的世界性聲望，對近百年的絲綢之路熱起了推波助瀾的作用。

　　一九三三年，斯文・赫定最後一次來到中

羅布駝夫奧爾得克為樓蘭古城的發現立下了汗馬功勞。這是赫定的手繪。

國，受命於中國「鐵道部顧問」並擔任中瑞西北科學考察團查勘隊隊長，完成了穿越古老絲綢之路進行科學考察的工作，經受了嚴峻的考驗。

　　一九五二年十一月，畢生獻身於科探事業的時代英雄斯文‧赫定在斯得哥爾摩的寓所與世長辭，享年八十七歲。他以超乎想像的耐心，不畏艱難，不怕犧牲，勇敢地實現了自己的理想；他以遠見卓識及異乎尋常的想像力，使他成為世界探險史上的一個奇人，也使他成為中國重振絲綢雄風的首倡者之一。他作為中國西部最後一位古典探險家、第一個現代探險家，永遠值得人們尊敬。

　　斯文‧赫定對樓蘭古城的重大發現，最終確定了他作為一個探險家的世界性聲望。他對科探事業的貢獻，永遠值得世人尊敬。

忍辱負重三百年

樓蘭建國的歷史可以追溯到西元前三世紀，當時廣大的西域地區特別是塔克拉瑪干沙漠邊緣的各綠洲上出現了許多小王國，樓蘭就是其中之一。

樓蘭之名最早見於漢朝，《史記・大宛列傳》和《漢書・西域傳》中記載了有關樓蘭的點點滴滴。史料表明，樓蘭王國在西元三世紀的漢初為月氏王廷所控制，到西元前二世紀時月氏王被匈奴打敗後西遷，樓蘭又為匈奴王廷所控制。

古代月氏部是中國歷史上一支非常古老的部族，他們活動在甘肅西部的敦煌、祁連地區一帶。漢時期，月氏部強盛了起來，其統治已占據了今甘肅西部大片地區，勢力範圍則已達到了中國北方草原和廣大的西域地區，不僅樓蘭等國為它所統治，就是當時的匈奴也曾在其統治之下。

匈奴世居草原，逐水草而遷徙，精於騎射，

西元前一三八年，雄才大略的漢武帝派張騫前往大月氏，以聯手夾擊共同的敵人匈奴。張騫不但未能完成任務，還失去了自由，被匈奴囚禁十三年後才回到漢土。張騫回到漢後，不但向武帝陳述了西域（包括樓蘭）的地理、政治、文化、經濟等情況，還提交了一份漢土通向西域各國、印度、波斯和一直到裡海的線路圖。張騫的情報對於中國在中亞的擴張以及中國對西方的貿易都起到舉足輕重的作用。歷來人們把它作為開闢絲綢之路的發軔。此為唐代壁畫。

這是日本探險家橘瑞超在樓蘭發現的李柏文書。李柏文書是前涼駐節樓蘭的西域長史李柏寫給焉耆王龍熙的信稿。信件上全為有關攻伐趙貞的軍事機密，但字裡行間透露出李柏當時在樓蘭城內矛盾焦慮的心態。李柏文書對樓蘭在西元四世紀歸屬河西走廊前涼王朝提供了證據。

是一支能夠迅速移動於幾個緯度之間的勁旅，在古代東方及古代歐洲的歷史發展上都有過重要的影響。頭曼統治時，匈奴雖然已發展成為一支強大的政治、軍事勢力，但由於舊的所有制關係還沒有完全消失，而新的生產關係和生產力的發展又很不完善，加上「東胡強而月氏盛」，中原地區又處於強大的秦王朝統治之下，因此，在相當長的歷史時期內，匈奴勢力一直被局限在陰山至河套以北一帶。冒頓繼位後，匈奴迅速走向鼎盛。

大約在漢文帝前元三年～前元四年（西元前一七七～前一七六）間，冒頓單于派右賢王率領騎兵攻打月氏，占據了月氏的全部領地，

其子還把月氏王殺了，把月氏王的頭蓋骨做成了飲酒器具，月氏部與匈奴部結下宿怨。月氏部在匈奴的打擊下，遷移到伊犁河流域，後來又在古代烏孫部的逼迫下，西遷至中亞的巴克特里亞地區（今阿富汗境內）。當時月氏部有五翎侯部，其中的貴霜翎侯部強盛了起來，統一了月氏全部，在中亞地區建立了著名的貴霜王朝，成為中亞地區一個大國。

月氏西遷後，匈奴勢力進入了古代西域地區。而樓蘭國在擺脫了月氏統治後，又成了匈奴的附屬，樓蘭王向匈奴王廷稱臣，定期向匈奴交納賦稅。

西元前一四〇年漢武帝即位，

爲了驅逐匈奴，一方面便派使臣張騫出使西域，聯絡大月氏王夾擊匈奴，另一方面他又採取軍事手段，直接出兵攻打匈奴，逼迫匈奴退出河西地區，漢朝在河西地區建立了張掖、武威、酒泉、敦煌四郡，並在敦煌設立了玉門關和陽關，形成了西域地區漢匈直接對峙的局面。

西元前一二六年張騫從西域返回長安後，他向漢王朝報告他在西域各國的所見所聞，其中介紹了樓蘭的情況，稱：「樓蘭，姑師邑有城郭，臨鹽澤。」「鹽澤」，就是指今天的羅布泊。這說明樓蘭在當時已經建立了城市。

自張騫出使西域後，漢朝就開闢了一條自都城長安經河西走廊，通向西方的道路。大批商賈和使者通過此道來往於東西方。而樓蘭國正處西域地區最東邊，又靠近漢朝的關隘，凡是東西往來的使者、商隊在經過西域地區時必然都要進入樓蘭國境內，加之羅布泊地區乾旱缺水，途中又有白龍堆險道，過境者大都會在樓蘭借歇。

樓蘭在東西方交流中扮演了很重要的角色，給國內帶來了經濟和文化的繁榮，但隨之負擔也加重了，各種麻煩也增多，最後導致了樓蘭與漢朝和匈奴的矛盾激化。

樓蘭的負擔是既要各旅途商隊的物質供應，又要保護各個商隊的

漢文帝即劉恆，爲劉邦的兒子，傳說薄氏因夢見龍受孕生劉恆。劉恆被封爲代王，在平定諸呂之亂後，由代王入爲皇帝，在位二十三年。其時正是匈奴強盛之時。

安全，而在樓蘭和姑師境內搶劫商隊的事件時有
發生。惡性搶劫事件增多後，漢朝和匈奴都對樓
蘭心存不滿。

漢元封三年（西元前一○八年），漢武帝決
心要用武力去保護這條通道，就派大將趙破奴率
領數萬士兵去攻打姑師，同時又命令漢朝使節王
恢率領騎兵攻打樓蘭。王恢打進樓蘭城，抓捕了
樓蘭王，樓蘭王當即表示降服漢王朝。匈奴王廷
知道了甚是不滿，也發兵攻打樓蘭，樓蘭王無法
抵抗，也對匈奴也表示臣服，並分別給漢朝和匈
奴王廷各送一子當人質。而此後發生的一切致使
樓蘭國亡。

張騫從西域回漢後給漢武帝帶來了一則有意
思的新聞，稱他在大宛見到一種不可思議的寶馬，
叫「汗血馬」。此馬為牡馬與牝馬所生，汗如鮮
血，在戰場上飛奔如風，為天下罕見。從前漢武
帝的騎兵乘的是蒙古草原小馬，儘管也算剽悍勇
猛，但卻不及汗血馬，因此漢武帝非常想得到大
宛的良馬，以便迅速打敗匈奴。漢太初元年（西
元前一○四年）漢武帝派壯士車令帶了金子千兩
及一匹金馬去大宛求馬，不料被大宛王一口拒絕。
消息傳到長安，漢武帝為此大怒，遂決定派軍遠
征大宛。西元前一○四年，漢武帝第一次出兵不
利，又於西元前一○二年第二次派兵。漢軍一直
打到了大宛國，在圍攻其國內貴山城時，大宛國
內的貴族以抓綁了大宛王並送漢軍汗血馬三千餘
匹為條件，求漢軍退兵。漢軍殺了大宛王後回師
長安。

在李廣利二次攻打大宛時，匈奴曾企圖在途
中阻擊漢軍，但又怯於自己勢單力薄，於是派騎

霍光是西漢大臣，霍
去病異母弟。武帝時被拜
為大司馬大將軍，受命輔
佐昭帝。後與上官桀，御
史大夫桑弘羊等爭權不
合。昭帝崩後，霍光與妻
毒殺原皇後許氏，以己女
代之，親黨戚屬並居朝為
宮，前後秉政二十年。在
任期間，變更武帝時政
策，注意輕徭薄賦，使西
漢國力有所恢復，死後妻
及子霍禹等全家以謀反罪
被誅。

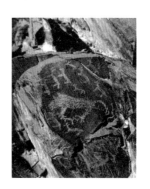

甘肅黑山岩畫。這種
具有古代少數民族特色的
岩畫，據考可能是春秋至
西漢初期活動在敦煌、祁
連間的大月氏族所繪。

兵到樓蘭，命令樓蘭王攔截漢軍的後隊。此事被當時駐紮在玉門關的漢軍任文知道，回報給了漢王廷，漢王廷當即下令任文抓捕樓蘭王，樓蘭王一副無奈之態，對漢王廷說：「小國在大國間，不兩屬無以自安，願徙國人人居漢地。」漢武帝聽後，認為樓蘭王說的是實話，就放樓蘭王回國，但提出要樓蘭王及時向漢朝通報匈奴的動向。漢征和元年樓蘭老王死了，新王當政，漢朝仍要求新王送一子到漢王廷當人質，樓蘭王應允。新王死後，匈奴先得到消息，就派在匈奴的樓蘭國質子馬上返回樓蘭接王位，樓蘭新王因年輕時在匈奴王廷生活，明顯地傾向於匈奴，對漢朝入朝之請置之不理。在他任王期間，先後發生了幾起殺害漢大臣的事件，並還數次搶劫殺害安息使臣和大宛國的使臣等，漢王廷對此極為不滿。漢武帝去世後，漢昭帝即位。漢昭帝派了駿馬監傅介子在去大宛的途中，路過樓蘭、龜茲時，向他們提出質問。傅介子到達樓蘭後，即責問樓蘭王，樓蘭王表示以後不再發生此事，並討好地告知傅介子說匈奴使者已到龜茲國去了。傅到龜茲國後，得知匈奴使者已去了烏孫，傅介子就決定先去大宛國。當他從

大宛國回去時，在龜茲國得知匈奴使者也已從烏孫回到了龜茲，傅介子當即決定率領其隨從、士兵包圍了匈奴使者，並殺死了他們。傅介子回到長安後，漢王朝封他為平樂監。

漢昭帝元鳳四年（西元前七十七年）傅介子向大將軍霍光建議：樓蘭、龜茲都是小國，但他們對漢朝的態度數次反覆無常，應當給予懲罰，並表示自己願意親自去解決。大將軍霍光建議他先去解決樓蘭。於是傅介子帶了隨從士兵和許多金銀財物，來到樓蘭，要求見樓蘭王。可樓蘭王始終不露面。傅介子稱自己帶了許多禮物本來是要送給樓蘭王的，如樓蘭王一直不見我，我只好離開樓蘭國到別處去了。貪婪的樓蘭王聽到消息後立即在王宮設宴宴請傅介子一行。就是在這場宴會結束之際，一把鋒利的鋼刀從背後刺入樓蘭王的胸部，樓蘭王當即死去。傅介子在樓蘭王宮當眾宣布是樓蘭王辜負了漢王朝，漢天子派我來誅殺他，並稱王死後就由王弟尉屠耆為新王，樓蘭國更名為鄯善國。在漩渦中掙扎了三百年的西域小國樓蘭從此退出了歷史舞台。

西元初年，中國人對羅馬帝國的一些了解主要是通過外國使節和商人。西元七十九年班超派副將甘英出使羅馬，以便中西貿易的進一步開通。甘英到達波斯灣乘船渡海，但遭到了控制遠東貿易的帕爾特人的威脅，擔驚受怕的甘英只好放棄前行，掉頭返鄉。甘英的這次出使失敗使中國對西方的包括絲綢在內的商品的大批量輸出推遲了十多年。此為甘英出使羅馬的情形。

內地的絲綢深受樓蘭人的喜愛。樓蘭人通常把絲綢當作貴重的禮物送給親戚朋友。由此樓蘭人慢慢學會了編織的手藝，他們選用色澤調和的絲綢製成衣物，花紋的組合極富特色。

絲綢之路上的重鎮

樓蘭國改國名爲鄯善國後，一直到魏晉時期都保持了相對的平靜，沒有大風大浪。和平的環境使鄯善國社會經濟得到了長足的發展，勢力範圍也得到了擴大，統治範圍已延伸到且末國、小宛國和精絕國。到西元前二世紀，鄯善境內出現了一批城市、佛寺、屯田中心，畜牧業、農業和釀酒業迅猛發展。絲綢之路的開闢，更使鄯善國的交通運輸和商業發達興旺，尤其是絲綢貿易。

絲綢之路是古代橫貫亞洲並連結非洲、歐洲

一八七七年，德國地理學家李希霍芬首次在其《中國》一書中把從西元前一一四年到西元一二七年間，中國與河中地區（指中亞的阿姆河與錫爾河之間的地帶）以及中國與印度之間以絲綢貿易爲媒介的這條西域交通路線，稱作「Seidenst Rassen」（絲綢路）。

的陸上商路之總稱。此道西漢時開拓，隋唐達到
鼎盛，此後各代仍持續發展，元代以後漸衰。

　　中國是最早養蠶和繅絲的國家。西元前一三
八年～西元前一一九年，西漢張騫就溝通了這條
古道。西元七十三年，中國又派班超率三十六人
出使西域，後又派他的副使甘英出使大秦（古羅
馬）和波斯灣（阿拉伯灣），為絲路的暢通作出
重大貢獻。一八七七年，德國地理學家李希霍芬
首次在其《中國》一書中把從西元前一一四年到
西元一二七年間，中國與河中地區（指中亞的阿
姆河與錫爾河之間的地帶）以及中國與印度之間
以絲綢貿易為媒介的這條西域交通路線，稱作
「Seidenst Rassen」（絲綢路）。

　　絲綢之路以洛陽和長安為起點，經河西走廊，
出玉門關，穿過白龍堆，就進入了樓蘭地區。從
樓蘭西北行，經過焉耆、龜茲、疏勒（今喀什噶
爾）等西域古國，可達帕米爾以西的大夏（今阿
富汗），史稱「絲路北道」。從樓蘭西南行，經過
且末、精絕、于闐、莎車、蒲犁（今塔什庫爾干）
等西域古國，也可達帕米爾高原，史稱「絲路南
道」。絲綢之路從大夏繼續向西延伸，中途經過
敘利亞北部沙漠綠洲帕爾米拉，最後抵達亞平寧
半島的羅馬城（今義大利羅馬）。

　　中國的絲綢、漆器、瓷器、造紙法、印刷術、
火藥及冶鐵、水利灌溉技術等都由此路傳向西亞
及歐洲；而西方的植物新品種、毛皮、珍禽異獸
及音樂舞蹈、天文歷法、宗教等，也源源不斷地
輸入中國。所以樓蘭在當時國際貿易上的地位相
當重要，不僅西漢史家司馬遷提到過樓蘭，而且
古羅馬文學家馬林諾斯也對樓蘭有所記述。

從古樓蘭及附近的墓
葬中發掘出的乾屍中可以
看到樓蘭人所穿衣服大多
為錦綢和刺繡。

東漢建都雒陽（今洛陽東），雒陽逐漸取代長安（今西安）成為全國最大的商業中心。在雒陽的東方，青州、兗州地區適宜種植桑麻，民間絲綢手工業得到普遍發展，官府也擁有規模巨大的絲綢手工業。這些民間或官府生產、輸往西方的高級絲綢，由中原商賈或西方商人來到雒陽採購外運。因此東漢的絲織業比西漢進步，以雒陽為起點的東漢絲路交通較前更加繁榮。

一九○一年，斯文・赫定在

一九○一年，斯文・赫定在樓蘭遺址發現了幾塊絲綢碎片，可能這是在中國古絲路上發現的最早的絲綢了。

樓蘭遺址發現了幾塊絲綢碎片，可能這是在中國古絲路上發現的最早的絲綢了。一九○六年探險家奧里爾・斯坦因在樓蘭又發現相當數量的絲綢遺物，從而引起世界對古絲綢之路的研究和發掘。

斯坦因是英籍匈牙利人，曾就讀於英國倫敦大學和劍橋大學，專攻東方語言學和考古學。一八八七年至印度工作，在旁遮普擔任學監，並任拉合爾東方學院院長。在此期間，他曾在當地做過大量考古調查和研究工作。

一八九八年，他向印度政府呈交了一份去西域考古探險的建議書。在印度和英國政府的批准及支持下，斯坦因開始了他在西域長達十五年之久的考古探險活動。

斯坦因曾四次到達樓蘭，他所考察的樓蘭古城位於羅布泊的西北岸，約在東經八九度五五分二二秒，北緯四○度二九分五五秒。他最早提出河流流量減少，土地沙漠化，從而導致樓蘭古城廢棄的「自然環境變化學說」。一九○六年十二月十七日，斯坦因第二次到達樓蘭。他首先進一步調查發掘了 LA 遺址，隨後以 LA 遺址為中心，在相當廣泛的區域內進行了系統考察，相繼發現該城址周圍的十幾座

城址、寺院、住宅和房基地，編號 LB 至 LM、
LQ、LR3。在其中六座遺址和一處墓地中，斯坦
因發現了一些漢代的木簡和古錢，還有同尼雅一
樣的佉盧文木板，一張色彩鮮艷的毛毯殘片，一
卷黃絹等物品。家具與雕刻用的木料甚多，同尼
雅遺址一樣，這些物品的藝術風格深受印度與希
臘文化的影響。在樓蘭古墓中，斯坦因發現了許
多織品殘片，有中國傳統風格的，也有古希臘羅
馬風格的。

　　從出土的佉盧文木簡中，可以具體看到古樓
蘭一鄯善國在古絲路上所負擔的接待過往商旅、
絲綢運輸和貿易的情況。因為通往樓蘭的絲路情
況相當糟糕，不但有複雜的雅丹地貌，還有廣袤
鹽漠，風沙漫天，匪徒出沒。

　　《殘集》木簡中記載：由於來往東西方的使
者、商旅經過長途跋涉後大多在樓蘭歇息，樓蘭
承擔了樓蘭城到古于闐國的交界處這段線路
上的迎送任務，包括提供嚮導、駱駝、水
和糧食，有時也提供護衛者。木簡中顯
示，在樓蘭擔任嚮導的人都是世襲的。
由於幹這種工作的人地位十分低下，
像奴役一般，不但要出人工還要自帶
乾糧和牲口，所以沒什麼人願意做，有
的中途即逃之夭夭。

　　從絲路上運來的內地絲綢，主要是由內地
商人馱運來此作交易的。內地的絲綢深受樓蘭人
的喜愛。樓蘭人通常把絲綢當作貴重的禮物送給
親戚朋友。從古樓蘭及附近的墓葬中發掘出的乾
屍中可以看到樓蘭人所穿衣服大多為錦綢和刺
繡，有的錦面上還織有「萬世如意」「長壽光明」

班超為班固之弟，
永平十六年（七十三
年），受命率三十六人出
使西域。至樓蘭一鄯善，
襲殺匈奴使者，繼廢親附
匈奴的疏勒王，鞏固了漢
在西域的統治。後得到東
漢政府支持，先後平定莎
車、龜茲、焉耆等國貴族
變亂，擊退月氏入侵，保
護了西城各國的安全及
「絲綢之路」的暢通。

這是二十世紀後期才
在樓蘭遺址上發掘出的貴
霜王朝錢幣。儘管它已面
目全非，但印證了漢晉時
期樓蘭商貿的發達水平。

等字樣。這些出土的織錦，色澤調和，花紋的組
合極富特色，以吉祥行雲攀枝卷葉紋或雲山波紋
和祥禽瑞獸紋為基本格調。這些絲織品的出土證
實了當年絲綢在樓蘭所受到的歡迎，也證明了當
年絲綢之路給樓蘭帶來的空前繁盛。所以《史記
‧ 大宛列傳》和《漢書 ‧ 西域傳》都說，早在
二世紀以前，樓蘭就是西域一個著名的「城廓之
國」。有人口一萬四千餘人，士兵近三千人。

斯文‧赫定手繪。

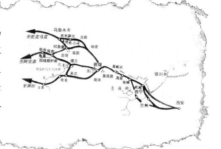

中國人把西安經陝西和甘肅乃至長城西端嘉峪關的商路稱為皇家驛道。根據考證，從敦煌或玉門前往西行，可分成三條運送絲綢的支線：一條通過和闐，一條通過樓蘭，還有一條經過哈密和吐魯番。當時的樓蘭無疑是絲綢路上的重鎮。

燦爛的古樓蘭文明

絲網之路開通以後，東西方的商業往來與日俱增，給樓蘭經濟帶來空前的繁榮。經濟的繁榮推動了樓蘭宗教及文學藝術等的發展，創造了燦爛的樓蘭文明。

和當時西域的其他國家一樣，樓蘭也是一座佛教之都。考古專家對樓蘭古城進行發掘時，發現城東集中了一個個的佛教遺跡，不但有很多座佛塔，還有大型的佛寺殿堂建築。雖然這些遺跡大都殘存不全，甚至面目全非，但可看出當時佛教在樓蘭的盛行。

絲綢之路是一條具有歷史意義的國際通道。通過這條古道，把古老的中國文化、印度文化、波斯文化、阿拉

這是斯坦因從樓蘭王國LE遺址中挖掘出的人面紋毛織物，文物價值非同一般。

伯文化和古希臘、古羅馬文化連接起來，促進了東西方文明的交流。樓蘭作爲絲綢之路上的必經之道，作爲西出陽關的第一站，在世界文明史上發揮了舉足輕重的作用。

西元四世紀末，法顯在西行途中訪問了樓蘭－鄯善國。他在遊記中說：「其國王奉法。可有四千餘僧，悉小乘學。諸國俗人及沙門盡行天竺法，但有精粗。從此西行，所經諸國類如是⋯⋯」從法顯對樓蘭－鄯善佛教的介紹可知，樓蘭人信奉古老的小乘佛教。

小乘佛教法藏部首先興起於印度西北犍陀羅，所以用犍陀羅語爲經堂用語。西元二世紀，法藏部南傳大夏，同時又沿絲綢之路南道向東方發展，西元二～三世紀成爲塔里木盆地南緣于闐國的國教。

佛教大約是在東漢末年傳入于闐之際同時傳入樓蘭的。法藏部在于闐的統治地位被大乘佛教取代之後，樓蘭顯然成了塔里木盆地法藏部佛學的一個新的傳播中心。法顯證實，其時鄯善國的法藏部僧團發展到四千多僧人，而鄯善王是這個僧團的最高宗教領袖。

此後，考古發現和中亞佛典的進一步解讀爲研究法藏部史積累了大批新資料。其中，不但有記錄法藏部行蹤的貴霜犍陀羅語碑銘，而且有西元二～三世紀用犍陀羅語寫的法藏部佛典殘卷，以及西元六～七世紀用佛教混合梵語寫的法藏部

樓蘭白玉斧。

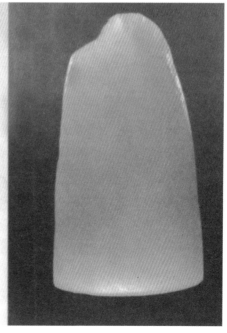

佛典殘卷。德國梵學家瓦爾特施密特認爲，《長阿含經》的漢譯本很可能從犍陀羅語法藏部傳本譯出。後來受到佛典梵文化浪潮的影響，西元四世紀法藏部開始改用基於犍陀羅語的混合梵語傳教。所以法顯說鄯善國的「出家人皆習天竺書、天竺語」。

匈奴飾物。

西元三世紀以後，小乘佛教法藏部在于闐的統治地位被緊隨其後傳入塔里木盆地的大乘佛教所取代，而塔里木盆地西部的疏勒、北部的龜茲和焉耆則是小乘佛教法藏部的天下。所以，塔里木盆地東部的鄯善王國成了法藏部的棲身之地。

上世紀六〇年代末，德國梵學家瓦爾特施密特從勒‧柯克吐魯番收集品中意外發現兩件混合梵語寫的法藏部佛經殘片，一件是《解脫戒本》殘片，一件是《大般涅槃經》殘片。據他研究，這兩件混合梵語佛教文獻混合的俗語成份是印度西北俗語，也就是犍陀羅俗語，所用文字是塔里木和吐魯番盆地流行的婆羅謎文。因此，它們不是印度傳本，而是在吐魯番當地寫成的，很可能是原來以樓蘭爲中心的法藏部僧團流亡吐魯番時留下的遺物。

這尊在新疆出土的佛像據稱是中國最早的佛像，其造型特色明顯具有犍陀羅藝術風格。

在樓蘭—鄯善國內，佛教僧侶有著很重要的地位，當時的佛教徒已經制定了僧界的規章。比如百姓之子從小須送到佛寺中去當沙彌；僧人有占有土地、借貸糧食和征收賦稅等特權；如沙彌對長老不敬或不參加僧人活動，則會受到嚴厲懲罰等等。

佛教傳入樓蘭後，由於受到當地文化傳統的影響，形成了當地獨特的佛教建築風格。

考古工作者在樓蘭境內發現的塔，外形大部

　　樓蘭的民居一般用紅柳、蘆葦搭建而成，儘管材料普通，卻堅固耐用，又能有效地防寒。考古學家在樓蘭看到最多的就是一根根樹立在地上的木柱。這是斯文・赫定當時拍到的民居。

　　樓蘭城不但有座座佛塔，還有大型的佛寺殿堂建築。雖然這些遺跡大都殘存不全，甚至面目全非，但仍可看出當時佛教在樓蘭的盛行。這座大約十公尺高的佛塔，是樓蘭廢墟中最高的建築。

分與印度的「堵波」相似，一個土
的圓柱，但其建築已變化成爲塔寺
結合。在佛塔之外，有的圍繞著佛
塔修建有圍廊，在圍廊外還有方形
的圍牆，形成了一個小佛寺。這實
際上結合了中原的建築風格。

　　其實，作爲絲綢之路的要道，
樓蘭所受到的文化影響遠不止於佛
教。在東西文化的交合處，它在文
化藝術的各個方面都創造了獨特的
樓蘭文明。

　　樓蘭佛教繪畫藝術受到東西方
文化的影響。樓蘭城附近的米蘭佛
寺的護牆板上有一幅「有翼天使」
壁畫，畫面上是一幅年輕的僧人頭
像，頭頂上只留有一小撮頭髮，身
穿一圓領的套袍，在其雙肩後面各

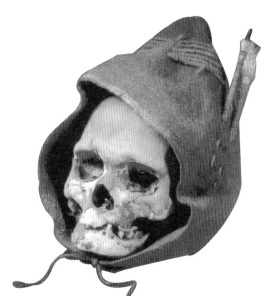

在樓蘭城的出土文物中，很容易找
到木乃伊、骷髏、被肢解的軀體、隨時
絆腿的巨大木板和厚毛織物碎片。從這
個樓蘭出土的女性頭骨上的氈帽的裝飾
上可以看出樓蘭城市居民的物質水準和
生活情趣。

樓蘭人文字的運用基本上就是兩種，一種是漢
文，還有一種就是佉盧文。前者來自中原，後者來
自貴霜。

有一扇翅膀。這明顯受到希臘神話的影響。

樓蘭人的音樂天才久負盛名，《隋書‧音樂志》記西域龜茲樂說：「其歌曲有善善摩尼；解曲有婆伽兒；舞曲有小天，又有疏勒鹽。」看來，著名的龜茲樂吸收了鄯善和疏勒等國音樂。斯坦因就曾在米蘭佛寺遺址中發現了繪有一位演奏琵琶的樓蘭女琴師的壁畫。

琵琶是西域著名古樂器，一種梨形的小型樂器，在樓蘭很普及，東漢年間慢慢傳入了中原。在新疆且末縣魏晉墓地發掘出的樂器豎箜篌，年代約在西元四～五世紀，是中國境內發現的最早的箜篌實物標本。箜篌最早出現於古代埃及，稱作 Harp（哈卜），始於西元前三千～前二千年間；西元前二千年傳入亞述，被亞述人稱作 Cank，漢語「箜篌」似與這個亞述語詞有關。這種古老的樂器後來經亞述人傳入波斯，又從波斯傳入中

西域琵琶是蘇美爾人發明的，西元前一千年從巴比倫傳入埃及和希臘。希臘人將這種樂器稱作 Mandora（曼陀林），西元十二至十八世紀流行於歐洲，起初用撥子彈奏，十七世紀改用手彈。十八世紀義大利米蘭式曼陀林是這種西亞古樂器的變種。所以斯坦因把米蘭壁畫上的琵琶稱作「曼陀林」。塞琉古王朝時期，琵琶傳入波斯，或稱Tan-bura，中國新疆民族樂器「東不拉」，與波斯人古琵琶的稱呼有著某種淵源。西域琵琶在西元四世紀時流入中原地區。

犍陀羅的位置大概在巴基斯坦的白沙瓦，是小乘佛教的興源地，但它在藝術上卻接受了希臘和印度風格。這件木雕構件是斯文‧赫定在樓蘭遺址中發現的，它印證了樓蘭在宗教和藝術上已與外界形成了廣泛的交流。

亞和印度。西漢武帝年間，箜篌從西域傳入中原。
《隋書‧音樂志》說箜篌為西亞胡樂。一九八九
年，甘肅酒泉市西溝唐代墓地發掘出一塊印有演
奏箜篌的圖像。德國考察隊的勒‧柯克在新疆
庫車克孜爾千佛洞還發現過一件演奏箜篌的木雕
像。

　　早在西元前二千年，樓蘭人已開始從事木雕
手工藝，孔雀河古墓溝墓地就發掘出土了許多木
雕人像，孔雀河支流小河流域古墓中也發現一批
木雕人像。樓蘭人在接受外來文化時並不是原封
不動地照搬。在中亞犍陀羅和大夏，石板浮雕被
普遍用來裝飾寺院牆壁和佛塔，但在樓蘭、米蘭
及尼雅等地佛教寺院中，這種石板浮雕被木雕取
代。樓蘭尼雅建築構件上精美的木雕和雕花家具
堪稱樓蘭藝術的代表作。

　　另外，古樓蘭人在城市形制和天文學上所賦
予的智慧也為世人所矚目。正如德國中亞文化研
究專家康拉德所言：「樓蘭是一種敘事的詩，是
用世界歷史的重大、狂暴、黑暗的背景描寫的世
情畫。」

樓蘭的彩繪藝術主要受到希臘和印度藝術的影響。這口保存完好的彩棺上的花紋和動物造型簡潔而生動，色彩華貴。人們一方面能看到樓蘭人在漢晉時代出現了異於中原文明的藝術表現手法，另一方面也可以看出樓蘭人的生活質量和生活態度。

樓蘭遺址上的木樁和木牆。

古城神祕消失之謎

古樓蘭有著極盛一時的歷史和燦爛的綠洲文化。奇怪的是，聲名顯赫的樓蘭王國在繁榮興旺了五六百年以後，卻史不記載，傳不列名，突然銷聲匿跡了。七世紀時唐高僧玄奘自印度取經歸來，看到樓蘭國「城廓巋然，人煙斷絕」，頓生滄海桑田之感。樓蘭城的傳奇般的消失使它成為古絲綢之路上最大的謎。

古樓蘭－鄯善國由繁榮走向衰亡的歷史，一直為學者們所關注。二十世紀初瑞典探險家斯文·赫定發現古樓蘭城址後，一九○五年從事自然地理學研究的美國探險家亨廷頓曾到達羅布泊。他考察了羅布泊後，提出了羅布泊是盈虧湖的論點，指出：「二千年以前湖泊的面積極大，占據了古代和現代的地區，然後它收縮，占據了僅有中國地圖指示的地方。在中世紀時，它又擴張，目前它又收縮，占有了現在的位置。」亨廷頓還通過他對廢棄於塔克拉瑪干沙漠和羅布泊荒

這是在古墓溝墓地發掘出的矩形木板，上有深淺不一、疏密有致的刻痕，據考證它是樓蘭人用來記事的物器。它上面是否保留著樓蘭廢棄的訊息？

漠中古代遺址的考察，提出了氣候
變乾說，認爲樓蘭被廢棄的原因是
「因爲氣候變乾了」。這種說法引起
了學術界的爭議。

中國著名歷史地理學家黃文弼
先生對亨廷頓的氣候變乾最先表明
否定態度。他認爲：羅布泊地區第
四紀以來氣候一直是乾旱的，昔日
之乾燥與今日無異，氣候沒有根本
的變化。羅布泊盈虧理論站不住
腳。黃文弼先生認爲：古樓蘭城之
所以被廢棄，是因爲交通路線的變
化，交通路線的變化是樓蘭興衰最
直接最敏感的因素。絲綢之路改
道，由過去的通過樓蘭城而改爲走
高昌道（即今吐魯番地區），致使
樓蘭城喪失了東西交通中繼站的地
位，由繁榮變爲蕭條。他認爲：樓
蘭的廢棄就是在古絲道路線改變

五世紀東晉僧人法顯西去求法路過
衰落的樓蘭時寫道：「沙河中多有惡鬼
熱風，遇則皆死，無一全者。上無飛
鳥，下無走獸，欲求渡處則莫知所擬，
惟以死人枯骨爲標識耳。」唐時的「樓
蘭」常是邊塞詩人吟詠的對象。李白有
詩云：「願將腰下劍，直爲斬樓蘭。」
千百年來樓蘭就這樣成了一個不安的象
徵物。

樓蘭出土的銅罐。

樓蘭的變故是一場戰爭，一場空前的乾旱，還是其他？回答人們的只有殘垣斷壁下那些不完整的木板、破碎的陶片、絲綢和佛塔……

後，在失去人類保護的情況下，受到風沙侵襲，河流改道，水分減少，鹽鹼日積愈甚，所造成的必然結果。

黃文弼的觀點比較得到學界的認可。但與此同時，還出現了另外幾種有關樓蘭消失說法。可備多說。

有的學者認為樓蘭城址被廢棄的主要原因是羅布泊上游孔雀河改道，因為河水改道，致使下游地區水源枯竭，導致了樓蘭糧食供不應求，長此以往，古城被廢。也有觀點認為樓蘭古城廢棄的原因是由於外族人入侵所致，中國學者林梅村先生在他的《樓蘭尼雅遺址概述》一文中就提出：在樓蘭、尼雅遺址出土的佉盧文文書中，曾多次提到鄯善國鄰邦中有一支強悍部族，經常南下侵擾鄯善西境，給精絕、舍凱、且末等地人民的安寧生活造成了極大威脅。林梅村先生認為：

鄯善國可能就是為北方的高車人和占據西藏高原中部和北部的強悍部族蘇毗人共同攻滅的。還有人猜測：當年在這一地區可能發生了一場可怕的瘟疫，致使牲畜死盡，糧食顆粒無收，人去城空。

有關樓蘭消失之謎的爭論仍在進行之中，這使得樓蘭成為世界上最神祕的地區之一。

　　考古學家認為，漢魏時期的羅布泊就在古樓蘭遺址附近，當時北面的孔雀河與南部的車爾臣河都匯入塔里木河，然後經庫魯克河，在樓蘭古城北注入羅布泊，但後來羅布泊北移，樓蘭城水源枯竭，樹木枯死，居民們棄城而去，樓蘭古城也隨之逐漸消失了。

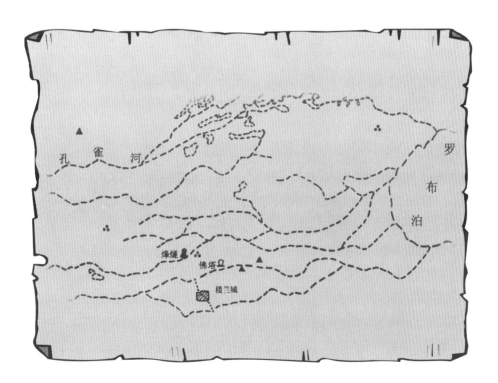

關於羅布泊是「游移湖」的推斷，斯文·赫定與俄
國考古學家科茲洛夫有過激烈的論戰。

▲本章部分攝影圖片作者為劉玉生、張鴻墀、楊洪等人。

第八章
高昌（Gaochang）：城頭變換大王旗

探險隊踏平古遺址

一八九五年冬，瑞典探險家斯文‧赫定冒著生命危險深入中國新疆的塔克拉瑪干沙漠，繼而發現了樓蘭古城。這個具有傳奇色彩的故事震驚了當時國際考古學界，掀起了包括英、法、日、德、俄、美等七國對中國西域地區湮滅已久的文明的考古熱潮，一場國際尋寶競賽從此展開。

這場尋寶競賽以德國人最為積極，從一九○二年到一九○四年，德國共派出四梯遠征隊深入中國南疆，位於新疆吐魯番地區的高昌古城的神祕面紗，也終於在這場競賽中被悄然揭開。

說起來，最早踏入吐魯番地區的歐洲人要算歐洲耶穌會印度分會的神甫鄂本篤。這位葡萄牙傳教士於一六○二年十月三十一日從莫臥兒帝國首都德里出發，於十二月八日到達陪都臘和兒，

在十六世紀末到十七世紀，長期居住在中國的耶穌會會士，除了利瑪竇外還有博物學家湯若望和天文學家南懷仁。他們靠著自己在數學、天文學和地理學方面的知識，與中國皇帝有著極好的關係。圖中的湯若望神父身著中國服裝。

一七七五年，德國植物學家雷格爾來到高昌古城，竟把高昌誤作一個晚期的羅馬屯墾區。他是第一個把高昌古城的訊息傳向國外的外國學著。

在這裡找到了一個得力的僕人亦撒克。一六○三
年一月六日，鄂本篤等人離開臘和兒踏上旅途，
經阿塔克（阿托克）、配夏哇（白沙瓦），沿著喀
布爾河谷進入可不里城（喀布爾），恰遇喀什噶
爾王之妹自麥加（實為麥地那）還國，道經可不
里，於是鄂本篤即與之同行，經八魯彎、塔里寒
東進，越過帕公尺爾高原，經撒里庫爾（塔什庫
爾干）、鴉兒看（今莎車）、阿克蘇、庫車、察里
斯（焉耆）到達吐魯番，後來他又沿著陳誠使團、
沙哈魯使團走過的路線經哈密嘉峪關，於一六○
五年底到達肅州，第三年他就病死在這裡。鄂本
篤病逝後，歐洲耶穌會北京分會的利瑪竇等人，
根據鄂本篤的日記及其伙伴亦撒克的回憶，寫成
了《鄂本篤訪契丹記》一書，引來了更多考古學
家對中國西域文化的關注。

　　一百七十年後，具有德俄混血統的雷格爾來
到吐魯番，帶走了最初的有關高昌古城的資料。
他也是最早向世界發布高昌古城消息的人。

　　雷格爾曾任彼得堡植物園園長，是一位很有
造詣的植物學家，一八三五年即出版過《俄國植
物誌》。他和另一位植物學家賀德分別研究了雷
德爾在中國東北採的植物，寫成具有世界影響的
植物學著作。

　　一七七五年，當雷格爾來到吐魯番，站在那
湮滅在地下千百年的高昌古城的廢墟上，歷史的
玄妙演變使他震驚。儘管他當時把高昌誤作一個
晚期的羅馬屯墾區，但這次短暫經歷還是使他在
瞬間被人們認作一個具有考古智慧的人。

　　雷格爾的意外收穫成全了後來如火如荼的絲
路尋寶者的夢想。隨後羅波洛夫斯基、科茲洛夫、

　　鄂本篤是第一個到達
吐魯番的歐洲耶穌會會
士。一六○五年他化裝成
亞美尼亞商人經吐魯番深
入到哈密和肅州一帶，證
實了馬可·波羅「契丹和
中國是一個國家」的說
法，最後病死在肅州。利
瑪竇神父根據鄂本篤的日
記及其伙伴的回憶，寫成
了《鄂本篤訪契丹記》一
書，把神祕的西域放大在
世界考古學家的面前。

　　自從馬可‧波羅到達中國後，西方人對中國這塊神祕土地充滿嚮往，但即使在達‧伽馬時期，登上中國大陸的西方人仍是寥寥無幾。一五四九年，最早的耶穌會會士方濟各‧沙勿略登陸日本後便想來到中國。然而當他兩年後准備從廣州上岸時，卻不幸病逝。圖為抵達日本的葡萄牙人。

克列門茨等一個個考古「探險者」接踵而至，而二十世紀初，在德國派出中國南疆的四梯遠征隊中，考古學家阿爾伯特·馮·勒·柯克可算是收益最大的人。

一九〇二年，四十二歲的勒·柯克參加了第一次德國在吐魯番一帶的考察發掘，幾年後，他又親率探險隊再次深入高昌地區，帶走了大量的文物珍寶，成了取走最多中國古代文物的外國探險家。

勒·柯克一八六〇年出生於柏林的富商家庭，曾在英美學習經商，並鑽研醫學。一九八七年，二十七歲的他回到家鄉接管家族事業，但十三年後卻出人意料地迷上了中亞歷史。隨後，他花了幾年工夫學習阿位伯文、突厥文、波斯文和梵文，又到柏林博物館當義工。一九〇二年，他正式在柏林民族學博物館印度部門任職，如願以

出身於富貴家庭的勒·柯克放棄了經商和醫學專業，愛上了考古。在德國派出中國南疆的四梯遠征隊中，他是獲益最豐的人。然而他的一生卻跌宕起伏，充滿玄機，最後竟在窮困中離開人世。

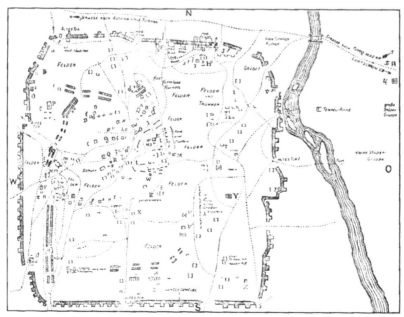

格倫韋德爾繪製的高昌佛教遺址分布圖。

償地踏上了中亞的土地，並參與了高昌古城的挖掘，成為德國參與絲路尋寶競賽的重要人物。

德國的吐魯番遠征之行是由「柏林民族學博物館」發起的。該博物館內印度部門主任格林韋德爾對東方文化有著極大的熱情。他的《印度之佛教藝術》是一部在文化史上具有重要地位的學術論著。他認為佛教徒是在西元紀年初，將阿富汗東北部和印度西北部的希臘藝術稍作修改後，通過帕米爾高原進入南疆，傳到中國、韓國和日本的。由此他認為，連結希臘化藝術與東亞藝術的環節就是南疆。於是他著手籌備對中國南疆的遠征，並於一九○二年十一月作為「遠征」的第一梯隊進入吐魯番。

一九○三年七月，格林韋德爾帶回了吐魯番地區的大量壁畫和雕塑。這些珍貴的物件證明，在八世紀前的南疆，並不是突厥人的國度，而是伊朗人和吐火羅的聚集地。在漫長的歷史長河，這裡逐漸形成了溝通中原和印度、波斯、東羅馬帝國物資的絲路。

勒‧柯克率領「遠征」的第二梯隊於一九○四年九月從德國啟程向中國進發，經過千辛萬苦，兩個月後抵達高昌的挖掘現場。首次高昌之行使他滿載而歸，接著他又於一九○五年和一九一三年率隊重返高昌，三次前後共帶走三百八十七箱文物。然而，價值連城的高昌古物並沒有給勒‧柯克帶來長久的榮華富貴，第一次世界大戰的炮火使他家破人亡，一九三○年，他在窮困潦倒中去世。

這幅繪於一六三四年的地理圖現藏於巴黎國立博物館，為當時西方人尋找東方指明準確的方位。

二千年前的「王城」

高昌建城與漢武帝的那場震驚中外的「奪馬戰」有關，但命名這座城市的卻是漢代大將李廣利。

高昌古城的格局為大正方形，從遺址上看，城廓高聳，街衢縱橫；城內的建築物風格多元化，唯獨沒有中國式建築。

高昌古城位於現吐魯番市東四十五公里處火焰山南麓的木頭溝河三角洲，維吾爾語稱亦都護城，即「王城」之意。

古城遺址呈一大正方形，城垣保存基本完好，城郭高聳，街衢縱橫，護城河道的殘跡也能看得清楚。城裡的建築物大都與宗教有關，廟宇寺院林立。建築的式樣有伊朗式，也有印度式，唯獨沒有中國式的建築。人們把它稱為廟宇之城。

古城分內城、外城、宮城三重。外城大體呈正方形，牆厚十二公尺，高十一·五公尺，周長五·四公里。為夯土板築，部份地段用土坯修補，外圍有凸出的馬面。每面大體有兩座城門，而以西面以北的城門保存最好，有曲折的甕城。

內城居外城正中。西南兩面城牆大部分保存完好。周長約三公里。宮城為長方形，居城北部，北宮牆即外城北牆，南宮牆即內城北牆。這一帶尚存多座三～四公尺高的土台，當時為回鶻高昌宮廷之所在。內城中偏北有一高台，上有高達十五餘公尺的土坯方塔，俗稱「可汗堡」，意為王宮。稍西有一座地上地下雙層建築，可能為宮殿遺址。外城內西南有一大型寺院，寺門東西長約一百三十公尺，南北寬約八十五公尺，占地約一萬平方公尺，由山門、庭院、講經堂、藏經樓、大殿、僧房等組成。大殿內尚殘存壁畫痕跡。

高昌不但是廟宇之城，同時也是死人的墳冢，

交河故城位於高昌古城的西邊，可稱爲高昌的姊妹城，初建於東漢時期，因城廓建在三十公尺高的斷崖上，「河水分流繞城下」，故稱交河。交河房屋的建築，都是因地制宜在土崖上掏挖而建，此爲世界罕見。

而其固若金湯的防禦工事，更在戰時爲城外蝸居在土屋裡的百姓，提供了一個避難所。

高昌建城的傳說頗具浪漫色彩。傳說西元前一○四年，漢武帝爲了能從大宛買到被稱爲「天馬」的「汗血馬」，派使節前往大宛，哪知大宛國不但不予賣馬，還把漢使給殺害了。武帝大怒，馬上派出李廣利爲「貳師將軍」，率兵萬人征討大宛。當漢軍跋涉千里，到達吐魯番盆地時，已是人困馬乏，便停下來就地休息。這裡涼爽的氣候、肥沃的土地以及遍野的莊稼和果木使他們十分羨慕。他們認爲這是一個屯田積糧的好地方。於是，李廣利就讓不能隨軍打仗的傷病人員留下來，築寨建城，修造壁壘，並取名高昌。

高昌壁在李廣利到達後開始建造，後來於漢元帝初元（前四十八）設在交河的戊己校尉和以交河爲中心的屯田事宜，也逐漸遷移至高昌一帶。

交河古城位於高昌古城西邊的雅爾湖鄉雅爾乃孜溝村的河床上。據考證，「雅爾」可能就是突厥語「崖岸」。這裡的人們俗稱交河城爲「雅爾和圖」，「和圖」在蒙古語中是「城」的意思。

高昌波斯式建築。

說到交河古城，必須提到姑師民族。在高昌建城之前，吐魯番盆地一直是姑師民族生活棲息的地方。姑師最早是一個游牧民族，擁有大量的羊、馬、駱駝等牲畜，活動範圍從羅布泊到吐魯番盆地，從庫魯克山、庫姆塔格山到天山主峰博格達山深處，這一帶的廣闊地區都留下了他們的足跡。關於姑師人的種族說法不一，有學者認為姑師人屬高加索人種或亞利安人種，也有人認為姑師人屬蒙古人種或蒙古人種和歐洲人種混合的產物，還有人認為姑師人具有匈奴、月氏、烏孫等族的血統成分。

樓蘭和姑師曾是匈奴的勢力範圍，高昌和交河人的生活方式和裝飾用品都是匈奴式的。

「姑師」在西周時期就已存在了。最早提到「姑師」之名的是《史記》，後來《漢書》也記載了一些姑師的情況，這些記載總是把姑師和樓蘭相提並論。

樓蘭和姑師曾是匈奴的勢力範圍，匈奴經常攻劫漢朝使者，破壞中原王朝與西域的交往。為了懲罰匈奴，漢武帝在元封三年（前一○八）派大將趙破奴和王恢率兵數萬西征，趙破奴以七百輕騎先至樓蘭，俘獲了樓蘭王。接著破姑師，王恢將兵又捕得姑師王，大獲全勝。趙破奴、王恢因戰功雙雙封侯，而姑師破敗後就分為車師前、

高昌古城中的佛教台階式金字塔。

吐火羅人是西元前生活在歐洲西部的游牧民族，也有人認爲就是大月氏人，國際間存有爭議。德國考古者從獲得的藝術品中發現，在八世紀前的南疆，並不是突厥人的國度，而是伊朗人和吐火羅人的聚集地。這是庫木拉石窟中的吐火羅少女壁畫。

後王廷及北山六國。

車師人當時選擇了一座扁長而又高大的土崗建立「車師前國」都城。因這土崗是一座浮出水面的河心島嶼，河水自它的北頭分開，夾土崗兩側而流，又在它的南頭交流匯合，所以都城稱作「交河」。考古專家形象地把交河城稱作是「姑師人從土崖上挖出來的一座城市」。

事實也是如此，交河的建築方法世界罕見。因特殊的地理環境，交河房屋的建築，都是因地制宜在土崖上掏挖而建。具體方法：是從原生土中往下挖，留出牆體，再用木料搭蓋屋頂，避免用立柱。這種民居一般呈長方形院落式住宅，有院門、庭院。據考這是交河最普遍的建築方法，被稱作「減地法」或「壓地起凸建牆法」。用這種掏挖方法建房之前，一般是先挖水井，以探明地下水的情況。只有選擇有足夠的地下水，才能保證施工和今後的生活。如果地下水缺乏則當易地而建。

交河城的許多建築集中在中心大道兩旁，中心大道的頂端多爲官署建築，兩邊爲民居。民居大多隱藏在高大寬厚的圍牆裡，而在圍牆後面，則是縱橫交錯的街巷，一條蜿蜒的護城河穿街而過。車師人憑借他們的聰明智慧，憑借獨特的地理條件，使交河城具有了居高臨下、易守難攻的軍事優勢。但是隨著高昌的建成，交河的政治和軍事的優勢也逐漸喪失。

高昌壁建成後便成爲戊己校尉的治所，引來了一批批的漢軍駐紮。到了東漢時期，作爲屯軍駐地的高昌壁漸漸被高昌壘所代替。高昌無論是作爲壁或是壘，都以駐軍爲主，所以整個建築都

高昌在歷史上特別是絲綢之路開通後，與西亞人過往甚密。這座古城除了建築上有波斯、印度風格外，出土的壁畫也有相當的西亞人形象。

保持了濃厚的軍事色彩，在它的廢墟上，還能看到城堡、壁壘和築建的工事。東漢後期，高昌不再作爲神祕換防的軍事營地，已發展成一座擁有相對固定人口的城市。

西晉武帝時期，中原大亂。匈奴、鮮卑、羌、氐、羯等少數民族在混亂中借機各自爲政，尋釁作亂，形成「五胡亂華」的局面。西晉在大亂中滅亡，中國分裂爲二，南方是司馬氏的東晉政權，北方則是「五胡」的十六國。

由於空前的戰亂，中原人民四散逃亡，有的逃往河西走廊，繼而遷到高昌。東晉盛和二年（三二七），河西地區崛起的張駿前涼王朝攻占了高昌，置高昌郡，設太守，下轄高昌、田地二縣。成爲沙州（今敦煌）治下的地方政權。這是新疆建立郡縣制的開始，也是吐魯番盆地建立的第一個由漢族統治的割據政權。此時吐魯番地區的政治中心遷出交河，而已具有相當規模的城市基礎的高昌，成爲新的政治、經濟、文化中心。

從此，高昌郡主頻頻換馬，經過了前涼、前秦、後涼、段氏北涼、西涼、沮渠氏北涼、闞爽和高昌沮渠氏北涼八個地方割據政權的統治，其統治時間長達一百四十年之久。

前涼張氏王朝在高昌設郡後，加強了對高昌郡的有效統治。前涼被前秦滅亡後，前秦國主苻堅直接任命土著高昌人楊干（又名楊翰）爲高昌郡太守，仍歸涼州管轄，但到後涼呂光主政時，高昌郡主的任命又有了變化。呂光後涼政權滅亡之後，高昌郡又經段氏北涼、西涼這兩個在河西的漢族割據政權的統治，高昌的地位更加顯著。當時高昌的地位雄居七郡（高昌、敦煌、晉昌、

酒泉、西海、玉門、堪泉）之首。後來，臨松盧水胡人沮渠氏攻滅西涼後，建立了沮渠氏北涼政權。高昌經歷了七年的飢荒。與此同時，固守在交河城的車師前國，災情也同樣嚴重。

北魏滅北涼後，沮渠氏流亡勢力捲土重來，闞爽政權滅亡，高昌重又建立起沮渠氏北涼流亡政權。

四四八年，北魏派遣萬度歸西征，討伐龜茲、焉耆。車師前王車伊洛與唐和奉北魏太武帝之詔，離開交河前往焉耆參戰。焉耆之役結束後，車伊洛和唐和暫留焉耆，未返交河。

利用這一機會，沮渠安周引來柔然兵共同圍攻交河。這時，車伊洛留其子車歇鎮守交河城。雙方的戰爭已延續了七八年，交河城雖能固守，但內無糧草，外無援兵，

沮渠氏北涼流亡政權兼併了車師前國，在高昌立穩了腳跟，第一次統一了吐魯番地區，建立了歷史上第一個獨立王國。從此高昌從郡過渡到國，其建制也向國的建制轉變。吐魯番地區的歷史，開始了改天換代的新紀元。

爲了對付匈奴對中原的侵擾，漢武帝在元封三年派大將趙破奴和王恢率兵數萬西征，先破樓蘭再破姑師。姑師破敗後就分爲車師前、後王廷及北山六國，以交河爲都城。在歷史上，高昌和交河彼此依存，但各有輕重。高昌與交河最大的不同處是，交河在軍事上地位重要，而高昌則主要是一個政治、經濟、交通中心。從這幅圖上可看到西漢車師的位置。

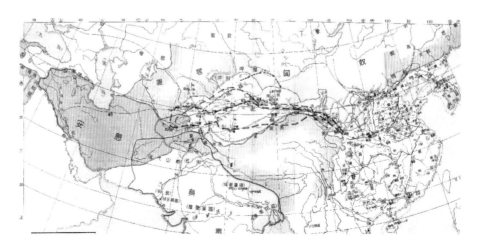

廟宇之都

柏孜克里克壁畫。

沮渠氏在高昌建立北涼流亡政權，主要得力於強悍的蒙古草原民族柔然族的幫助。也是這柔然族於四六〇年結束了沮渠氏北涼政權的生命，立闞伯周為高昌國王。四八八年，闞伯周被西域另一個強大的游牧民族高車王所殺，其後張孟明、馬儒和麴嘉先後繼而高昌國王。

麴氏是高昌大姓旺族，是從甘肅隴西一帶遷移而來的漢人。麴氏王國傳承九世，是一個典型的以漢族為統治主體的城郭之國。

漢人主政高昌後，出現儒、道、佛並存的多元文化，而佛教則更具普及意義。

麴泰文是第九世國王。他年輕氣盛，思維活躍，擅長武略，並對佛教備加推崇。在他上任之初，就對高昌郡城進行了大規模的修建，特別突出了寺院佛塔的建築，整個城市都充滿了一派佛教隆盛興旺的景象。

由於麴文泰痴迷佛教，使他與唐朝著名高僧

高昌廢墟。

玄奘結下不解之緣，他們異乎尋常的交往成了佛教史上的一段佳話。

玄奘，俗姓陳，本名禕，河南洛州緱氏縣（今河南省偃師縣南境）人；生於隋文帝開皇二十年（西元六○○年），他的曾祖、祖父都是官僚，到了他父親陳惠，便潛心儒學不做官了，從此家道中落。他跟著二兄長捷法師住在洛陽淨土寺，學習佛經，十一歲就熟習《法華》《維摩》。十三歲時洛陽度僧，破格入選。隋煬帝大業末年，兵亂飢荒，玄奘和他的二兄前往長安後，又同往成都。唐高祖武德五年（西元六二二年），在成都受具足戒。六二七年，玄奘離開都城長安，到達甘肅河西大都會涼州（今武威），停留一個多月應邀開講《涅槃》《般若》諸經。

玄奘超人的智慧和對佛經的高深理解使聽者為之震驚，來自高昌的僧侶、商人把玄奘的演講情況在國內宣傳後，馬上引起了篤信佛教的麴文泰的注意。麴文泰想當面向玄奘請教。

玄奘一路西行，經過長途跋涉，吃盡了千辛萬苦，到達今新疆哈密地區境內的伊吾國。伊吾國王和僧人都來參謁，國王還把玄奘請進王宮，備加款待。玄奘到達伊吾

的消息傳出後，高昌國王立即派出使臣並挑選良馬數十匹前往伊吾，勸玄奘改變行程計劃，先到高昌國。玄奘被國王的虔誠所感動，決定到高昌。

玄奘抵達高昌國都，國王麴文泰和王妃在宮門秉燭相迎，並把他引入宮中後院的重閣寶帳裡休息。此後數日，玄奘在高昌都受到了國王的隆重禮遇。可玄奘重任在身，須繼續西行取經，過了數日，玄奘便向國王辭行，令國王頗為失望。國王其言切切：「自承法師名，身心喜歡，手舞足蹈，擬師至此，受弟子供養，以終一身。令一國人皆為師弟子，望師講授。僧徒雖少，亦有數千，並使執經，充師聽眾。」玄奘感念國王情深意切，但無心久留高昌，仍堅持西行。國主心有不甘，強行挽留。玄奘說：「我西來為的是求法，法既未得，不可半途而廢，因此敬辭。」國王聽後，面含慍色，說：「如果你執行要走，弟子就把你送回唐朝。到那時，恐怕你性命都難保了。」玄奘也毫不示弱，回答說：「我的目的只有一個，就是西行求得大法。大王如此，只能留下我一把骨頭，我的心你未必留得住。」國王聽後仍不予理睬，每日款待如常。玄奘為表心

佛教木版畫。據考爲西元七世紀作品。木板正反兩面分別繪有波斯式和印度式兩種不同風格的藝術形象。正面繪一四臂菩薩，頭戴波斯王冠，身著綠袍；反面繪一具有印度形貌的三頭四臂神，其身體肌膚呈暗藍色，右側頭爲女性面孔，左側頭呈暗黃色，形象猙獰。該作品原件現存英國倫敦。

　　武德七年（六二四）玄奘離開成都，沿江東下參學，聲名鵲起，被譽爲「佛門千里駒」。但玄奘鑽研佛學愈深，疑問愈多，志滿乾坤的他於是發願西行，到佛教發源地的印度，「以問所惑」。　那時出國之禁很嚴，他正式表請赴印，未獲唐太宗批准，就獨自一人違背唐朝禁令，私自出關西行，因此處處受阻，路途艱難。

志，便以絕食而抗議，一連幾天，水米不進。國王被玄奘的執著和大無畏的精神所感動，便決定答應玄奘的請求，同意西行取經。但他要求玄奘答應在離開前在高昌講經一個月；從印度回來後，還要再來高昌住三年。無奈之下，玄奘答應了這些條件，便在高昌講授被認為「護國法寶」的《仁王般若經》。

出乎玄奘意料的是，他講經的地方不是設在寺院，而是在國王特設的能容納三百人坐的大帳中。每日講經，國王不但親自捧香執經，而且還跪在地上，以背代凳，請玄奘法師登上講壇。國王對佛教的虔誠程度可見一斑了。國王和玄奘在交往中同氣相求，便結拜為兄弟。

一個月後玄奘按計劃離開高昌，麴文泰為他製作法服三十套，路罩、手套、鞋、襪若干，黃金一百兩，銀錢三萬枚，綾絹五百匹，以西行備用。另外，除剃度四個沙彌為玄奘的侍從外，還配備夫役五十名，撥給馬三十匹，以壯行色。麴文泰還為玄奘開具介紹信，每封書信附帶大綾一匹，作為禮物，致送沿途二十四個西域小國的國王；又專門為西突厥葉護可汗準備了五百匹綾絹、

柏孜克里克壁畫：田園放牧。

柏孜克里克壁畫：供養成童子。

玄奘對文麴泰國王的深情厚意和慷慨饋贈，備感動容。他在致信中稱讚國王「稟天地之淳和，資二仁之淑氣」。然而此後他再也沒有見到麴文泰國王。圖為玄奘回國情景。

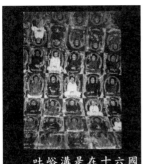

吐峪溝是在十六國北涼統治時期掀起開窟高潮的時候興鑿的，是高昌時代最早、規模最大的一座石窟。其昌盛與衰微都與高昌政權的存亡關係至密。佛教在麴氏高昌是有相當重要的地位的，而吐峪溝也同樣是王室的一處石窟聖地。敦煌遺書《西州圖經》中有它「佛院重重，雁塔林立、高梁橫跨、綠蔭紛紛、香火繚繞、梵唄齊鳴」的記載。

印度高僧。

兩車高昌特產的水果，請葉護可汗照應玄奘法師一行。

玄奘出發那天，國王、諸僧、大臣及百姓前來送行。國王與幾位高僧還乘馬將玄奘送出數十里外，其情殷殷，令人感動。玄奘期待著西行之後與國王重逢。

然而十幾年過去了，玄奘信守諾言從印度回國後，高昌國已經滅亡，取而代之的是唐朝的西州。

相傳高昌是西域地區四大佛教之都之一，其佛教來自佛祖釋迦牟尼的故鄉。隨著佛教在車師前國的廣泛傳播，高昌上至王室下至百姓，都成了佛教信徒。在高昌不遠處（距今吐魯番市區四十多公里）的吐峪溝佛寺出土文書中，發現了標有西晉元康六年（西元二九六年）三月十八日紀年的佛教寫經《諸法要集經》，還有西晉永嘉二年（西元三〇八年）抄寫的《摩訶般若波羅蜜

「克孜爾」是維吾爾語「紅色」的意思，故克孜爾千佛洞也被稱為「紅色千佛洞」，由於該千佛洞壁畫富有裝飾性，將有限的彎頂與窟壁開拓成一個大千世界，被人譽為西域藝術的奇葩。此壁畫《阿闍世王知佛涅槃故事》出自克孜爾第二〇五窟。

三藏法師遠像 千本孟瑛圖

玄奘意思是「奧妙太深」。佛教經典分為經、律、論三類，總稱為三藏。通達佛法且能為人講說的人稱為法師；精通經藏的稱為經師；精通律藏的稱為律師；精通論藏的稱為論師。最高的是三藏法師，是遍通經、律、論三藏者的學位。玄奘精通三藏並能為人講說，所以稱為三藏法師。

經》。

吐峪溝石窟寺不僅是吐魯番地區較早的佛教寺窟，也是整個西域建窟和保留壁畫較早的洞窟之一。這裡風景宜人，綠樹成蔭，物產豐富，因而成為佛教僧眾研讀經卷、修行悟道的理想之地。

吐峪溝佛寺的建築規模，當時的文獻未予記載。但唐代的一部保存在敦煌莫高窟的文獻《西州圖經》殘本記載了當時稱為「丁谷寺」的情況：丁谷寺窟依山而建，上背危峰，下臨流潦，四周綠茵環抱，佛寺禪院煙火條繞，蔽天遮日。雁塔凌空高聳，橫跨溝谷的橋梁如彩虹臥於霄漢，實在是「仙居之勝地」，「棲靈之祕境」。

吐峪溝佛寺中有豐富的壁畫，儘管大多殘缺，但千佛、佛像、說法圖、菩薩像和比丘禪觀等圖依然栩栩如生，洞窟中的佛本生故事壁畫，包括太子求法投火圖、捨身飼虎圖、忍辱切割手足圖以及慈力王施血飲五夜叉圖、毗楞竭梨王求法千釘釘身圖更是精美絕倫，令人嘆為觀止。這些生動的壁畫藝術既有西方的龜茲藝術的特點，也有漢地如莫高窟繪畫的風采。這充分說明，高昌地區早期佛教，來自釋迦牟尼的故鄉，後因經歷甘肅河西與高昌地區政治經濟文化一體化時期，故又受到中原佛教的影響，逐漸顯露出高昌獨特的佛教文化神韻。

交河城的佛寺建築，最早（高昌郡時期）建築在西城門外，即今日的雅爾湖石窟。據考證，雅爾湖石窟開鑿於車師前部時期，最早的壁畫繪於晉高昌時（西元三二七年～四五〇年），到車師前部晚期，因戰爭而停止，後於十一世紀回鶻高昌強盛後再度興盛，但其最終於伊斯蘭教進入

吐魯番盆地後而廢止。它是唯一反映車師前國早
期佛教文化的寺院。

克孜爾千佛洞是中國除敦煌莫高窟和柏孜克
里克千佛洞外保存壁畫最多的石窟群。洞窟開鑿
於今拜城縣雀兒塔格山北麓的木扎特河谷北岸的
山崖上，蜿蜒一公里多，已編號的洞窟二百三十
六個。

柏孜克里克千佛洞位於今吐魯番市東火焰山
下，木頭溝西岸的懸崖上。鑿有洞窟八十三個，
現存五十七個。其中有壁畫的四十多個，總面積
一千二百平方公尺，是吐魯番現存石窟中洞窟最
多、壁畫內容最豐富的石窟群。

柏孜克里克千佛洞每個洞窟的規模大小和壁
畫內容，都反映出供養人（即出資開鑿窟寺者）
的身分財力和時代烙印。現存八十多個大型洞窟，
都開鑿於麴氏高昌王國和回鶻高昌王國的強盛時
期。洞窟中的壁畫，不同時代也分別顯示出相應
的內容和形式。回鶻高
昌王國時期的洞窟壁
畫，時代民族特徵最為
鮮明，建築也格外宏
觀。

西元十三世紀末，
高昌王室東遷甘肅永
昌，加之伊斯蘭教傳入
吐魯番後，佛教漸衰，
柏孜克里克千佛洞隨之
衰落，在異教衝突中遭
到毀壞，壁畫人物的眼
睛全部被挖掉。就是這

這是高昌出土的觀音像絹畫，為西元十世紀作品。菩薩頭戴花冠，冠後兩根紅飄帶垂至肩部，身穿繡花邊紅袍。身後有背項光。表情和善安祥。從人物的服飾看來，當為回鶻化的觀世音形象。現存德國柏林。

斯爾克普舍利塔。

歷史的殘骸，也沒有躲過後來紛至沓來的外國探險家的浩劫。

一九○三年，德國絲路遠征隊的勒·柯克和助手巴圖斯到達柏孜克里克千佛洞，先找了一個牧羊人住過的洞窟住下來。當勒·柯克考察那被積沙堵住的內殿時，隨著積沙被他踩動流落下來，他被看到的東西驚呆了：「像變魔術一樣，我看見在我左右的牆壁上，顯露出富麗的光彩奪目的繪畫，顏色是那麼新鮮，好像是畫家剛剛畫完似的。」勒·柯克興奮地把巴圖斯叫過來，又在入口處兩邊的牆壁上發現了「比真人還要大的三個和尚像」，還有「印度和尚、中國和尚和突厥（回鶻）和尚畫像」。令勒·柯克不勝欣喜的是，這裡的人物像不是按模式繪畫的，不是千人一面的「刻花版印」，而是每個人物形象都是當時的寫真。

他們在兩座高牆上發現了幾幅巨大的神態各異的佛和菩薩像，還有跪著的供養人像，他們都手捧供物，都穿著高昌本地的衣服和靴子。更令他驚訝的，高牆上印度神話中的王子，繫虎皮裙的婆羅門，戴鷹羽帽子有鷹鉤鼻子的波斯人全都栩栩如生。

勒·柯克走後，英國探險家斯坦因，日本大谷光瑞探險隊的橘瑞超、野村榮三郎也都光顧了柏孜克里克等高昌佛寺。斯坦因「足足裝滿了一百多箱」，日本人也誇耀自己發現了「繪滿色彩的壁畫」，切割了足以欣賞的七塊壁畫，獲得了泥塑佛像七座。

斯坦因曾三次進入古西域地區進行探險考古，主要活動在丹丹烏利克、尼雅、敦煌一帶，搜羅了大量中國古代文物。一九○七年，斯坦因在高昌盜掘出了轟動當時世界的有翼天使和須大須拿太子本生故事的佛都壁畫以及一千多件古藏文文書，使中國文物遭到嚴重的破壞。

光榮與夢想

高昌是東西交通的十字路口，又是漢朝駐軍和屯田的最高指揮部所在地，所以內地軍民大量來到高昌，帶來了中原文化和先進生產技術，這就使高昌這一人口集中的城鎮得到迅速發展，達到相當規模，成爲絲綢之路上的一個重鎮。

絲綢之路並不是一條現成的、貫穿一致的道路。東來西去的客販商賈，往往都不可能走完絲綢之路的全程，而是在一些東西交通的十字路口，如高昌這樣的地方進行交易。所以，高昌城內商客雲集、貨物四至，市場不斷擴大。實際上這裡已成爲東西方商貿的轉換場所，各類貨物的集散地。

當時絲綢之路上的一些重鎮，絲綢的貿易占很大份額，交易十分頻繁。不僅交易從中原運來的絲綢，也交易本地出產的絲綢，當時被稱爲「湖錦」。高昌城裡的婦女，無論貴族還是平民，都善於紡織棉布和絲綢。

據出土文書記載，西域長史所屬兵士有的在高昌亡故，有的逃亡，還有高昌本地土生土長的士兵領取廩食的記載。吐魯番出土最早的一件有紀年的文書，說泰始九年（西元二七三年）二月九日，「大女翟美女從男子奕奴買棺一口，賈練二十匹，練即畢，棺即過」。文末還有「旁人馬男共知本約」的說明。在這份買棺契約中，出現

考古工作者在高昌故城中，發現十枚薩珊朝銀幣，其中四枚爲沙卜爾二世（西元三一○～三七九年），五枚是阿爾達希二世（西元三七九～三五三年），一枚是沙卜爾三世（西元三八三～三八八年）。薩珊銀幣就是當時波斯王朝通用的貨幣。當年通過絲綢之路進行中西貿易的盛況可見一斑。

高昌樂人圖。

的大女翟美女、男子奕奴、中人馬男，都應是高昌本地人。高昌已不是單純的軍營，而是有固定居民的西域城鎮了。

高昌歸唐後建立了西州，西州下設五縣：高昌縣、柳中縣、交河縣、天山縣、蒲昌縣。與此同時，西州使高昌地位大大提高，唐朝在這裡設置了領轄東自龜茲、西達波斯的二十二個都督府和一百一十八個州的安西都護府。西州本身也設都督府，實行州、縣、鄉、里制，社會經濟和州、縣人口有了很大發展。高昌城很快就成為一個國際性商貿都會，一個西域政治中心和佛教文化中心。

原先高昌城只有宮城和外城兩重。西州建立後不僅重建了市區，而且擴大了城垣，在被唐軍攻破的外城之外又興建了一重外城，外城周長達五公里，成為西域最大的名城之一。

這時的高昌城與中原地區的城池無異，高大的城牆上城門洞開，分別冠以玄德門、金章門、金福門、建陽門、武城門等。城市建築更加宏偉，官署莊嚴高大，佛寺金碧輝煌。城內街道縱橫，店鋪林立，各類商行有谷麥行、帛練行、果子行、布行、彩錦行、鐺釜行、茱籽行等等，星羅棋布。當地產的各種貨物如靴鞋、皮毛、棉布、成衣、飼草、薪炭、駝馬、鞍轡、藥材、糖酒以及木器、鐵器、陶器等，應有盡有。更有四川、河南、浙江、江蘇等地的絹、錦、綾羅、刺繡，還有波斯駱駝、突厥良馬、天竺香料等，五花八門，陳列於市。來自中亞、波斯、印度乃至歐洲的人們，膚色服飾各異，語言各不相同，熙熙攘攘來往於商埠市井，駐足於衙署驛館，呈現出高昌建立西

此弈棋圖作品作於西元七～九世紀，為吐魯番阿斯塔那古墓出土。圖上仕女髮束高髻，身著緋衣綠裙，披帛，表情凝重，智慧外溢，反映出當時貴族婦女閒逸的生活景象。

高昌侍馬者頭戴幞頭，身穿白色圓領長袍，足蹬黑靴。左手執鞭，右手牽馬，步履匆匆，神情憂鬱，是高昌下層居民的生活寫真。該作品出土於哈喇和卓古墓，現藏於新疆博物館。

州後，繁盛一時的景象。

經濟的繁榮，使高昌一部份人成為富豪。如在阿斯塔那墓出土的隨葬衣物，有「白練一千段，雜色物一千段，黃金白銀皆是」等語，「千段」、「皆是」雖屬誇張，但仍反映了當時西州富戶的經濟情況。

阿斯塔那墓葬中還出土了一件「麴娘墓志」，立於唐開元三年（西元七一五年）。麴娘肯定出身於高昌貴族麴氏家族。墓誌說這位麴娘「晨搖彩筆，鶴態生於綠箋；晚弄瓊梭紡紗，將鴛鴦織於絲」，她居於閣樓閨房之中，清晨手持彩筆將仙鶴繪於綠箋之上，晚上則穿梭紡紗，將鴛鴦織於絲絹之中。這段讚頌麴娘繪畫和紡織技巧的墓志，一方面反映了當時貴族生活的富裕閒適，另一方面也反映出當時高昌絲綢生產的水平達到了很高的程度。在麴娘墓中，還發現了絹畫《侍馬圖》，所繪馬和人物都非常生動逼真，這正是麴娘早繪丹青圖樣，晚織於絹上的民間藝術生活的真實寫照。

當時西州婦女注重琴棋書畫的風氣很盛，如出土的絹畫《樂舞圖》、《圍棋仕女圖》、《樹下美人圖》等等，這些富麗堂皇的畫面，衣著講究的人物，高貴富足的生活圖景，從一個側面重現了唐朝西州經濟發展狀況，表現了上層社會的生活情趣。

一九三四年，斯文・赫定主持中瑞科學考

西元三～四世紀壁畫，出自吐魯番哈喇和卓古墓，描繪吐魯番地主莊園的生活場景。

主人頭戴巾幘，身著大袖袍衫，跪坐作虔誠狀，家眷隨後。另外圖中還表現了庖廚、耕作等幾個生活場景，其藝術風格頗似嘉峪關魏晉壁畫。

這幅出自吐魯番的紙畫描繪了西元七～九世紀高昌地區莊園生活的幾個場景：宴飲、樂舞、農田、園林、牛車、庖廚等。從圖中可以看出，主人已不是一般鄉下村野的地主，而是生活在繁華城鎮中的達官貴族。該作品線條較為流暢圓潤，簡潔準確，是這一時期墓室畫的精品。現存印度新德里。

吐魯番阿斯塔那古墓出土，約為西元七世紀作品。圖中人身蛇尾男女二人，即華夏傳說中的人類始祖，女媧在左，伏羲在右，彼此交纏，表現陰陽交合產生人類萬物，世代不絕的深刻寓意。畫面上下分繪日月，周圍星辰環繞，體現天人合一的思想。現代人分析這幅圖雙螺旋的結構形式與生物遺傳基因NDA的結構圖極為相似。該圖現存新疆博物館。

高昌地處絲綢之路的要道，頻繁的貿易使高昌城內的普通婦女有著較高的生活水準。此圖上的侍女身穿圓領紫色長袍，頭梳低髻，反映了高昌人在七世紀的生活狀態，同時也表現了高昌女性的矜持和嫺靜。現存新疆博物館。

察團在吐魯番考察，得到一件珍貴的文書，上面繪著一位站立的仕女，一派唐朝風韻，左上方有一行字，曰：「九娘語：四姐兒初學畫，四姐憶念兒即看。」這件唐畫文書，有畫有文，反映了唐朝人以畫代信的習俗，也表達了西州達官貴族的生活情致。

回鶻（當時稱回紇）民族入主高昌，又從吐蕃手中奪取了西州，並且以高昌為中心建立了一個新興的王國——回鶻高昌王國，使吐魯番地區的歷史發生了轉折性的巨大變化。

回紇是中國漠北高原一個古老的游牧民族，曾經建立過強大的回紇汗國。回紇長期與唐王朝保持友好關係，作為唐朝的一個屬國，統治著漠北廣大地區，並與唐軍聯合作戰，共同對付突厥和吐蕃勢力。

「安史之亂」發生後，回紇汗國主動出兵，助唐平叛，回紇兵作戰勇敢，戰鬥力強，幾乎是戰無不勝。在收復長安的反擊戰中，回紇和西域龜茲軍隊配合郭子儀作戰，收復長安。「安史之亂」平定後，唐朝有三位公主先後嫁給回紇可汗。每位回紇新可汗即位，都由唐朝冊封任命。每年回紇和唐朝都要進行大宗的馬、絹交易，雙方保持著經常的經濟商貿往來和友好關係。回紇因受漢地影響，將族名由回紇改為回鶻。鶻鳥即鷹隼，喻能長空搏擊。

八六三年，黠戛斯派使到唐朝，要求允許他們攻擊占據西州的回鶻，並答應把西州以東土地歸還唐朝作為交換條件。唐朝利用自己的影響，即時制止了黠戛斯攻擊西州回鶻的圖謀，使西州回鶻的安全得以保障。

回鶻占據吐魯番地區以後，改變自己的生活習慣，調整經濟結構，由游牧生產方式改為發展當地傳統的農業生產，使農業生產得到了長足的發展，國力不斷強盛。

 回鶻錢幣。

高昌舞伎圖。

意外發現摩尼教遺跡

一九○二年，深入中亞腹地的德國考古學家勒‧柯克在高昌廢墟上，除了挖掘出中國大量珍貴文物外，做夢都沒有想到會有另外一個重大收穫，那就是他發現了早已滅絕的波斯摩尼教遺跡。

當時他和助手先是把一堵牆捅出一個大窟窿，然後他們看到一堵牆上有一幅巨大的壁畫，畫中的一幅比真人更大的肖像生動無比，那人頭上戴著一頂用金鍛製作、形狀有些怪異的高帽子，身穿奇特而又華貴的摩尼教大祭司的法衣，拱手立於一旁。他的白髮垂於肩上，神情很平靜、儒雅，目光中通出一種深邃的寧靜。他的頭上有光，一個白色鑲邊的大紅圓盤光彩奪目。他的四周簇擁著一群畢恭畢敬作禱告狀的、穿著白色教士衣服的聖徒。

敏感的勒‧柯克斷定這幅畫中的巨大的肖像就是摩尼教主摩尼的肖像。勒‧柯克後來在著述中稱：「這幅畫的發現，將摩尼教教堂沒有

摩尼及弟子壁畫。左繪教祖摩尼，頭戴鍍金葉飾的主教冠，身穿白色長袍，領口和前襟有一條深色寬邊。身後徒者為僧眾，均白衣白冠，長髮垂肩，袖手站立。教主與僧眾領下都用紅帶子繫結，顯得樸素無華。此作品為高昌出土，現存德國柏林。

摩尼教從七世紀傳入中國，它的善惡二元論與中國人的觀念大相逕庭，但由於吸收了佛教和道教的思想，中國人並未加以完全排斥。在當時人的心目中，釋迦牟尼和老子都成了摩尼的先驅者。此為趙孟頫的老子像。

相傳釋迦太子出遊時，分別見到孕婦、老人、病人、死人及修行者，感到人有生老病死四苦，於是起了出家修行之念。本圖描繪太子騎馬出城，前有二人肩抬死屍，圖中景物和人物服飾極具中原風格。此為西元七～九世紀的作品，吐魯番吐峪溝石窟出土。現存日本東京。

繪畫裝飾的觀念打破了，這個廳或許就是這一著名宗教的『齋戒廳』。」

除此之外，勒‧柯克還發現了上千件用多種古代民族文字書寫的摩尼教經卷和大量繪畫藝術品。而在這之前，摩尼教幾乎是無跡可尋。

摩尼教是西元三世紀在波斯興起的宗教，因創始人摩尼而得名。摩尼生於西元二一六年，誕生於當時隸屬波斯人管轄的巴比倫省泰西封附近。他的父親是一個世居哈馬丹的波斯望族後裔，母親則是具有皇族血統的安息人。據說摩尼的母親因見異象而懷孕，所以摩尼似乎也早就注定要當先知。摩尼精通天文、文學和幻術，是一名極負盛名的畫家。

摩尼教吸收了祆教、基督教和佛教等教義思想而成，也雜糅了些許古老的巴比倫信仰與諾斯替派的學說，成為純粹的波斯個性的宗教。雖然摩尼教是種自成體系、獨樹一格的宗教，但介於強調教義中的基督教或佛教之間，摩尼教徒們要廁身於基督教徒與佛教徒中倒也不難，因此，摩尼教很容易使人以為它是這些宗教裡的一個支派。

「二宗三際論」是摩尼教的根本教義。二宗指光明與黑暗，亦即善與惡；三際指初際、中際與後際，即過去、現在和未來。明暗指世界的兩個本原，三際指世界在發展過程中的三個階段。

摩尼教中還有「三封」和「十誡」的戒律。三封指口封，手封和胸封。口封是飲食和言語方面的戒制，即不吃酒肉，不說謊話。手封是對行為的戒制，即不在暗中做壞事。胸封是對思想及欲望的戒制，即要戒制淫欲。十誡是：不拜偶像、

不妄語、不貪欲、不殺生、不奸淫、不偷盜、不欺詐、不二心、不怠惰、每日進行四或七次祈禱，實行齋戒和懺悔。

在西方，摩尼教與基督教勢同水火；而在北非、南歐和西亞，摩尼教贏得了比任何其他敵對宗教更多的信徒。這種情況使得基督教徒群起而攻之，致使摩尼教在世界遭遇絕跡。

摩尼教傳入中亞大約在西元三世紀末，那正是波斯統治者對國內摩尼教徒的迫害加劇時候，許多摩尼教徒從東部伊朗向中亞逃亡，對河中地區的粟特人產生影響。

西元七五五年，安史之亂爆發後，唐王朝無力平叛，兩次向回紇借兵。西元七六二年，回紇牟羽可汗屯兵洛陽時，遇見摩尼師睿思等四人，牟羽可汗稱讚他們「妙達明門，精研七部，才高海岳，辯若懸河」，並於第二年春帶回漠北。從此摩尼教正式傳入回紇，並被尊爲國教。然而到了西元十四世紀初，吐魯番的摩尼教隨伊斯蘭教入侵而終止。

勒‧柯克在高昌還發現了摩尼教的一個藏書室。在這個藏書室的入口處有一副人的骨架平放在地上，在他的旁邊是一堆已經腐爛的

這幅紅色回鶻文題記的摩尼教細密畫，構思獨具匠心，製作考究。圖中一邊是身穿法衣的摩尼教教士，另一邊是一列正在演奏的樂隊，鑲嵌其間的是造型活潑的蝸卷紋圖案。這種圖藝術風格既不同於古印度風格，也異於中國格調。勒‧柯克把它歸類於晚期古希臘藝術的畫派或波斯細密畫的開山之作。

摩尼教教典中的插圖。作於西元十世紀，吐魯番柏孜克里克石窟出土。紙質，畫中兩側存墨畫粟特文字數行，上鈐紅色印記。中間繪一幅伎樂插圖，圖中兩樂伎吹笙簫，踏蓮花相對而立。正中書一行貼金箔的粟特文字。現存吐魯番博物館。

摩尼教經書。房中堆積的經書寫本有兩尺高。勒
‧柯克拿出一些書本晾乾後便變為碎片，碎片
中的彩色圖畫線條還隱約可見。書室中的一些麻
布畫幡受損並不嚴重，可以看出摩尼人繪畫藝術
的精美獨特。

在書室及通道裡，勒‧柯克還找到絹畫摩
尼教武士像及大量摩尼教故事畫。畫中的人物形
象鮮活而又生動，各具形態，呈現出古老波斯藝
術的強大生命力。

散落於高昌古城挖掘現場的摩尼教絲綢刺繡
殘品也引起了勒‧柯克的注意。有一幅摩尼教
女神刺繡，畫面造型生動，布局和諧，體現了人
類傳統工藝的精湛。女神上身穿上袖黃色衣，下
著桔紅色長裙，站在蓮花底座上，高舉香爐，頭
光閃爍。她的身邊站著兩名身穿全套法衣的女教
士，蓮花底座在她們的腳下熠熠生輝。

勒‧柯克不但發現了摩尼教大量的繪畫作
品，還發現了用波斯文、印度文、回鶻文及漢文
記載的摩尼教的大批文書。這些文書大多配有精
美插圖，裝飾性很強，使勒‧柯克如獲至寶。

勒‧柯克在高昌古城的神祕發現使摩尼教
得以重見天日。他從高昌出土的大量摩尼教殘經
片、工筆畫、壁畫和旗幡等珍貴文物中，弄清了
摩尼教傳入中國並風行於高昌回鶻王國的事實
（柏孜克里克千佛洞中的三十八窟，就是經過佛
教改建的摩尼教洞窟）。他稱他的意外發現「解
開了摩尼教神祕鏈條上的第一個鏈節」。

摩尼教教典中的插圖。西元九世紀作品，出自吐魯番高昌古城，上部殘存兩個跪坐的戴尖頭高帽的俗體人物，靠右側者彈奏琵琶。本圖選用金、銀、紅、綠等色，絢爛奪目。現存德國柏林。

回鶻王像麻布幡。出自吐魯番高昌古城。正反兩面各繪一幅站立執花的回鶻王像，頭戴尖頭高冠，身穿緊身長袍。並繪出人物飽經風霜，大度沉穩的性格特點。幡上方繪一結跏趺坐的小型坐佛像。回鶻王下身兩側各繪一童子，以及幾行墨畫的回鶻文題記。此為摩尼教文物。現存德國柏林。

高昌之毀滅

回鶻國王神情威嚴肅穆，顯出絕對的顯貴和雄才大略之氣，可稱上乘肖像畫。此壁畫現存德國柏林。

唐朝滅亡後，回鶻高昌王國卻是一片繁榮昌盛的景象。回鶻王國之所以能國運昌盛，主要原因是它始終與中原王朝保持密切的聯繫。即使在五代十國分裂割據的情況下，回鶻高昌也在一如繼往地與中原王朝保持密切的關係。當五代後周國建立時，回鶻高昌的使者就攜帶大量貢品到達涼州，與後周進行交往。

宋朝建立後，回鶻高昌又派遣龐大使團赴朝，表示歸屬。當時中國正處在北宋同遼朝的對峙局面，高昌回鶻主動派使來朝，這正是對遼鬥爭的一個重大機遇。所以，宋太宗對這次回鶻來貢非常重視，不但給予了回鶻高昌以高規格的接待，還派遣以朝廷供奉官王延德爲正使的一百人的龐大外交使團，出使高昌。

宋朝使團在高昌同樣受到隆重的禮遇，王延德對高昌的繁榮富庶和佛教文化留下了極爲美好的印象。

北宋使團在高昌受到熱情接待的消息傳到遼朝後，遼朝也立即派遣使團到達高昌進行挑撥離間。王延德意識到遼使團的用意，便立即會見回鶻國王，勸其勿信遼國的挑撥，繼續保持與宋國的友好關系。爲了防止遼朝再使離間之計，王延德又在高昌住了四年，對高昌進行了深入考察。

就在這時，另一支西遷中亞的回鶻建立了強大的喀拉汗王朝。憑藉自身的實力，消滅了薩曼

回鶻公主皮膚白淨，體態豐腴，神情怡靜，身穿茜色通裙大裙，頭戴如意雲金絲冠，一副高貴氣派。此壁畫出土於柏孜克里克石窟，現存德國柏林。

尼王朝，並將勢力擴展到阿姆河以南地區，又把統治中心從巴拉沙袞（今哈薩克斯坦境內），遷至著名古城喀什噶爾，嚴重威脅著回鶻高昌王國的安全。

在回鶻高昌王國之外，還有兩個回鶻人建立起來的王朝。一個是以喀什噶爾為中心的喀拉汗王朝，一個是于闐李氏王朝。三個王朝在新疆三分天下，成鼎立狀態。

在這三個王朝中，喀拉汗王朝最為強大，野心也最大，信奉伊斯蘭教。為了奪得塔里木盆地的統治權，以伊斯蘭教衝擊佛教泛濫的于闐李氏王朝和回鶻高昌王朝，不斷挑起戰爭。在曠日持久的拉鋸戰中，于闐李氏王朝抵擋不住來勢兇猛的喀拉汗王朝的侵襲，終於被征服。

喀拉汗王朝已經取得了塔里木盆地的統治權後，夢想征服占據著塔里木盆地東北部的高昌回鶻王國。當時回鶻高昌王國的領地包括吐魯番盆地、天山以北的北庭（今吉木薩爾一帶）、羅布泊附近的且末、塔里木河中游的庫車。喀拉汗王朝多次出兵征討都未能如願以償。而當時北宋已經衰敗，回鶻高昌王國通過向西遼納貢而求得庇護。

十三世紀初，一個新興的游牧民族驟然崛起。蒙古鐵騎威震中亞、西亞和歐洲，中亞各帝國、

作為成吉思汗本人，對伊斯蘭教並無成見，而且時常自覺不自覺地流露出對它的某種偏愛或重視，雖然他常命其後裔切勿偏重任何宗教，應對各教之人待遇平等。

窩闊台具有與父親一樣的判別能力和穩重，但沒有繼承其父親的天才、統治熱情和能力。他駐營於哈拉和林，目睹了蒙古人完成了對高昌等中國北部的征服。

回鶻王侯家族像。出自吐魯番柏孜克里克石窟第一百六十九窟，是窟內供養人列像中的一部分。共八人，臉型長圓，神色肅敬。均身穿長袍，但顏色花紋不同。右側四人戴三尖高帽，左側四人冠帽呈直立折扇形。髮式有兩種：一種額前將髮中分，頭後辮髮下垂；另一種前額留出瀏海。每人手中持花一束。各人都有一條回鶻文名榜。這種人物眾多的王室貴族供養人列像，反映出高昌佛教的興盛。現存德國柏林。

王朝已成明日黃花。高昌回鶻王國見勢不妙，便起兵襲殺了西遼駐高昌的「國監」官員，脫離了與西遼的關係。消息傳出，一代豪傑成吉思汗馬上派遣使者到達高昌，受到高昌「亦都護」（即王之意）的盛情款待。接著，高昌王巴爾術‧阿爾忒派使者隨蒙古使者晉見成吉思汗，隨後又親自拜見成吉思汗。

為了取得成吉思汗的歡心，高昌王巴爾術‧阿爾忒還率領萬名回鶻軍隊，參加了成吉思汗最顯赫的武力征服中亞和伊朗的戰爭。因此當成吉思汗取得勝利後，將他開拓的疆土分封給他的幾個兒子和功臣時，高昌作為一個特殊的政權保留了下來。

高昌臣服於成吉思汗，並繼續在國內奉信佛教，使喀拉汗王朝又妒又恨。但高昌王國堅如磐石，久攻不下，喀拉汗王朝只得徒呼奈何。

時間到了十三世紀末，蒙古貴族海都、都哇發動叛亂。為了在軍事上取得喀拉汗王朝的支持，包括海都、都哇在內的許多蒙古貴族都信奉了伊斯蘭教，只有高昌回鶻不買喀拉汗王朝的帳，依然我行我素，奉信佛教。一二七五年，都哇親率十二萬大軍，包圍了高昌回鶻王國的都城，高昌「亦都護」火赤哈爾憑城拒戰，英勇抵抗。長達六個月的圍攻，高昌城依然堅不可摧。然而半年的消耗，城內儲備日少，士兵情緒低落。這時都哇要求高昌「亦都護」用女兒來換取撤兵。高昌「亦都護」火赤哈爾為了救城中軍民於水火，不得不忍痛交出心愛的女兒。

高昌都城雖然保住了，但高昌回鶻王國遭到致命的打擊，從此一蹶不振。

蒙古西征後，成吉思汗分授諸子封地，察合台得到了從畏兀兒境一直延伸至河中草原的廣大地區。察合台的大帳設在阿力麻里附近的虎牙思。河中城廓地區由大汗直接派官管轄。察合台曾企圖排擠窩闊台汗在河中城廓地區的勢力，遭到窩闊台汗的制止。一二四一年，察合台卒，次子抹土干之子合剌旭烈繼位。到十六世紀初，在新疆的外圍地帶出現了三大伊斯蘭帝國。此時，高昌作為佛教、道教、景教、摩尼教的避難所，連城市一起走上絕路。圖為察合台葬禮。

諸侯供養圖。

為了躲避叛亂勢力，元朝大汗忽必烈決定將高昌「亦都護」治所從高昌遷往哈密。可海都依然不肯放過，殺將過來，攻下了哈密城，火赤哈爾戰死，其子紐林的廳率部逃入嘉峪關內，高昌王國也已名存實亡。

察合台汗國建立後，首領禿黑魯・帖木兒汗首先成了信奉伊斯蘭教的蒙古汗王，他統治下的察合台汗國，也就成了伊斯蘭汗國。為了維護自己的統治，察合台汗國武力推行伊斯蘭教，借力征戰，終於征服了高昌回鶻王國。而落入「聖戰」者手中的高昌城也在戰火洗禮中變成了一座廢城。

格倫韋德爾繪的國王沐浴圖。

第九章
科潘（Copan）：馬雅切膚之痛

哥倫布奇遇馬雅人

四○九年，湮沒了一千多年的托勒密《地理學指南》被譯爲拉丁文後，大地球形說才廣泛傳播。但是古代學者無法直接驗證地球的形狀，也很少能精確測定地球大小和海洋陸地的分布。

直到一四一五年，葡萄牙亨利親王創辦地理研究機構，爲取得黃金、象牙和奴隸，開始非洲西北部的探索，才算對地球的形態有了實際的體驗。亨利一行先後發現了馬德拉島、佛得角群島，並從直布羅陀沿非洲西海岸到達幾內亞灣，一四七三年駛過赤道到達剛果河口；一四八七年，迪亞斯的探險隊到達非洲南端，發現好望角，並進入印度洋；一四九七年，以達·迦馬爲首的船隊沿迪亞斯航線繼續向前，經非洲東岸的莫桑比克、肯尼亞，於一四九八年到印度西南部的卡利卡特，開闢了從大西洋繞非洲南端到印度的航線，從而打破了阿拉伯人控制印度洋航路的局面。葡萄牙通過新航路，壟斷了歐洲對東亞、南亞的貿易，成爲海上強國。與葡萄牙人探尋新航路的同時，西班牙統治者也極力從事海外擴張。哥倫布發現美洲，

對歐洲人來說，征服尤卡坦，就是征服新世界！隨遠征隊進入尤卡坦的教士巴托洛曼手捧聖經，內心卻極其矛盾，就像他的同行蘭達一樣。

在西方人的想像中，美洲大陸的印第安人是「善良的野蠻人」，從這幅作於十八世紀末的畫中可以看出這種判斷在歐洲的流行。圖中西班牙人神氣活現，露出勝利者的傲慢，而印第安人則袒背赤足，呆若木雞。

就是這種擴張的最重要收穫。

　　哥倫布一四五一年出生在義大利海濱城市熱那亞，父親是一個毛織匠。哥倫布從小就熱愛大海，經常在海邊和船上玩耍，與水手們交往，並幻想作一名船長。成人後的哥倫布堅信地圓說，認為從歐洲西航可以到達中國、印度和日本。他曾向葡萄牙、熱那亞及米蘭提出遠航建議，但都未被採納，一直到一四九二年獲得西班牙王室的資助，才開始了遠航探險。

　　哥倫布遠航開始於一四九二年八月三日黎明時分，他帶領了九十多名水手，分乘「聖瑪麗亞號」、「平達號」及「尼納號」三艘帆船，從巴洛斯港起錨西航。他們在茫茫大海中折騰了七十一個晝夜，一直到十月三日凌晨，才發現第一塊陸地。首航成功後，他又分別於一四九三年、一四九八年和一五○二年進行了三次遠航。而最後一次航行，哥倫布船隊在洪都拉斯的海灣上碰上了一群他們從未見過的「怪異」的人種——馬雅人。

　　一五○二年，哥倫布的西班牙遠征隊從墨西哥東南部的尤卡坦出發，一路上跟沿岸和小島上的土著交易。當船隊快到瓜納哈島時，一個水手

　　哥倫布的「發現」馬雅人，繼而打開了美洲的大門，使這片土地既成為天堂，又成為印第安人的地獄。人們只能把這一切視作哥倫布一生中最偉大的錯誤。

　　科爾特斯，這位尤卡坦的征服者，表情讓人捉摸不透。你也許能感受到他身上的領導者的威嚴和說服力、外交家的狡黠和鎮定。

　　二十五歲之前幾乎是文盲的哥倫布在短暫的餘生譜寫了驚天動地的世界航海神話。一四九八年，在他第三次探索新大陸時，被指控叛變，押解回西班牙。三年後哥倫布的第四次橫跨大西洋的航行幾乎耗盡他全部的元氣。一五○六年五月，哥倫布病死。在他彌留之際仍然相信他到達的美洲大陸是印度。

一五一九年二月十八日，埃爾南·科爾特斯率隊登上尤卡坦島。他上岸後便放火燒船，使猶豫不決的部下對他死心塌地，二十年後終於征服了尤卡坦。

但他們無法進行語言交流，哥倫布用手指向遠處水霧茫茫的海岸線，對方含糊地說了一句：

馬雅。

這是尤卡坦半島的馬雅人和哥倫布船隊在瓜納哈島前水域的初次相遇。一五○七年，德國地理學家沃爾德 · 塞姆勒在繪製的地圖上，就把那片海岸線上的神奇大陸稱爲「亞美利加」。

哥倫布與馬雅人在海上相遇九年後，第一批西班牙人踏上了馬雅人的土地。他們是在牙買加外海遇到了海灘，漂泊了十三天後偶然爬上海灘的，這令岸上的印第安人欣喜若狂。因爲這些外來人無疑可以作爲獻神的祭品。印第安人挖出了其中一部份人的心臟，擺放在祭台上，再把剩餘的人關押起來備用。

印第安人的凶殘並沒有擋住外族人對美洲大陸的興趣。在整個十六世紀，美洲大陸不斷爆發文明衝突，尤其是西班牙人對馬雅人的征伐和殖民化達到白熱化的程度。在這個過程中，西班牙傳教士充當了重要的角色。一五三五年，第一批

突然尖叫起來，他發現前面有三座「移動」的大礁石。划船的人嚇傻了，把木槳舉在半空中，其他人更是惴惴不安。作爲遠征隊隊長的哥倫布默不作聲，示意船隊向礁石靠近。哥倫布漸漸看到了那礁石上的的大樹幹以及樹幹上的繩索編織的網。接著他又看到島上晃動的像猴子一樣臉上長滿毛的怪異人影。原來這些所謂的礁石是那些怪異的人自己打造的巨大木舟，木舟上有二十五個長相近似的人。

船隊向一座漂浮的大山划去，怪異的人在高處向他們打著手勢，還高叫著什麼。船員把繩梯拋了過去，請怪異的人上船來。兩種長相迥異的人相互打量和撫摸著對方，都感到無比好奇。

方濟會教士登上美洲大陸，他們設法說服當地土著皈依天主教，爲此他們不惜搗毀偶像，燒毀廟宇，處死參加祭禮和殉禮的人，對馬雅人的繪畫、雕塑、歌舞及科學活動表示極度的不安。

迪戈·德·蘭達是尤卡坦的第一位主教。八世紀末，馬雅文明已經遍及整個尤卡坦半島，但在九世紀時，馬雅的古典文明崩潰了，僅這一個世紀馬雅人創造的文明足以使人類感到自豪。蘭達在尤卡坦北部傳教，對馬雅古典文明流連忘返。然而尤卡坦北部的文物只不過是馬雅文明的冰山一角而已。他對馬雅人的風俗懷有濃厚的興趣，更對馬雅人所創造的文明充滿敬意。可誰會想到當一五六二年印第安人企圖復興原來的宗教時，他竟對馬雅人和馬雅文化大開殺戒。

馬雅人遭遇到前從未有的災難，馬雅文明重新被認識也走過漫漫長路。在幾個世紀裡，馬雅的廢墟隱埋在歷史的深處，無人察覺。儘管蘭達以及與他同時代的牧師們的記錄中包括了一些馬雅失落的城市、廟宇和廢墟的訊息；儘管十八世紀和十九世紀初墨西哥軍官安東尼·德里奧和幾勒爾莫·都潘克斯都探察了位於墨西哥南部巴倫克的廢墟，並發表了相關文章，但都沒有吸引世界的注意。直到十九世紀三〇年代才算真正有人開始挖掘馬雅。

十九世紀是個天才輩出的時代，斯蒂芬斯無疑是最引人注目的。他不但找到了中東古城佩特拉，而且也是馬雅的真正發現者。自斯蒂芬斯第一次發現馬雅古城科潘遺址以來，世界各國考古人員在中美的叢林和荒原上共發現了一百七十多處被棄的馬雅古代城市遺跡。

馬雅的眞正「發現者」

相傳中美洲的大森林中有一座被魔法詛咒的城市，美麗而善良的公主被巫師催眠後長眠不醒，在愛的力量的感召下，王子用正義之劍袚除邪惡，使公主獲得了新生。一八三九年，美國探險家斯蒂芬斯遵循這一神話傳說的暗示，發現了著名的馬雅古城科潘。

斯蒂芬斯出生在美國新英格蘭一個富裕的家

圖隆小鎮建於西班牙征服馬雅前不久，這裡的兩座神廟都保存了良好的壁畫。壁畫多表現雨神夏克和女神伊克賽爾的神話主題。斯蒂芬斯和卡塞伍德正在測量圖隆壁畫神廟的面積。

在伊薩瑪爾的一座建築物外牆上，有一面高達二公尺的泥塑臉孔，據說是早期火神伊策薩姆那的臉。這類馬雅特有的裝飾多在室內，暴露在外則絕無僅有。為突出這面巨牆和怪異頭像的戲劇性效果，卡塞伍德在畫中添加了一個獵人和一個印第安人。

庭，曾在大學讀法律。二十九歲時，他放棄了律師工作前往歐洲和中東遊歷考察，發現了中東神祕古城佩特拉。此後他發表了《埃及、阿拉伯、佩特拉和聖地旅途見聞》和《希臘、土耳其、俄羅斯和波蘭旅途見聞》兩部極具價值的「歷險記」，引起考古界的強烈反響。在這種成功的興奮中，他準備再度出發，寫出更多的「歷險記」。

一八三六年，斯蒂芬斯在倫敦認識了一個叫弗雷德里‧卡塞伍德的年輕人，對古文化和廢墟遺址的興趣使他們頗有相見恨晚之感。卡塞伍德是英國的建築師和畫家，有豐富的旅行經驗，曾經在埃及的一個考古隊中工作過，在旅行過程中創作了大量近東地區遺跡廢墟的素描和繪畫。卡塞伍德告訴斯蒂芬斯，他家不久將遷至美國紐約，並將計劃對中美地區進行一次探險考察。這使斯蒂芬斯很激動。臨別前，卡塞伍德還向斯蒂芬斯建議讀一讀附有瓦爾德克版畫插圖的德爾‧里奧報告，因為那是一本不同尋常的書。

瓦爾德克是出生在奧地利一位傳奇畫家。他天性開朗，閱歷豐富，曾航海到好望角非洲一帶，參加過攻打拿破崙領導的土倫包圍戰，遠征過埃及等地。一八三二年六十歲的瓦爾德克完成了第二次婚禮後來到帕倫克進行考察和創作，在墨西哥待了十一個年頭後回到巴黎，發表了《尤卡坦省覽勝記》。

斯蒂芬斯回到紐約後在書店找到了瓦爾德克的《尤卡坦省覽勝記》，書中馬雅廢墟圖及石版畫令斯蒂芬斯興奮不已。但讓他不能理解的是，此前北危地馬拉總督胡安‧卡林杜和另一個名叫王爾德克的冒險家訪問了巴倫克等廢墟遺址，並發表了相關報告和圖片，卻為什麼不能引起人們更多的興趣。他毅然決定由他和卡塞伍德共同擔當起這一重任，把中美洲這些鮮為人知的文化遺址廢墟推向世界。

然而此時的美洲大陸處於戰爭狀態，局勢對探險極為不利。可是不久一個偶然的機會成全了他們。當時美國駐中美洲領事在欲啟程上任之際突然去世。斯蒂芬斯在政界友人的幫助下成了駐中美洲的新領事。斯蒂芬斯把這個消息告訴卡塞伍德，兩人欣喜若狂。

一八三九年，斯蒂芬斯和卡塞伍德走在了洪都拉斯崎嶇的高地上。在前人對中美洲考察的基礎上，也受到流傳於馬雅的民間傳說的暗示，他們把目標選在科潘（即

今天位於洪都拉斯西部的科潘・瑞納斯鎮）。

　　傳說在洪都拉斯靠近危地馬拉的森林有座城堡，那裡的臣民等他去拯救他們，於是，王子披荊斬棘，進入了可怕的森林之中，果然發現了這座城堡，他進到城裡，發現這座城堡的臣民都被女巫的咒語迷住，不省人事，王子見城堡公主非常美麗，卻不幸遭此厄運，產生了憐憫愛慕之心，上前吻了公主的前額，公主經這一吻便甦醒過來，隨後宮女和臣民也都慢慢地甦醒過來，從此，這座城堡又煥發了生機──這座城市就是科潘。

　　斯蒂芬斯和卡塞伍德到達科潘谷地時，看見

　　瓦爾德克是馬雅發現史上第一位大藝術家也是最後一個大冒險家。瓦爾德克的畫指引著斯蒂芬斯來到馬雅。這幅浪漫主義的作品傳遞著馬雅在幾世紀前出現的伊甸園式的生活情景。可不知為什麼，這幅畫後來編入作者《墨西哥的古蹟》時，原作中前景的人物和動物都被刪除。傳說瓦爾德克在八十四歲時與一位年僅十七歲的英國少女結婚，生有一子，後來就住在巴黎的一所公寓裡從事創作。他過完一百一十歲生日不久，有一天他轉身看一位過路的美人，跌倒在地，結束了自己的一生。

卡林杜對印第安人的感覺沿襲了歐洲人的傲慢。但他認為馬雅人應是早於阿茲特克人的，在美洲只有馬雅人發明的象形文字。這是他筆下的印第安人。

了一條河，河的那面是長長的石牆似的建築，高達一百英尺，雖然有些地方已經破損不全，但看上去仍然巍峨聳立，氣勢磅礡。他們斷定這巨石建築的遺跡就是他們要尋找的科潘古城。

儘管被叢林覆蓋的科潘古城歷經風雨而破損不堪，但可以看出當時科潘是很有規模的。城市的中心由廣場、神廟、展堂、宮殿、祭壇和球場等建築群組成，還有進行天文觀測的建築設施。有一座紀念性神廟建築，它的台階上有兩個獅頭人身像，嘴裡銜著一條蛇，一隻手攫著象徵神祇的火炬，另一隻手握著幾條蛇，具有鮮明的馬雅藝術特色。在一座神廟前的石階上，聳立著威武莊嚴的巨人像，那是太陽神的象徵；石像上雕有金星圖案，風采依舊。廣場中心有兩座寺廟，它們的牆上和門上雕刻著生動多姿的人像、面目猙獰的魔鬼以及其他各種圖案，一條地下通道將兩座廟貫穿在一起，兩座神廟之間有一塊空地足足有一百八十平方公尺，用石塊鋪設，像個體育場地。

在這石跡遍布的熱帶叢林深處，他們找到了一個石頭砌成的半圓形的競技場；一些前肢躍起，飛向前方猛撲的美洲虎的雕像。接著他們發現一個陡峭的石梯引向一個巨大金字塔的頂部。這巨大金字塔的頂部上原來是一座廟宇，牆體已全部倒塌，上面覆蓋著無花果的盤根，周圍全圍立著石碑或有雕花的石柱。有些雕刻內容顯然是人和動物，還有一些圖像神祕莫測，從未見過。

他們爬到一百英尺高的金字塔頂部，向四周望去，發現了叢林中的金字塔和一些廢墟。從這裡往下看，景色優美而淒涼。

　　卡塞伍德作畫務求精確，而斯蒂芬斯論述嚴謹，兩人合作相得益彰。這是卡塞伍德的作品，畫中的這塊碑碣，是在科潘發現的，充滿了恐怖和神祕。

斯蒂芬斯把半掩在叢林中的科潘比喻成大海中的一條沉船,「她躺在那裡像大洋中一塊折斷的船板,立桅不知去向,船名被湮沒了,船員們也無影無蹤;誰也不能告訴我們她從何處駛來;誰是她的主人;航程有多遠;什麼是她沉沒的原因。」

兩人在科潘一待就是好幾個星期,做詳細的探察和記錄,卡塞伍德拿出他的看家本領,畫出很多精緻的圖畫。在探察中他們不時感嘆科潘的巨石建築毫不遜色於埃及任何一座著名的金字塔。

為了探察更多的馬雅廢墟遺址。斯蒂芬斯和卡塞伍德又穿過危地馬拉,進入了墨西哥南部的契阿帕斯地區,繼續進行範圍廣泛的探測旅行。

馬雅婦女在井邊打水、洗刷和聊天,這是馬雅人交流的特有方式。因此可以說,水井是馬雅婦女活動的中心。卡塞伍德對這種市井生活的描繪帶有理想主義的色彩。

他們訪問了巴倫克和其他十幾座別人告訴他們順路就可以到達的廢墟。他們注意到這些遺址的石碑上刻有許多和科潘石碑上相似的圖像，於是斷定這一整個地區曾經為一個單一的種族所占領。並且他們的文化藝術是獨立存在的，絕不雷同於其他任何已知種族，屬於一個新的文明。他們還堅信這些廢墟遺址肯定源於美洲本土，其建造者和現在還居住在這裡的馬雅印第安人的祖先有相當接近的關係。這一論斷發表後引起廣泛注意，使馬雅文化研究成為一門專門的學科。

帶著豐富的考察成果，他們回到紐約，繼而於一八四一年聯名發表了《中美洲、契阿帕斯和尤卡坦遊記》第一卷，引起讀者強烈反響。書中有三分之一的篇幅是考古研究，其餘部分則是傳奇的歷險故事，卡塞伍德的素描和石版畫為該書增色不少。

為了完成「遊記」的第二卷，斯蒂芬斯和卡塞伍德於一八四二年十月又回到尤卡坦半島，訪問了契晨・伊特薩和其他地區的馬雅廢墟遺址，於一八四三年發表了《尤卡坦探險軼事》，再次引起社會好評。

若干年後，當局準備修一條貫穿巴拿馬的鐵路，斯蒂芬斯和卡塞伍德受當局邀請，以鐵路公司代表的身分又一次回到了中美洲。不幸的是斯蒂芬斯染上了瘧疾和肝炎，於一八五二年在紐約的家中去世；兩年後，卡塞伍德在一次大西洋沉船事件中不幸葬身海底。

科潘：馬雅文明的前沿

馬雅文化從危地馬拉高原、墨西哥城、薩爾瓦多和洪都拉斯一直延伸到墨西哥尤卡坦半島的遼闊平原。這一平原被稱爲馬雅文化的中心地帶，而身處其間的科潘古城則是它的前哨。

馬雅文化誕生於西元前二世紀，大約在西元前二五〇年就進入了所謂的古典馬雅時代。西元前一一〇〇年，開始有人在冷寂的科潘河谷居住，這些馬雅的先民出於一種對離奇世界的幻覺，開始在包括科潘在內的各地修建大型城市。到了五世紀，一位名叫寶藍色鸚鵡的國王統治了科潘。

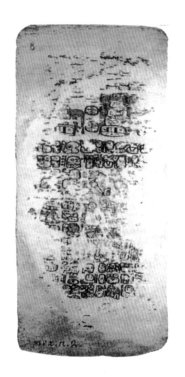
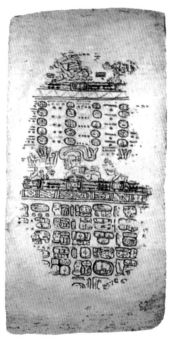
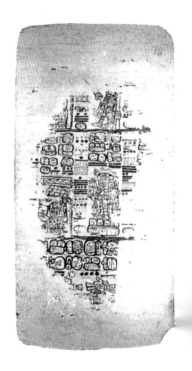

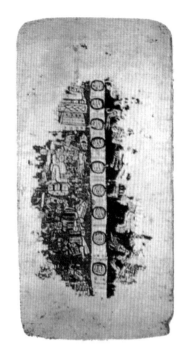

這位天才的城市的崇拜者下令修建了第一座大型的廟宇。國王大興土木的熱情影響了科潘十五個朝代。在寶藍色鸚鵡及後代們的統治下，科潘迅速興旺起來，成為當時最重要的古典馬雅城市。

七世紀，灰色美洲虎成了科潘的國王。這個像他名字一樣凶悍的國王統治科潘達七十年，不斷向四方征伐，使科潘城擴大了一倍，人口達到了二十萬左右。城市的繁榮開始使權力和財富發生分化。皇親貴胄們在中央金字塔周圍修建了廟宇和豪宅，其餘的人只得搬遷進了玉米地重建住宅。由於城市的擴張需要土地，一些世居城郊的農民不得不把肥沃的土地交出，遷居更遠的地方。他們甚至放棄原來在肥沃土地上的耕種方法，用石頭圍造了梯田，苟且生存下來。

八世紀時，灰色美洲虎的兒子兔子十八開始

這是法國人羅斯尼在一八五九年在巴黎國立圖書館的一只盛放廢紙的簍子裡找到的馬雅手稿。後被經照相出版。該抄本中分正反面書寫。正面敘述十一個卡年的歷史和預言。反面是殘缺不全的曆書，可看到馬雅黃道十二宮圖。

統治科潘，將領土擴大到了一百平方英里，使科潘繁華達到鼎盛。兔子十八是一個好大喜功的國王，為了炫耀科潘的輝煌，下令修建了許多石雕和石刻壁畫。但不久國王就成了敵國的俘虜。他的兒子灰色貝殼出於復國之心，與巴倫克國的一位公主締結姻緣，又在科潘城修了一個新的神廟金字塔，塔有七十二個台階，刻有一千二百五十多幅圖畫，記錄了科潘王國和歷代國王的故事。十八世紀台階崩塌，只留下幾幅完整的雕刻圖畫。

幾個世紀的文化積澱，使科潘成為當時最具文化影響力的城市。可以說，是科潘的文化最先蔓延才形成了覆蓋北達墨西哥南部的尤卡坦半

這是科潘城鼎盛時期的景象。金字塔之間建有大型廣場，上面點綴著石碑。中央大型廣場的一端修有一個球場，可是考古學家們並不清楚在這個球場上，以及在整個墨西哥和中美洲類似的球場上的遊戲是怎麼進行的。

島，南至危地馬拉、洪都拉斯，貝里茲直抵祕魯的安第斯山脈的馬雅文明。自從斯蒂芬斯發現科潘古城以來，世界各國考古人員在中美洲的叢林和荒原上共發現了一百七十多處被拋棄的馬雅古代城市遺跡。因此現代史學和考古研究者都不無感嘆地說，馬雅文明好像是從天而降的。

　　馬雅人像其他古代民族一樣建造了一座座巨大建築，但不同的是，馬雅建築是散布在高山叢林中。如建於七世紀的帕倫克宮，殿面長一百公尺，寬八十公尺。奇琴・伊察的武士廟的一千根石柱巍然聳立，氣魄非凡。烏克斯瑪爾的總督府，由二萬二千五百塊石雕拼成精心設計的圖案，分毫不差，至今令人不可思議。

　　據考證，馬雅人建築這些巨大建築的目的並不僅僅為了居住，其建築中包含了很深奧的科學

　　科潘城的中心占地約三十英畝，是斯蒂芬斯和卡塞伍德描述的大型廢墟。包括大金字塔在內的最重要的建築雄踞於土石砌成的平台之上，傲視著周圍的一切。小型的金字塔、廟宇、院落及其他建築散布於大金字塔的周圍。科潘城平面圖凸現了廢墟被河流沖毀的面積。

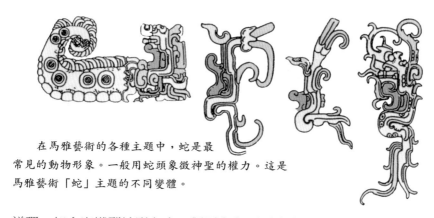

在馬雅藝術的各種主題中，蛇是最常見的動物形象。一般用蛇頭象徵神聖的權力。這是馬雅藝術「蛇」主題的不同變體。

道理。如金字塔型神廟有十二個平台和三百六十五階，每一平台代表一個月，每一階代表一天，計算了一天的時間。有的建築則指出金星或月球的運行；有的則表示出地球與太陽的平均距離。

　　馬雅人的曆法可以維持到四億年以後，他計算的太陽年與金星年的差數可以精確到小數點以後的四位數字，他們把一年分為十八個月，他們

科潘的國王最為傳奇和怪誕。在這幅壁畫中可以看到：服飾華麗的貴族站立在國王的左右，武士持槍守衛，表情嚴肅；國王與廷臣們正在檢視裸體的俘虜……

一九五二年六月，有人在帕倫克一處神殿的廢墟裡，發掘出了一塊刻有人物和花紋的石板。當時他們把這當作是馬雅古代神話的雕刻。但到了上世紀六〇年代，人們恍然大悟：帕倫克那塊石板上雕刻的，原來是一幅宇航員駕駛著宇宙飛行器的圖畫！這幅圖畫的照片被送往美國航天中心時，那些宇航專家們無不驚嘆，一致認為它就是古代的宇航器。於是外星人曾來馬雅的說法一度很流行。帕倫克宮建於七世紀，由二萬二千五百塊石雕拼成的圖案，十分精確和美觀，這幅帕倫克壁畫中的蛇和晰蝎正在搏鬥，表現一種詭異圖景和神話旨趣。

測算的地球年爲三六五‧二四二○天，現代人測
算爲三六五‧二四二二天，誤差僅○‧○○○二
天。他們測算的金星年爲五百八十四天，與現代
人的測算五十年內誤差僅爲七秒。幾千年前的馬
雅人能有這麼精確的計算眞不可思議。他們還保
持著一種特殊的宗教紀年法，一年分爲十三個月，
每月二十天，稱爲「佐爾金年」。這種曆法從何

卡年循環圖。

已故的國王坐在落日
之上，正往地怪的大口內
跌落。骷髏頭表示地府，
是死者和黑夜太陽棲息之
地。骷髏頭上長了棵樹是
長在宇宙中心和四極的怪
樹。身子蜷曲的兩頭蛇乃
是天的形象，樹頂的鳥代
表太陽。

據說這是科潘國王灰色美洲虎下葬時戴在臉上的面具，國王的牙齒做成「T」狀，是太陽不朽的象徵。該面具除了眼睛和牙齒外，全以翠玉製成。對馬雅人而言，翠玉象徵生命與不朽。

而來，也是一個謎。

幾千年前的馬雅人還有著無與倫比的數學造詣和獨特的謎一樣的文字。馬雅文字最早出現於西元前後，那是用八百個符號和圖形組成的象形文字，詞彙量多達三萬個。這些文字主要代表一週各天和月份的名稱、數目字、方位、顏色以及神的名稱。大多記載在石碑、木板、陶器和書籍上。馬雅人至少在西元前四世紀就掌握了「0」這個數字概念，比中國人和歐州人都早

了八百年至一千年。

另外馬雅人精美絕倫的雕刻、繪畫和青銅藝術也令世人咋舌。

十六世紀，西班牙人登上美洲大陸，在尤卡坦半島上看到的印第安人，還是巢居樹穴，以採集為生，過著原始部落的生活，想必在西元八世紀前馬雅人的生活也是大致如此吧，在那樣的生活狀態下，馬雅為什麼會突然產生如此高度文明？這讓現代人匪夷所思。

馬雅爲什麼會突然產生如此高度文明？讓現代人匪夷所思。

　　西元七六三年，雅克斯 · 潘克國王登基，
此時的科潘已是今非昔比，衰落徵兆越發明顯。
國王在力挽科潘頹勢的同時，像他的前任者一樣，
熱衷於紀念碑和祭壇的修建。可當這些輝煌的建
築完工時，科潘已是奄奄一息。西元八○五年以
後，馬雅人突然拋棄科潘城北遷，科潘城隨之變
成一片廢墟。

　　馬雅人曾寫成幾千部書，但最後只留下來四部。這
是因為西班牙對馬雅文化的輕慢帶來了人類文明資料遺
失的結果。一七三九年德國德萊斯頓皇家圖書館館長約
翰·戈茲到義大利旅行時發現象形文字的手稿後買下。
該抄本主要是曆書。圖中的這些圖像是馬雅人看作特定
日子裡主宰吉凶的神明。

馬雅文明廢棄之謎

在西班牙殖民者進入美洲之前，包括科潘在內的大多數的馬雅城市早已荒廢了幾百年。馬雅人似乎是約好了，各自放棄了城中的一切，帶上他們民族文化中最為神聖的東西，到達一個不為人知道的地方。馬雅異常璀璨的文化也突然中斷，給世界留下了巨大的困惑。

十九世紀九〇年代有關馬雅的考古研究工作在科潘展開，哈佛大學皮波蒂博物館派了一系列的考古工作隊進入科潘，有不少收穫，但沒有解答馬雅之謎。這期間在西方流行一種文化擴散論的理論。擴散論的持有者認為文明並不是同時在全世界迸發的，得由一個集中和令人振奮的中心點向周邊地區擴散。由此，馬雅所發現的任何高級文明的特徵都可以溯源到歐洲或其他陸上一個

馬雅的神聖文字，儘管有多種解讀，但直到現在還無法完全了解，今天的考古學家只能了解數字和曆法的記號，某種人名、城市名字的文字、少許有限名詞及表示某些動詞的繪畫文字而已。但有一點可以肯定，馬雅文字對中美洲其他民族曾經發生刺激和模範的作用。

更早的文明。他們認為，科潘及中美洲發現的廢墟遺址一定是由埃及人、或腓尼基人，或斯堪的納維亞人、羅馬人或威爾斯人和愛爾蘭人中的流放者，甚至可能是傳說中的城中——亞特蘭提斯消亡時逃出避難的人修建的。

十八世紀和十九世紀初，墨西哥軍官德里奧和探險家都潘克斯在考察完巴倫克後，都一臉茫然，但他們似乎能肯定那些美輪美奐的巨大建築，不是居住在這一帶的馬雅印第安人修建的，因為他們過於原始愚昧，不可能是如此一個偉大文化的傳人。一八二七年曾在科潘城考察的卡林杜上校則相信中美洲是世界文明的起源地，但當這些燦爛文化傳向中國、印度、美索不達米亞和歐洲的同時，作為文明發祥地的中美洲反而墜落了，成為蠻荒之

地。對印度風情情有獨鍾、與卡林杜同時期去中美洲的冒險家王爾德克甚至認為，湮沒無聞的中美洲文明只是印度文明的一個旁支，那些雕刻在巴倫克石碑上的奇異符號其實是大象的頭部。

對馬雅文明的爭執持續了兩個世紀，至今難有定論。不少人提出應從馬雅文字入手，破譯馬雅文字或許能找到你想要的答

案。考古學家對科潘以及其他廢墟的神廟和金字塔進行挖掘，同時也研究農村村舍、交通系統、農業灌渠和農田等遺址，希望能找到有助於理解馬雅社會、經濟和政治的東西；而碑文研究者則拚命致力於破譯馬雅雕刻文字。可破譯這些文字絕非易事。當年斯蒂芬斯凝視著這些神祕的符號，就自問道：「誰能讀懂它們呢？」馬雅人曾留下過幾千本書或抄本，但能倖免於西班牙傳教士的怒火和時間蹂躪的僅僅有四本。幾乎所有殘存的馬雅文字，包括那些燒在瓷器上，刻在石碑、門楣和其他石質建築上的都由雕刻下的文字和符號所構成。

俄國學者羅索夫於上世紀五○年代提出馬雅文字和古埃及、中國的文字一樣，是象形文字和聲音的聯合體，在學界引起震動。於是碑文研究工作者開始利用了十六世紀蘭達所做的記錄給雕刻文字找配對的音標。這些記錄上包含不少有關

馬雅社會經濟和政治組織在形成期，就發展出至少兩種社會階級——祭司與當權者組成的精英階級（少數）及鄉農階級（多數）。到了形成期晚期，有越來越多的人拋棄全天候的農業專職，湧入都市成為商人。雖然古典期社會結構的確實性質至今未明，但馬雅社會的確愈來愈階層化。這是墨西哥畫家畫出的金字塔形的社會階層圖，最上面是國王，中間兩層是大臣、貴族、教士、藝人、商人等，處於最低層的是農民和奴隸。

馬雅人建築的金字塔與埃及著名金字塔有所不同，埃及金字塔是空心，內部為帝王陵寢；而馬雅金字塔為實心。塔前廣場是民眾參加祭典場所，塔頂則供教士們辦公、居住、或觀察天象之用。馬雅人並未建造連接都市與密林的道路，而且始終不曾使用過金屬。在熱帶雨林建造世界最大的超文明金字塔，所需的巨石必須從十里以外的地方搬運過來，並再切成塊狀，而這些巨石從何而來，如何搬運的，至今仍是個謎。

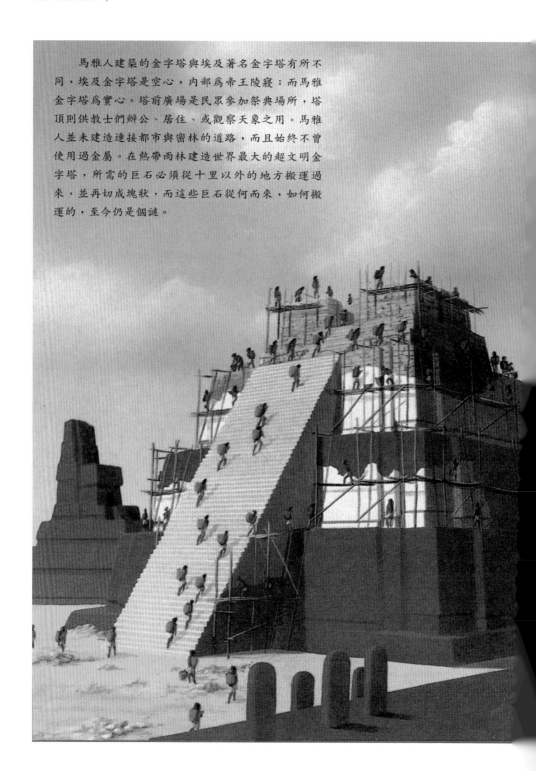

史學家和考古專家推雅城市的衰落和廢棄大自然的災害有很大的關系。在《德萊斯頓古抄本》中也有著關於洪水的描繪：天魔長著鱷魚頭，從天魔的大天巴裡，像瀑布似的往下瀉落。標誌太陽和月亮的方框內，也流出水柱。一位老的女神倒轉一只水罐同樣把水倒向世界……

馬雅文字發音的訊息。

另一位俄國籍學者普羅斯科拉亞科夫在研究馬雅文字期間，意識到許多文字中都含有固定的時間段，相隔大約五十六年到六十四年。這兩個數字正是馬雅時期人的平均壽命。一九六〇年她做出結論，馬雅文字裡寫的不是宗教，而是歷史；記錄下來的是皇族人員的誕生、統治、死亡及其戰爭。人們第一次從另一個角度去理解馬雅文字。

根據羅索夫和普羅斯科拉亞科夫在馬雅文字上取得的突破，科學家們已經破譯了所有馬雅文字中的八〇％以上，對馬雅文化和社會有了一個

新的認識。學者們普遍認識到，古馬雅世界並不
是一個單一的統一王國，而是由許多相互對立的
小國和城邦拼湊而成，多數時間它們都疲於相互
征戰而不是相互聯合，致使馬雅人在崇拜共同的
神的同時，精神處於魔鬼的下層世界和神的上層
世界之間。他們擔心隨時可能遭受毀滅性力量的
打擊。爲了不讓這些毀滅性力量降臨，他們透過
牲口和人祭祀，又出於宗教原因和勝利者力量的
炫耀，戰俘常常遭到殺戮，最後導致種族毀滅。

由此，現代大多數研究人員都認爲，馬雅城
市之間的戰爭，城市內部貴族之間的爭鬥，再加
上由於乾旱、毀林和人口過剩所引起的經濟和環
境惡化導致了馬雅文化的全面崩潰，常年不息的
戰爭的拖累，不斷歉收的糧食，可能還加上農民
的躁動不安，等級森嚴的馬雅社會終於不堪重負，
走向毀滅。一九九五年，地質學家發現，八世紀
南部尤卡坦馬雅城市的衰落時間恰好和那地區發
生七千年不遇的特大災害爲同一時間。賓夕法尼
亞大學考古與人類學博物館館長吉瑞米・沙布
諾夫強調，這次乾旱僅僅是一連串事件中的一
件：這些事件共同迫使馬雅人放棄了剛剛才達到
巔峰時期的城市文明。

有些學者甚至提出了一種大膽的看法：他們
認爲，在遙遠的古代，美州熱帶叢林中可能來過
一批具有高度文明的外星智能生命，他們走出飛
船，教給了尚在原始時代的馬雅人各種先進知識，

馬雅遺址。

然後又飄然而去。他們被馬雅人認爲是天神。馬雅文化中那些令人難以理解的高深知識，就是出於外星人的傳授。帕倫克石板上的雕刻，也是馬雅人對外星太空人的臨摹。外星人離去時，曾向馬雅人許諾重返地球，但在馬雅人的追求祭司預言天神返回的日子裡，這些外星人並未重新返回。於是這導致了馬雅人對其宗教和祭司統治的信心喪失，進而引起了整個民族心理的崩潰，終於使人們一個個離開故鄉，各自走散。馬雅文化就這樣消失了。

對於馬雅文明的消失，美國賓夕法尼亞大學考古學家羅伯特·L·仙諾感概地說：「這是人類歷史上最爲徹底全面的一次文化失落。」

有的史學家提出了馬雅人遭遇戰爭而導致城市崩潰的假說。他們的理由是，馬雅人十分仁慈，幾乎不殺生，所以在相鄰的人類交往中，總是處在弱者的地位，倘有外界的侵，馬雅人在反抗無力的情況下，必然採取逃避的辦法避免征戰，從而導致馬雅人的集體遷移。

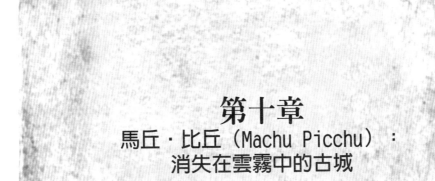

第十章
馬丘・比丘（Machu Picchu）：
消失在雲霧中的古城

一個戲劇性的發現

一九一一年六月，三十五歲的美國人海勒姆·賓格哈姆帶領探險隊穿行在祕魯安第斯山的密林裡，他們的目的是尋找消失已久的印加帝國最後一個要塞——維爾卡巴姆巴。然而隨後的探險卻大出他們所料。

海勒姆·賓格哈姆是美國康乃迪克州的耶魯大學一位歷史教師，講授拉丁美洲史，他一生的心願就是渴望著親自去造訪那些發生巨大歷史變化的神祕之地。一九〇六年至一九〇七年間，他跨越了委內瑞拉和哥倫比亞的叢山峻嶺，又沿著當年西班牙人的貿易路線從阿根廷的布宜諾斯艾利斯翻越安第斯山脈，到達祕魯的利馬，有著不少收穫。隨後他決定三年後沿著安第斯山進入更加神祕的地域，尋找消失三百六十多年、稱為「印加人最後的樂園」的維爾卡巴姆巴。

西元十世紀前後，居住在安第斯山脈中段高原地帶的印第安人部族的印加人，以祕魯的庫斯科為中心建立了印加帝國。一五三二年，

一五〇一年亞美利哥·維斯普奇對南美洲東北部沿岸作了詳細考察，確認這是一塊新的大陸，而不是哥倫布所稱的印度，後以他的名字命名這塊大陸為「亞美利加」。印加文明就在這片神奇的土地上。印加的疆域大約以今天的祕魯為中心，包括了它周邊的厄瓜多爾、玻利維亞及哥倫比亞、阿根廷和智利的一部分。這是一五五八年的南美洲地圖，現藏於倫敦大英圖書館。

隨著西班牙殖民者的入侵，那時大約有二萬印加人逃進了叢林，建立了一個名為維爾卡巴姆巴的新首都。他們居住在這遙遠的要塞中，好些年來都不讓西班牙人接近他們。直到西元一五七二年維爾卡巴姆巴被攻克，印加帝國的末代皇帝被殺死，維爾卡巴姆巴城也被人們漸漸遺忘了。

　　一九一一年七月二十四日正跋涉在陡峭險峻、荊棘叢生的安第斯山上的賓格哈姆，聽到了當地一個旅店店主說，在不遠處的被稱為維依拉・比丘和馬丘・比丘的山峰之間的某一山脊高處有一個神祕的廢墟。賓格哈姆聽後很激動，便說服了這個店主帶他前往那廢墟遺址看看。探險隊中以為這是天方夜譚，根本不相信店主的話，誰也不願去經受無謂的旅途勞累。因此，賓格哈姆便和旅店店主以及祕魯政府派給他的警衛員，三人冒雨進入了深山老林。

　　他們走了不久就看見橫跨在烏拉巴姆巴河上

十七世紀中葉，盧梭時代有人畫了這幅印第安人圖，圖裡的印第安男人表現了十足的騎士風度，對女性有禮而可親。

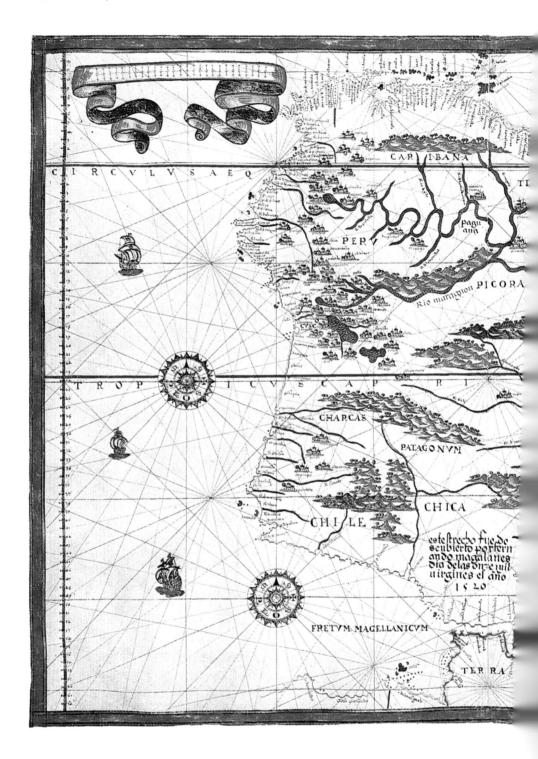

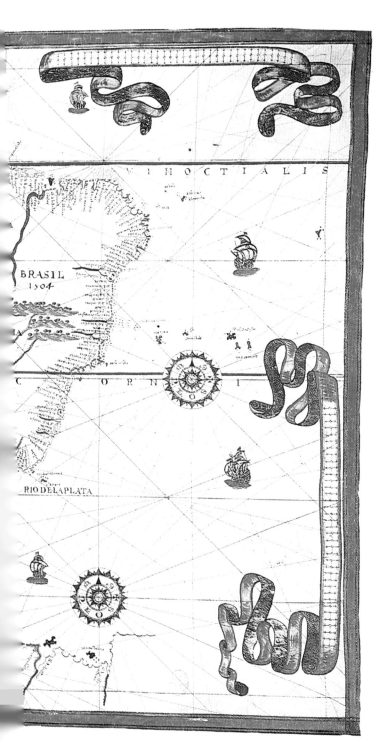

　　這是一幅更早時期的南美洲地圖，一五八七年由馬丁尼茲繪製。極富想像力的印第安人把流經印加帝國、穿過大森林的巨大水系亞馬遜河叫作「阿馬魯—馬尤」，意思是「巨蟒—人類之母」。該圖現藏馬德里圖書館。

在海勒姆‧賓格哈姆帶領探險隊到安第斯山尋找印加古城遺城前，已有不少探險家來到這裡進行探險考察。一八八二年四月，法國海軍軍醫克雷沃由阿根廷前往亞馬遜河途中被印第安人殺害。在這之前的一八四七年四月一日，他參加了亞馬遜河和奧里諾科河流域的勘察活動，後來刊印了一系列的石版書，描繪了他的探險奇遇，引起人們的好奇。

的一座橋梁。橋梁用一些圓木簡單捆綁在一起架成，下面的奔騰咆哮的深水，顯得十分危險。如果從橋上掉下去絕無生還機會。店主和警衛員畢竟是本地人，懂得如何應付這樣滑溜危險的橋梁，便從容地赤著腳走了過去；賓格哈姆跟跟蹌蹌地手腳並用，終於渡過了河。

　　這裡不但山路陡峭，而且氣候潮濕，生存環境十分惡劣。他們沿著蜿蜒的山路跋涉了很長一段路後，便在一位農民的棚屋裡休息。由於當地農民更熟悉環境，店主決定用農民十多歲的兒子作為他們餘下一段路程的嚮導。

向高處攀登，賓格哈姆看見了四周由石塊構築的梯地十分激動。他沒有想到這樣的陡坡上還會有用石頭砌成的一塊塊小小的平地。他認爲這些就是印加人修建的梯田。他走到這個山脊的頂端，看到了兩個陡峭山峰間那用石頭構成的廢墟遺址。賓格哈姆把它命名爲馬丘‧比丘。

賓格哈姆抑制不住內心的激動，決定趕下山去，把探險隊隊員全都叫來，一起親臨那個神祕的廢墟——馬丘‧比丘。

第二天賓格哈姆帶著同伴沿烏拉巴姆河而行，在距馬丘‧比丘以北約九十六公里叢林低窪處發現了一個更大的印加城市的遺址。賓格哈姆確認這第二個被發現的遺址應是他最初要找的印加首都——維爾卡巴姆巴。

賓格哈姆一下子找到兩個印加城市遺址，欣喜若狂。他用筆記下了當時難以抑制的激動心情：「驀然間，我發現自己正站在印加人修建的具有極好質量的石頭建築房屋廢墟的牆壁前面。這些牆壁已經很不容易看見了，因爲這些廢墟的大部份都被幾個世紀以來所生長的樹木和苔蘚所掩蓋，它們隱藏於竹林灌木叢和纏繞著蔓藤所形成的陰影

之中，不時隱約可見斷牆殘壁……這一切景象微妙地結合在一起。」

一九一二年賓格哈姆再次來到馬丘‧比丘，對城市遺址進行考察研究。這座城市居於懸崖峭壁之上，外部以石牆環繞，內部小路縱橫交錯，像迷宮一般，更像是一個偌大的城堡。古城實際上分爲兩個部份，南部是開墾出的農業區，北部則結合山地建造了市鎮區域。市區的部份又由樹林、城區和廣場三部分組成。從城堡正門開始，一條階梯沿山脊盤旋而上貫穿全城。城中土地稀少，設計建造者惜土如金，採用了巧妙的辦法將人工建築

馬丘‧比丘城遺址。

和自然環境融為一體，因此這裡的建築全部是岩石結構。有的地方是人工雕鑿的石料與巨大的岩石拼接，使建築物和地面自然地銜接在一起。成片的房屋在狹窄的階梯勾連最窄的巷道。城裡有公共取水池和蓄水池，以水管將水輸送到建築物附近，這些水是用溝渠從一公里外的山裡引進來的。全城建築物的布局經過精心設計，堅固而有序。所以，古城雖遭受多次山洪地震，卻基本保持完整的輪廓。

一九一四至一九一五年間，賓格哈姆又來到這裡進行新一輪考察，出人意料的是，他推翻了他自己早期的論點，確認屹立山脊的馬丘·比丘應是古代印加的首都——維爾卡巴姆巴，而位於低地的那個城市遺址並不是印加首都。然而，近代的印加歷史研究者們得出的結論卻認為賓格哈姆最初的第一個觀點才是正確的，即位於低地的那個城市遺址應是維爾卡巴姆巴，兼作當時禮儀慶典活動的中心。

賓格哈姆因為發現了馬丘·比丘而聞名於世，一九一八年他從積極的考古工作上退了下來，

馬丘·比丘其實是一系列山地要塞的一部分，位於印加的一條道路上。城內大約有一百五十座房屋和一座半圓形神廟。城的周圍有許多沿山坡而建造的「大台階」——梯田。據考證這座城市的歷史不會晚於印加首都庫斯科，然而它在西班牙人攻陷庫斯科之前很久就放棄了。這或許預示著印加文明的一種寂滅。

亞馬遜河發源於祕魯安第斯山脈，橫貫南美洲，是世界第二大河。一五四一年，西班牙人德奧雷利亞納由祕魯的納波河順流而下，最先乘船駛過了亞馬遜河大部份河道。他們旅途中曾遇上一個部族，戰士全為女性。後來此事傳揚出去，轟動一時，就把這個部族稱為亞馬遜人（古希臘神話中戰神阿瑞斯與女神阿爾莫尼的女兒），大河亦因此得名。亞馬遜河區域形成了世界上最大的熱帶雨林，其神話般的美麗和歷險活動總讓人心驚肉跳。

但他仍繼續堅持做馬丘・比丘的考古工作，撰寫了大量有關馬丘・比丘的研究文章和旅行筆記。一九五六年他離開了人世。

自哥倫布環行世界之前，南美大陸是一個謎，而在沒有鐵製工具、沒有牛馬、沒有車船知識的時代，馬丘・比丘在南美大陸的出現更讓人匪夷所思，人們只得浪漫地把馬丘・比稱為「消逝在雲霧之中的城市」。

印加文明：輝煌與悲愴

印加和馬雅、阿茲特克並稱美洲三大文明。而在這三大文明中，印加文明被認為是最成熟的。早在十六世紀歐洲大陸就流傳著這樣一個傳說：西班牙人最早到達美洲大陸的時候，搜

這是在當時還不多見的雙桅船，是在皮薩羅的建議下建造的。皮薩羅在給國王的信中直言不諱指出造船的諸多目的：運送勝利品、武器和傷員。

刮到一些金子，一位印第安酋長對他們說，如果這就是你們遠離自己的家鄉，冒著生命危險所要追求的東西，我可以告訴你們，有一個地方的人民，他們吃喝用的器皿都是金製的，那兒的金子有如你們所帶的鐵一樣便宜。後來有人證實這個傳說中富裕的地方就是印加帝國。

又一個傳說起源於一五一三年，當時太平洋的發現者西班牙人巴爾沃亞與他的船隻駛向巴拿馬以南的赤道地區，看見一個印第安人正在河口捕魚。他們問捕魚者：「我們到的是什麼地方？」印第安人說：「祕盧。」「祕盧」在當地的語言中是「河流」的意思，印第安人想說明他所在之處是「河流」，可西班牙人卻以為他們到了一個叫「祕魯」的地方。「祕魯」的名稱就

一五三八年，在南美洲犯下滔天罪行的皮薩羅與他的朋友迭戈·德·阿爾馬格羅發生了激烈爭吵，阿爾馬格羅被皮薩羅的兄弟殺死。一五四一年六月二十六日，六十五歲的皮薩羅被阿爾馬格羅的支持者砍了頭。

此傳入了西方。

西班牙人將它與傳說中那個富裕的黃金之國印加聯繫到了一起。此後，他們就在美洲大陸上四處尋找這個神祕的國度。此時的印加版圖總面積達到二百多萬平方公里，經濟文化都取得了驚人的發展，人民生活富足安定。它建造了發達的道路系統，被稱為「新世界的羅馬」；它極具民族特色的巨石建築宏偉而輝煌，創造了世界的奇蹟；它是世界上最早推廣「普通話」工程的帝國之一。然而一五三二年，印加帝國的大門終於向外來者開啟，誰也沒有想到，神祕的印加帝國竟有令人咋舌的古老文明；同樣，誰也沒有想到，外來者的出現會使強盛的印加帝國如此迅速地土崩瓦解。

印加帝國滅亡之前，西班牙人的勢力早已隨哥倫布環球航行而迅速滲入南美大陸。哥倫布似乎犯了一個美麗的錯誤。一五〇二年，哥倫布作第四次美洲之行時，曾經來到洪都拉斯至哥斯達黎加的沿海一

帶。一五一三年，西班牙人巴爾沃亞在從加勒比海岸穿越巴拿馬地峽的航行中，發現了被他稱爲「大南海」的太平洋。一五一九年位於中美洲的奇蒂特蘭城被西班牙人攻占，並建立起了墨西哥國。阿茲特克文明的覆滅似乎預示了印加的前景。同年，西班牙人建成了巴拿馬城，開通了一條縱貫巴拿馬地峽的道路。從此，巴拿馬就成了西班牙的殖民基地，西班牙人利用這個跳板瘋狂地向南美大陸擴張。目不識丁的養豬倌弗朗西斯科・皮薩羅就是在這場冒險中出人頭地的人物。

皮薩羅曾隨同巴爾沃亞穿越巴拿馬地峽、發現「大南海」。他從印第安人口中聽說了印加帝國的富饒情形，心裡難以平靜。而不久另一個曾航行到哥倫比亞沿海一帶的西班牙人安達戈亞，又帶回了中美洲黃金之國的美麗傳說，更使皮薩羅對美洲充滿的嚮往。於是他很快與冒險軍人阿爾馬格羅和巴拿馬副主教盧克一起策劃了南進計劃。

一五二四年十一月在巴拿馬總督佩德里亞斯的准許下，皮薩羅一行一百多人從巴拿馬出發。

皮薩羅，一個卑微的私生子終於經受了貧困和勇氣的挑戰，在對南美洲的瘋狂掠奪中發跡，名載史冊，成爲十六世紀歐洲掠奪史上最駭人聽聞的故事。

據考，皮薩羅當初雄心勃勃跳上南美洲海岸，除了黃金和香料外，還因爲聽說那裡的平原上長滿了肉桂樹。可當他上岸後發現所謂的肉桂全無開發價值。在惱怒之下，他放狗咬死了一半的嚮導，還用火燒死了另一半。據稱皮薩羅的遠征隊中有二千條訓練有素的惡狗，給印加人帶來了雙重的恐懼。

航行了兩個多月後，他們到達了如今哥倫比亞的聖胡安。但由於氣候等因素，只好半途而返。兩年之後他們又糾集了一百六十二名西班牙士兵出發，到達印加帝國邊緣地帶的基多等地，巴拿馬新任總督里奧斯因不滿損兵折將，命令皮薩羅放棄繼續冒險的計劃。皮薩羅不從，帶著追隨他的十三人繼續南下，到達了印加帝國的邊境大城通貝斯。他在這裡獲得不少紡織品和金銀飾物，還帶走了兩個印第安青年做翻譯。

一五三〇年七月，西班牙國王與皮薩羅簽訂協議，同意他組織較大的遠征隊南下，並委任他爲祕魯省的總督和總司令等多種官職。次年一月，他帶領一支由三艘船二百八十人組成的遠征隊出發，駛向通貝斯。

此時，印加帝國的瓦斯卡爾與阿塔瓦爾帕兩兄弟正在爲爭奪王位而進行戰爭，內耗極大，最後阿塔瓦爾帕奪取了王位。皮薩羅意識到這是一個絕好的戰機。這年九月，皮薩羅率領步兵和騎兵翻越安第斯山，於十一月十五日進入印加帝國的北部重鎮卡哈馬卡。印加王阿塔瓦爾帕自恃有四萬人的軍隊駐扎在哈馬卡近郊，並沒有把皮薩羅放在眼裡。於是當皮薩羅派人去邀請阿塔瓦爾帕赴宴便欣然同意了。第二天，阿塔瓦爾帕出於誠意，乘坐著豪華的金質肩輿，在五千名解除武裝的印加士兵的陪同下，來到卡哈馬卡廣場，自投羅網。雙方見面之後，神甫瓦爾維德走到阿塔瓦爾帕的前面，要他皈依天主教，效忠西班牙國王。阿塔瓦爾帕說：「這裡的土地和土地上的一切都我的祖父和父親所有……我只尊重太陽神和我的祖先。」說完還把瓦爾維德神甫遞上來的

西班牙士兵的造型。

卡布拉爾發現巴西的那一年，查理五世誕生了。一五一九年查理五世當選爲神聖羅馬帝國皇帝，隨後建立了一個龐大的查理五世帝國，統轄近半個歐洲大陸及美洲大陸的大部份，後來還陸續征服墨西哥的馬雅帝國以及祕魯的印加帝國。對中南美洲的征服更是慘無人道，到十六世紀中葉，中南美洲印第安人土著被殺害達一千五百萬人。

《聖經》打翻在地。這時在皮薩羅一聲「聖迪亞哥」的高呼中，埋伏在廣場周圍的西班牙騎兵和步兵一起衝了出來，對手無寸鐵的印加人進行瘋狂屠殺，阿塔瓦爾帕也被活捉。

皮薩羅要求阿塔瓦爾帕將長二十二英尺，寬十七英尺的囚室全部裝滿高達九英尺的黃金，再在另外兩間較小的屋子裡裝滿白銀，否則就殺了他。阿搭瓦爾帕立即傳令到各地上繳黃金。黃金源源不斷地運來，滿足了皮薩羅。然而阿塔瓦爾帕還是沒能保住自己的性命。皮薩羅給阿塔瓦爾帕加上謀害兄長的罪名，被處以絞刑。

一五三三年十一月，皮薩羅進入印加首都庫斯科，印加王國終於壽終正寢。此後西班牙人相繼征服了厄瓜多爾、智利、哥倫比亞等地。至

巴西原為印地安人居住地。一五○○年四月二十二日葡萄牙航海家卡布拉爾懷著尋找金礦、象牙、奴隸和香料的目的，無意中發現巴西。一五○一年，又一批船隊來到了巴西，這次航行的另一個重大收穫，是他們將巴西蘇木帶回歐洲。一五三○年以前，葡萄牙人殖民擴張的首要目標是非洲與印度。後來由於外國商人的入侵，葡萄牙人才覺察到巴西天然資源的價值，遂在此區展開其經濟及殖民活動。巴西的發現使西方人加深了對美洲大陸的興趣。這是巴西海岸圖。

這是第十代印加王圖帕克‧尤潘基。他奪取基多後，把印加的勢力擴展到毛萊河。據說有一天，圖帕克‧尤潘基在祭祀太陽神典禮結束後，瞻仰太陽神宮中的月亮宮時，若有所思地對身邊的祭司們說：「當一個人創造某種東西時，他理應身在現場。然而，世間很多東西在形成時，太陽卻並不在場。因此，他不是萬物的創造者……」祭司們聽後目瞪口呆，忙勸國王快離開。國王剛走，晴天裡一個霹靂夾著一團火球擊落在他所站立過的地方，把宮室的石頂穿一個大洞。

第十一代印加王瓦伊納‧卡帕克於一四九三年繼位。他在位時印加帝國達到鼎盛，成為古代美洲最大的一個印第安國家。然而在他生命垂危時，他把帝國傳給了兒子阿塔瓦爾帕和瓦斯卡爾兩人共管。由此引發兄弟倆的長期征戰，斷送了印加帝國。

一五三三年八月，劊子手皮薩羅在卡哈馬卡城的廣場上，當著成千上萬印加帝國國民的面將阿塔瓦爾帕處死。國王的悲慘而死是印加歷史上最大的恥辱，也是人類史上最可笑一幕，這使得印加帝國在瞬間分崩離析。一五七二年西班牙人摧毀了印加人在維爾卡巴姆巴最後的一個堡壘，殺死了他們的末代國王圖帕克‧阿曼魯。這是一幕文明的悲劇，貪婪的欲望使得智慧與文明變成了謊言與殘暴。

十六世紀中葉，除巴西以外整個中南美洲的大多
數土地都成爲西班牙的領地。

然而令人不可思議的是，肆虐中南美洲的西
班牙人卻沒有在馬丘‧比丘進行劫掠，甚至他
們根本就沒有發現過它。在西班牙的編年史上也
沒有提到過這個神聖而隱祕的場所以及它在印加
人生活中所起的作用。這不能不解釋爲：在西班
牙人入侵時期前後或更早一些時期，馬丘‧比
丘可能就被它的建設者們拋棄了。

西元十世紀，卡拉印第安人根據太陽的軌跡辨認出
了赤道。十五世紀時印加人侵入厄瓜多爾，遭到了基多
王國的激烈反抗，幾年的戰爭之後印加王土帕克‧俞潘
基征服了對手，基多成爲印加帝國的一個重鎮。一五三
四年皮薩羅完全控制印加後提出新基多城方案。這是他
們對基多城西班牙風格的棋盤設計。

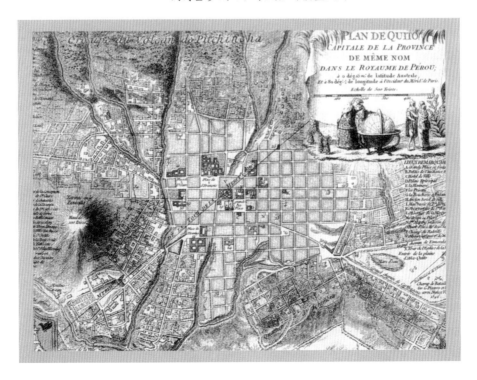

太陽的驛站

印加帝國境內散布著數百個堡壘、城市和要塞，馬丘・比丘只是這些城堡中的一個罷了。

關於馬丘・比丘的猜想歷來眾說紛紜。該城的發現者賓格哈姆認為它確實是印加文明的搖籃，印加人最早由此出發建立帝國。當西班牙人到來之後，許多身分高貴的紐斯塔們逃至此處，希望集中所有的力量，拯救帝國，乞求天神消滅西班牙人。而一五七二年最後一位反抗西班牙人

太陽神廟供奉的主神是太陽神因蒂，但在同一座神廟中還建有其他宮殿來供奉神。太陽神廟中，月亮是太陽神外的第一個住戶，她作為宇宙之母受到尊敬，而金星則是太陽的侍童，群星是月亮的僕人。此為太陽神因蒂的金面具。

印加帝國有一些少女像天主教修女一般，住在太陽貞女宮內，過著與世隔絕的生活。這就是太陽貞女。印加的太陽貞女是經過層層選拔的，百裡挑一，除了要冰清玉潔、血統高貴之外還必須外表出眾和富有智慧。太陽貞女宮使印加女子的青春遭到無情扼殺。

統治的印加人領袖圖帕克‧阿馬魯去世之後，這個城市也逐漸被人們遺忘荒棄在山嶺之中。另一種說法認為，馬丘‧比丘的建築樣式具有印加王朝最後時期建築物的典型特點。它的建造時期不會早於在西班牙人到來前的一百年。也有人認為它是第八代印加王維拉科室建造的堡壘，目的是用於軍事，因為它的地理位置對於作戰十分理想。

但是從馬丘‧比丘的墓地中發掘出的一百五十具女屍骨和二十三具男屍骨中，考古學家據此推測馬丘‧比丘並不是一般意義上的城市，而是一個宗教活動遺址的中心。居住在此地的是擔任太陽貞女的王室少女紐斯塔。

在馬丘‧比丘的中心有一片長形開闊地，考古學者們把它稱為「神聖廣場」。專家們相信各種典禮儀式應是在這裡舉行的，這兒應是印加人祭祀太陽神的地方。從神聖廣場有一條階梯道路向上直通陡然裸露著岩石的地面。它是一個平台，站在上面可鳥瞰整個廣場。這塊神聖的岩石名為英提露埃塔那，其含意為「太陽的驛站」，在古印加帝國各地都設有這種「太陽的驛站」，而在馬丘‧比丘的這個卻是迄今已知最大的一個了。它與遺址的建築物和寺廟不盡相同，這一岩石地面不是用石塊和磚頭鋪砌的，而是由這座

馬丘‧比丘人主要從事農業生產，種植馬鈴薯和玉米等，他們在高山上建造了梯田，創建了複雜的人工灌溉系統，至今令人嘆為觀止。一五一九年阿茲特克文明毀滅，一五三三年印加文明神祕中止。一九八三年，聯合國教科文組織宣布把馬丘‧比丘定為人類自然和文化遺產，從而也成了追求精神啟蒙的人們的朝拜聖地。

印加人的生活充滿了神祕色彩，他們的一舉一動以及思考事物的方式都離不開神話思維，宗教活動便是生活中的一件大事。以日月盈虧的規律來安排宗教活動爲印加人首創。這種富有創意的形式歸功於印加國王帕查庫蒂。

印加對「族內婚」用法律的形式加以約束，印加統治者早在十六世紀就有這樣的自覺著實令現代人稱奇，但印加王的法定婚姻卻嚴格控制在王族之內，這又讓人匪夷所思。專家稱，國王婚姻的實質和關鍵是保證王位的繼承人的「純潔」。

山的基岩上立體雕鑿而成的。據考古者們推測：印加的祭司們就是利用這一巨石作爲當時的天象台，從對石頭陰影的觀測來標明季節和假日。英提露埃塔那即「太陽驛站」也曾被用來作爲六月夏至和十二月冬至時舉行特殊典禮式的地方。

印加人根據日月盈虧的規律安排了眾多的宗教節日，分布在每個月中。一年之中最爲重要的節日分別在春分、夏至、秋分、冬至四個日子舉行，相對應的宗教節日分別稱爲「拉伊米」「拉伊米・印蒂」「西圖亞」和「阿莫拉伊」。這四天是印加的大神——太陽神的活動中最有標誌性的四個時刻。而「拉伊米」是全國最大的宗教節日。

傳說在「拉伊米」到來之前首先要進行爲期三天的齋戒，庫斯科全城炊煙不起。節日當天印加王與全體朝臣、庫斯利的全城居民一起參加慶典。各地的酋長也千里迢迢地趕到或者派遣兒子、兄弟等親屬出席。

這個重大宗教節日由太陽之子印加王親自主持。黎明前夕，全體人員須身著彩服在庫斯科的廣場上集合，恭迎太陽升起。整個廣場燦爛多姿，

熱鬧非凡。各地的酋長都必須身著自己民族服裝
出場，所有人面向東方，迎接太陽的第一縷光芒
初現。當太陽越過地平線，眾人面向太陽虔誠行
禮。然後國王首先站起身來，向太陽敬酒。所敬
獻的美酒倒進一只金製大缸，缸中有管槽通往庫
斯科太陽神廟，象徵已經為太陽飲用。印加王把
自己飲用的酒分賜其他王公。每個王室成員都能
分到一點。

前往太陽神廟必須在飲酒之後，眾人在神廟
的宮殿外必須脫鞋。只有印加王與其家屬有資格
走到宮殿時才脫鞋步行。在向神像朝拜行禮之後，
開始依次向太陽神奉獻禮品。然後眾人回到廣場
上宰殺犧牲。他們選用的犧牲是最有神性的純黑
公羊駝羔，祭司的助手抓住羊羔四蹄，使它頭衝
東方，然後開膛破肚。祭司從左肋開膛把它的內
臟完全掏出然後根據內臟來占卜慶典吉凶。他們

太陽神崇拜是印加的
國教。傳說印加的第一任
國王和王后是太陽神的子
女，太陽將他們遣送人間
以教化未開化的先民，從
而創造印加文明。這座蒂
華納科城中的太陽門是用
一塊大石雕成的建築，約
有三公尺高，五公尺寬，
整塊石雕的重量估計在十
噸以上。太陽門的兩側畫
著四十八幅方形圖案，分
列三排，簇擁著太陽門上
方的一個會飛的神。此
外，太陽門上還鏤有許多
象形文字。

印加帝國有美洲最發達的道路網絡，在通往首都的大道上都設有統一建造的驛站。印加的郵差被稱為「查斯基」，是經過精心挑選的，採用服役制的形式加以規模。印加暢通的道路和較為規範的郵遞制度使中央與地方保持了溝通。而歐洲國家意識到郵政的重要性則是多年以後。圖為印加驛使。

印加人把節操視作天條，尤其對太陽貞女的性行為的法律約束更是滴水不漏。太陽貞女如與凡人男子通姦，必遭活埋酷刑，她的情人除處於絞刑外，還會誅連九族。

觀察內臟的各種情況，其中肺葉仍在跳動被視作最為吉利的兆頭。如果徵兆不吉，就換用公羊，如若再次失敗就在母羊駝身上再度進行。如此這番，直到得到吉兆為止。若始終得不到吉兆人們會認為是自己的過錯得罪了太陽神，從此憂心忡忡，寢食不安。

占卜過後，收集所有的動物鮮血和內臟焚燒，以示奉獻給太陽神。供奉犧牲所需的火都由當場取得的神聖火種引來，即必須由太陽神親自賜予，這是儀式的一個重要步驟。最高祭司的手鐲上，有一個類似凹鏡的裝置，在太陽下利用聚焦作用點燃特別準備的棉花。有必要時還用鑽木取火的方式。得到的火種用來焚燒所有犧牲，也用來燒

烤動物的肉作爲食品。從火種中取出部份保留在太陽神廟和貞女宮中。

參加慶典的人都能得到一份經過烤炙的犧牲和太陽貞女親手製作的麵食。接下來人人開懷暢飲，歌之舞之，相互祝福。「拉伊米」慶典一直延續九天。

印加人從每年冬至日開始新的一年，因此「西圖亞」就成了一年中最後一個節日。這更是一種民間性和個人性的節日。

在節日之前所有人必須經過一天的戒食。翌日夜晚各家各戶認真地準備麵食，麵團裡一般須滴入從少年的眉心間抽出的血。天亮之前人們沐浴淨身，然後用含有人血的麵食擦洗全身。據說這樣可以驅災避禍。日出的時候，一位印加王公身著太陽使者的華麗服裝，手持長矛，從庫斯科的薩克薩瓦曼堡出發，從山坡上跑到主廣場的中央。另外四位手持長矛的王公早已等候在此。太陽使者用自己的長矛觸碰了他們的武器，意爲把驅除邪惡的使命交給了他們。四位王公沿四個

印加的重大宗教節日必須由國王親自主持，而王室成員作爲太陽神使者的辦法強化了王族的宗教特權。

方向在王室大道上奔跑到城外，再把長矛傳遞給另外四個人，繼續奔跑。在傳遞長矛的過程中，全城居民來到城門口一邊拍打全身，一邊用手搓洗身體，好讓身體上的病災落地讓太陽使者驅除出城。最後長矛在離城三十公里的地方插入地下，以此劃定災難界線。夜色降臨，人們高舉著稻草做成的火把沿著全城各條街道跑出城外，把火把投入小河，以示永遠與災害無緣。

印加人將太陽神崇拜作爲他們的重要信仰，在這種信仰的影響下，印加人創造出一整套關於神的社會結構，也使得印加王的統治得到空前加強。印加文明使得他們將太陽神信仰與帝國統治相結合，形成政教合一的集權國家。然而正是

印加人對神的原始的盲目的迷信使得他們輝煌的
帝國最後被弱小的西班牙人剿殺。

　　躲在深山峭壁上的馬丘‧比丘似乎無視這
一切，現在的祕魯人也樂意把它解釋爲國王衆多
行宮中的一座。他們說，最後一位印加王——瓦
斯卡爾和阿塔瓦爾帕的兄弟曼科‧卡帕克，退
守到無人知曉的離太陽距離最近的馬丘‧比丘
城堡之中，繼續受到太陽神的庇護，使帝國夢想
延續下去。顯然這樣的解釋可以使馬丘‧比丘
成爲印加帝國最後的樂園，一個從未污染從未遭
受蹂躪的純潔之地。我們寧願相信它是眞的。

庫斯科是通往馬丘‧
比丘的大門。它在印加通
用語言中是「大地的肚
臍」的意思，即是「世界
的中心」。作爲帝國的首
都，庫斯科成爲印加的政
治教育中心和文化大熔
爐，在印加的歷史上的影
響異乎尋常。一五三三年
八月，皮薩羅殺死阿塔瓦
爾帕國王後，將魔爪又貪
婪地伸向了庫斯科城。在
一千多公里的路途中，皮
薩羅的軍隊燒殺搶掠，無
惡不作。一個月以後，皮
薩羅的軍隊終於開進了庫
斯科城，但發現這裡早已
是一座空城。此爲庫斯科
城圖。

第十一章
大津巴布韋（Zimbabwe）：石頭城的祕密

《聖經》中的寶石城

大津巴布韋與所羅門時代的寶石城之間的神祕關係使遺址的發掘工作充滿詩意。所羅門是希伯來王大衛的兒子。大衛的軍隊攻下迦南人的耶路撒冷後，他就把他建立的國家稱為猶太王國，並把首都建在耶路撒冷，大衛死後，他的兒子所羅門繼承了王位，繼而創造了猶太人歷史上最輝煌的時代。圖為所羅門國王。

在津巴布韋共和國馬斯文戈市（舊名維多利亞堡）東南約二十四公里的丘陵地帶，有一大片石頭城遺址，這就是舉世聞名的非洲大津巴布韋古城遺址。津巴布韋現存大小石頭城遺址二百多個，而大津巴布韋則是最大的一處。由於歷史上大津巴布韋城盛極一時，其巨大的影響力一直蔓延到十九世紀的八○年代。一九八○年津巴布韋共和國獨立時，國名取自這座偉大的古城。它是世界上唯一以考古遺址命名的國家。

大津巴布韋遺址約有十六‧二平方公里，茂密的叢林包圍了這片風格奇特的石頭建築群。這些建築的牆壁幾乎都用長三十公分、厚十公分的花崗石板疊成，中間不用膠泥、石灰等黏結物，但疊砌得異常嚴整牢固，被稱為世界建築史的奇葩。

石頭城遺址分為大圍場和平民區兩大部分。大圍場是一座橢圓形的城寨，面積四千六百平方公尺，依山傍崖而建。城牆周長有二百四十公尺，高十公尺，底厚五公尺，頂厚二‧五公尺。外城之內有內城，半圓形狀，周長有九十公尺。

非洲大門被西方人打開後，一批批的探險尋寶者接踵而至，他們測量山川，繪製地圖，開掘寶藏，破解地質之謎等。這種帶有征服色彩的殖民化行動，在客觀上使非洲獲得新的生機。

這幅非洲西海岸圖原載一七三九年的《旅行通史》中。此時西方人的視角只停留在非洲漫長的海岸線上，對心臟地區望塵莫及。

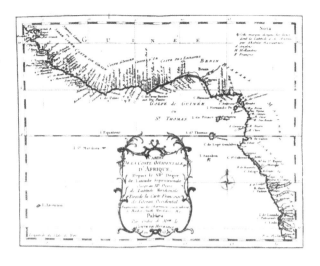

所羅門智慧聰穎，但卻是一個比他父親更加追求享受的國王。他曾下令繼續修建許多的宮殿和神殿，其中最宏偉的是位於耶路撒冷小山上的宮殿和猶太教聖殿。據稱所羅門大興土木所耗費的財資大多來自於俄斐的出產。

城中最顯眼的建築是一座圓錐形實心塔，高十五公尺，像王室用以祭祀的膜拜物。而城寨中那些緊密連結的而又相對獨立的房舍之間均以石頭鋪的曲徑相通，牆體通口和門戶用大條花崗石構築。在高大的城牆頂上，城內建築物的石柱上，往往裝飾著一隻矯健的「津巴布韋鳥」，脖子挺直，翅膀貼身，身如鷹，頭似鴿，高約五十公分，用微紅的皂石精細雕成。津巴布韋鳥，是南非和南亞之間的候鳥，年年準時來津巴布韋越冬，被津巴布韋人奉為神鳥。

據稱大圍場是國王的臣子和後妃們居住的地方。而真正的王宮則是一座不高的山頂上的城堡。城牆仍舊用片石壘砌，高約七·五公尺，底厚六公尺多，堅不可摧。城內保存著廢坍的牆基，將土地隔成許多塊狀，構成錯綜複雜的房間，使人如入迷宮。城堡前有兩條羊腸小道通到山腳；城堡後陡壁絕崖，野獸也爬不上來。堡牆只開著可容一人側身出入的狹窄石門。所以這座城堡不但堅固而且具有易守難攻的特點，安全性非常好。

所以早期的考古報告都把它叫做「衛城」。

在大圍場和城堡之間則是一片已經坍塌的平民的住宅，從遺址上可以判斷出這些房屋疊建得比較矮小而簡陋。這是當時奴隸、工匠、商人、王室服務人員居住的地方。據考證大石頭城最盛時，總人口可能達到十萬。

傳說大津巴布韋就是《聖經》中的黃金和寶石城──俄斐。

根據《聖經》中《列王記》上的記載：俄斐的金礦是所羅門王難以置信的財富的源泉。大約西元十世紀時，俄斐與東南非洲開始交往。那時，在東南非洲海岸的港口從事貿易的阿拉伯人開始購買黃金。這批黃金也就找到了從非洲內地到海外的出口途徑。

十六世紀，達・伽馬率領的葡萄牙遠征軍入侵印度洋地區，占領了非洲海岸的重要港口，控制了賺錢的黃金貿易。從傳言中他們得知，在非洲內地有大城市和大金礦，只不過是由一個叫莫羅莫他巴（意為金礦的主人）的國王統治著。

一五五二年，葡萄牙歷史學家熱奧・杜・巴若斯說道，有人告訴他：莫羅莫他巴的要塞和寶塔都是「由巨大石塊砌成」，沒有使用黏合泥灰，這些地方都叫西姆堡。葡萄牙人把這名字與傳奇中的俄斐相提並論，但他們當時只滿足於擁有這片海岸，並沒有打算尋找它們。

十九世紀中期，歐洲人僅僅從海岸向內地蠶食。但他們對非洲並不了解，只知道那是一片蠻荒之地，是「黑暗的大陸」。當時的歐洲人所繪製的非洲地圖都留著大片的空白。這使得探險家們對神祕的「空白」既嚮往又困惑。

　　維多利亞瀑布位於贊比西河中游，跨贊比亞、津巴布韋國界，高一百二十餘公尺，寬達一千八百公尺，是世界三大瀑布之一。一八八五年英國傳教士兼探險家利文斯敦在考察尼羅河時發現這一奇景。當時利文斯敦為了表達對英國女王維多利亞的崇敬，遂將這個瀑布命名為維多利亞瀑布。贊比亞獨立後恢復更名為莫西奧圖尼亞瀑布。

運氣不好的卡爾

一八四七年，德國一個年僅十歲、名叫卡爾·莫克的男孩，手捧布滿「空白」的非洲地圖煞有介事地端詳著。這種即景式的動作並沒有引起其他人的在意。可是五年後，卡爾有了去填補這個「空白」的想法。十九世紀中期，歐洲出版的探險文學作品在社會上影響很大。卡爾被英國著名探險家弗朗西斯·伯頓、塞繆爾·貝克、大衛·利文斯敦和德國著名探險家亨利·巴什的作品的故事所吸引和鼓舞，探險的欲望越來

大衛·利文斯敦，卡爾最崇拜的探險家，原為蘇格蘭醫生兼傳教士，一八四〇年曾三次前往非洲探險，除發現了維多利亞瀑布外，還做了大量探測記錄，填補了非洲地圖原來的許多空白。一八六六年，他率領一支探險隊去尋找尼羅河的源頭，一路上遭到熱症、奴隸販子的威脅等諸多危機。

一八七三他死於探途中。當地的居民把他的心臟取出，埋在一棵古老的非洲樹底下。他的屍體上經塗上防腐香油後用船載運回英國，被安葬在倫敦威斯特教堂。

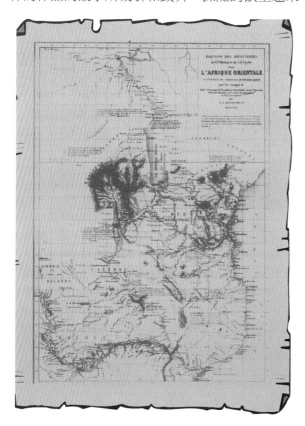

這是一幅西方地理探險者一八五九年繪製的東非地圖，大部份的標注不夠準確，但無疑增加了世界對非洲大陸的好奇。此圖現存於巴黎國立圖書館。在這幅圖上，卡爾發現，大津巴布韋遺址處只是一片丘陵。

理查德‧伯頓，英國探險家，學富五車，能說三十多種東方語言，是卡爾喜歡的探險家之一。一八五七年，伯頓和斯皮克一起去尋找被稱為「白尼羅河」的尼羅河西支的源頭，兩人在途中發生爭執，分道揚鑣。一八五三年，他化裝成阿拉伯人，拜訪了伊斯蘭教的聖地麥加和麥地那。

越強烈。特別是利文斯敦的傳奇探險令他神魂顛倒。為了實現自己的理想，他學習了生物學、地質學，以及當地人的語言。

二十七歲時，卡爾正式提出去非洲的要求，但由於沒有官方的支持，也沒有足夠的裝備，他不得不在一隻德國貨船當船員才踏上去非洲的路。

在德國朋友的捐助支持下，卡爾先後在非洲待了六年光景。他徒步穿行於南部非洲，最後在林波波河的南岸，他終於看到了黃金、鑽石礦藏的礦脈，這不能不說是一種驚喜。按照英國殖民政策的規定，他把這個發現向當地官員作了報告。

後來一位名叫亞當‧麥銳斯克的德國傳教士告訴他，在林波波河的北岸有一個石頭城廢墟，那是莫羅莫他巴的古部——馬紹那，也就是《聖經》上盛產黃金寶石的俄斐遺址。卡爾翻開《聖經》，看到書中對示巴女王和俄斐寶地富裕得令人難以置信的描寫：當示巴女王來到耶路撒冷覲見所羅門王時，她被要求帶上了「大量財富：黃金、寶石」。

一八七一年五月，卡爾率領四十人從德爾班向北進發。七月底，他越過林波波河。為了不驚動當地的酋長，他抄小路進入山中。但是一個月後，卡爾發現自己的處境十分艱難，挑夫離他而去，還捲走了他的部分日用品，而當地的馬紹那人對他的敵意與日俱增，這使他感到恐懼。他說：「不但東西可能丟失，就連性命也難保住。」

就像利文斯敦在非洲遭遇獅子襲擊一樣，果真有一次卡爾遇到了危險，可一位獵人救了他。他在獵人的家中住了幾天，身體慢慢恢復。

一八七一年九月五日卡爾又啟程了，踏上坡

十五世紀末到十六世紀初，西方傳教士開始把基督教傳入非洲，受其影響的主要是剛果和安哥拉。十九世紀，傳教士的影響力幾乎輻射到整個非洲大陸。與此同時，西方探險家進入非洲更為頻繁，卡爾就是其中一個。

一八四三年，利文斯敦在探險途中被一頭獅子咬傷，靠近肩膀的肱骨粉碎性骨折。

度不斷增加的小路。漸漸地，一片裸露的岩石出現在眼前。再走近一點，他看到一個大約二十英尺高的花崗石柱矗立著，石城的遺址露出冰山一角。他發現了一條粗石鋪成的小路通向前方，順著這條路，有一堆堆粗石、一段段殘牆和一叢叢灌木。他最後在一座三十英尺高的塔狀建築物前停了下來。他驚訝這些牆和塔竟是石板砌成的，石板之間找不到任何泥漿之類的黏合物。石板切割得非常精確，壘砌在一起居然天衣無縫。卡爾認定這個廢墟將被證實為葡萄牙人稱之為西姆堡的地方，即莫羅莫他巴的要塞之地，人們夢中的俄斐。

當時他在日記中記下了這樣的話：「我站在整個世界面前，心中浮現出戴上勝利桂冠的神聖帝國皇帝凱撒的高大形象……」他莊嚴宣布：最有價值的、最重要的、也是迄今為止最神祕的非洲地區，將重見光明！那就是古老的莫羅莫他巴！那就是俄斐！

卡爾發現廢墟遺址後，馬上派了信使到離他最近的歐洲人居住區，帶了封信給德國。在這封信中，卡爾宣布了他的發現。這封信後來刊登在一八七二年三月的一本德國雜誌上。一八七三年，英格蘭發布這條消息，引起了世界考古界的密切關注。而與此同時，人們對卡爾的發現也是半信半疑，歐洲的一家報紙在一篇文章中不屑一顧地說：「關於所羅門王的俄斐，現在有了一些奇怪的說法。」

可是卡爾堅信，他發現的俄斐是可靠的，最力的證據是一根芳香

　　利文斯敦花了三十年的時間探索未知世界，他在非洲失去了健康和生命，犧牲了家庭，遺憾的是他以基督教救世的希望也沒有完全實現。圖爲利文斯敦歷險記圖書封面。

的淡紅色木條。這根木條經過剖削後分析是檀香木。卡爾記得，《聖經》上說過：所羅門王就是用黎巴嫩的檀香木建築他的宮殿的。他推斷這一小塊檀香木一定是來自黎巴嫩，這檀木只能是古時在海上旅行的黎巴嫩人（腓尼基人）帶到非洲來的。而且，《聖經》上還說：示巴女王曾經到過所羅門王的宮殿。由此卡爾也可以斷定，他在山頂所發現的那個圓形圍場一定是示巴女王模仿所羅門王的宮殿建造的！當時卡爾在廢墟上敲來敲去，但是沒有發現示巴女王的任何寶藏遺跡，只發現了一只皀石雕刻的破碗和一面鐵鑼。大津巴布韋龐大遺址完全超出了卡爾的想像能力，由於他沒有受過嚴格的訓練，也缺乏豐富的考古經驗，使得他對大津巴布韋古城遺址的考察沒有深入下去。一八七二年三月，他打起行李，越過林波波河，回到了英國人管轄區。

卡爾回到了德國，出乎意料的是他的凱旋並沒有受到隆重的歡迎。當局認爲他發現了俄斐固然可貴，卻沒有隨身攜帶所發現的寶藏；一些人認爲他只不過是個流浪漢，碰運氣發現了這個遺址。受到冷遇的卡爾對個人的得失並沒有太多的計較，他只想到博物館去工作，繼續從事他的事業，可是因爲沒有學位，他未能如願以償。最後他不得不到一家水泥廠工作。一八七五年，卡爾不慎從一扇窗子上摔下，不治而亡。那年他才三十八歲。

卡爾過早地離開人世，他死得不爲人所理解，死得默默無聞。但是，數十年來，津巴布韋小山丘界的廢墟卻成了考古學上的一個熱點。首批光臨這裡的是探險家和尋寶者。他們滿懷激情夢想能發掘像

聖經故事裡描述的那些黃金珠寶，但都大失所
望。一位名叫塞西爾・羅得斯的英國金融家於
十九世紀九〇年代初組織一個考古隊在廢墟上駐
紮下來。

　　羅得斯是一個極為狂妄的擴張主義者。英國
在非洲的「開普—開羅」殖民擴張計劃便由此人
提出，但這只是其擴張野心的一部分。這位雄心
勃勃的帝國建設者夢想自好望角到開羅之間的廣
大非洲土地都成為英國的轄區。他的夢想是奪取
整個非洲後，進而占據整個南美、中東和太平洋
諸島，最後再收復美國。美國小說家馬克・吐
溫這樣評價他：「當羅得斯站在好望角半島上時，
他的影子落在贊比亞。」

　　一八九九年，大津巴布韋廢墟連同整個馬紹
那，被塞西爾・羅得斯所掌控。後來英國人鎮
壓了非洲人的反抗，建立了一個叫做羅得西亞的
殖民地。

大津巴布韋舞蹈傳遞
了非洲文化的神祕訊息。

示巴女王上岸圖。根據《聖經》所載，示巴朝見所羅門王走的是陸路，而畫家洛蘭爲了描寫海景，把人物搬到了海上，金色晨光照耀下的海水和岸邊古代建築物，生機勃勃的海港在繁忙中又迎來了新的一天。畫家彷彿並不在意地裝點著恰到好處的女王及其隨員，古典風景畫的原則明顯地被體現了出來。

城市的每一個細節都屬於非洲

在羅得斯在對大津巴布韋廢墟進行考察時，其考古隊與英國科學促進會共同舉辦了第一屆遺址科學研討會。他們還聘請了研究遠古時期文明的專家詹姆斯·狄奧多爾·本特，專程來到這個遺址考察。本特期待能找到津巴布韋與古代各種外來文化聯繫的證據。但自一開始，他就

示巴是猶太教和伊斯蘭教傳說中位於阿拉伯半島西南地區的王國，女王在位時期約在西元前十世紀。這正是大津巴布韋走向繁榮的時期。後來也有人稱，示巴女王就是西王母，值得一議。但當時大津巴布韋人對示巴女王是十分崇拜的。這是倫勃朗著名作品，突出了女王的黃金體態。

陷入失望中。因爲津巴布韋，在他看來，似乎是純粹的非洲文化，並不十分古老。但是，當他挖到四隻用皂石雕刻的棲息在高大雕刻柱子上的大鳥時，眼睛馬上亮了起來。他認爲這些帶有古代亞述、希臘、克里特、腓尼基等古國遺風的藝術珍品，絕不是非洲的產物。這引起考古界的困惑。

一九〇二年到一九〇四年，發掘大津巴布韋遺跡的官方考古學家理查德‧N‧霍爾，爲了急於把遺址上的廢墟恢復到他認爲的「原來」模樣，採取了破壞性的發掘辦法，魯莽地把十二英尺厚的泥土和石頭從地堡的內部搬運出去，給後人對古遺址的研究帶來困難。霍爾對出土文物的研究後認爲，大津巴布韋城是由從阿拉伯或近東來的北方人所建造。

他們的結論幾乎影響了一代考古學家，同時代的歐洲人都比較接受大津巴布韋城不是非洲本地文化的體現。因爲他們認爲，當時的非洲仍處蠻荒時代，撒哈拉沙漠以南的非洲人總是住在泥土茅屋裡，過著原始的生活，而非洲人自然是「低人一等」的。而遺址的龐大巍峨的建築以及

十九世紀初，獵取非洲象牙的活動十分猖獗。象牙貿易導致了一場社會經濟革命。而在這之前的幾個世紀，大津巴布韋除了對外出售黃金外，象牙、獸皮、羊毛等貿易就已很發達。這顯示了大津巴布韋早就是一個「城市型」的石城。

十八世紀末，倫敦成爲世界的金融貿易中心，與非洲有關的知識和科學活動都集中在這裡。在十九世紀中葉歐洲爭霸非洲的過程中，英國奪取殖民地的面積僅次於法國，但在經濟戰略價值上卻首屈一指。

出土的文物所體現出高度的非洲文明，這自然不合情理的。而且按照當時的一種怪誕的邏輯推理，如果古城的建築眞是體現了遠古時的非洲文明，那麼則意味著無視了歐洲人或歐洲文明在古代非洲大陸的存在和影響。這是歐洲人不樂意接受的。

一九三六年，該廢墟管理人員寫道，黑非洲人當時能建造大津巴布韋的說法「幾乎是不可能」的；雖然他暗示，那些建造者曾經把非洲人用作建築的勞工。一九三八年，羅得西亞政府的一幅張貼畫毫無掩飾地表現出這個國家白人統治者的觀點：一個黑人跪在廢墟前面；廢墟是白色的。這個黑人捧著一大塊金礦石，獻給示巴女王神靈。當然，示巴女王代表著的是白人！

後來的學者、政治家還拋出其他令人迷惑的種種說法。有人認爲，大津巴布韋不是腓尼基人所建，而是由埃及法老宮廷的流放者所建；還有人認爲該城由《聖經》中提到的以色列部落所建或由北歐海盜所建，不一而足。

最早提出大津巴布韋是屬於非洲文明的人是考古學家大衛・蘭德爾・馬克爾，一九〇五年他仔

《聖經》中說，示巴女王因爲敬慕所羅門的威望和智慧，帶領大批隨員禮物，不遠萬里前來朝見。女王被所羅門的英武所征服，成爲他妻子。這個訊息從另一個角度透視了大津巴布韋很可能就是所羅門的俄斐。圖爲所羅門王與示巴女王。

細考察了這片遺址後鄭重宣布：大津巴布韋「毫無疑問，在每一個細節上都屬於非洲」。但英國科學促進會不願意接受這個定論，派了另一位考古學家葛特璐・凱敦湯普生去考察，以證明大衛是錯的。這個資深的考古學家對該遺址進行了極其徹底的分析，在一九二九年宣布該遺址屬於非洲文明。

在經過數十年的爭吵後，一九七〇年，羅得西亞的一位官方考古學家不得不承認：大津巴布韋古城

確實是非洲文明！一九八○年，羅得西亞獨立，一切權力歸於占絕大多數的黑人。這個國家自豪地取名為津巴布韋，這是馬紹那語「Jin mba buwei」的英語形式，意思是「望族」。

　　現代考古學家們發現：大津巴布韋曾是一個強大非洲國家的中心。它曾支配著津巴布韋高原南邊至林波波河、北到贊比亞河的一片富饒的丘陵地帶。早期的馬紹那人發現津巴布韋高原氣候溫和，土地肥沃，便世居此地。他們發展高原畜牧業，用牛羊與外界交換日用品，生活相當自足。另外這裡還盛產銅、鐵、錫和黃金，逐漸黃金成為高原的主要出口物。隨著貿易規模的擴大，黃金從津巴布韋的東邊流到非洲和阿拉伯商人的手裡；這些商人用黃金換回生活中的日常用品西運到非洲內地。這樣高原具備了較強的經濟基礎，文明水準也得到提高。考古學家在古城遺址上發現的東非基爾瓦港口的古幣、中國的陶瓷器物、印度的珍珠、伊朗的地毯就是一個明證。

　　隨著經濟的發展，在西元十一世紀時，津

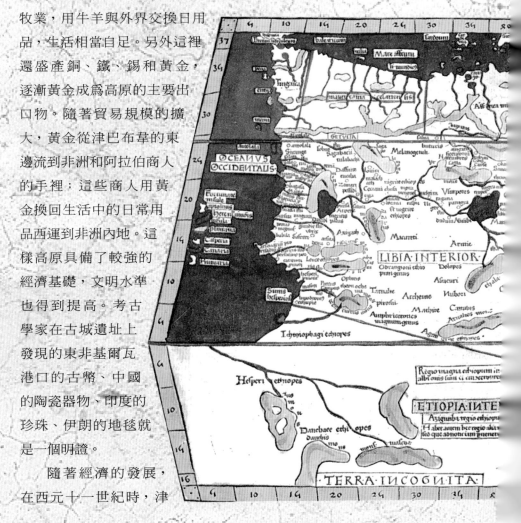

巴布韋出現了國王與貴族階層。馬紹那上流社會的人採納了在山頂建房的習俗，而地位較低的人則居住在較低的山坡上和低谷裡。富裕的貴族還開始用石牆圍繞自己的住宅區，以此區別普通百姓階層。由於津巴布韋高原有許多裸露地面的花崗岩，馬紹那人利用晝夜溫差使花崗石自然地裂成薄片，還知道在花崗石上生火，加快裂紋的生成，然後冷水浸潑使岩石薄片盡快分開。那些層層取下的石片又光又平，用它壘砌圍牆，可不需要灰泥黏合就十分牢固。

馬紹那人沒有留下可供研究的文字，所以考古學家無從知道這些建築物確切用途是什麼以及具體的生活情況，但歷史學家認為，從遺址及出土的文物所提供的訊息來看，大津巴布韋人的生活無疑是屬於「城市型」的。此地第一次有長期居民的時間大概是西元十世紀或十一世紀。而鼎盛期則在一三

一九○五年，埃及考古學家大衛·蘭德爾·馬克爾考察了七處遺址。他在一九○六年發表的《中世紀羅得西亞》一書中指出：大津巴布韋和其他同類的廢墟是起源於非洲的，時間在中古或中古以前。從建築式樣上看，沒有東方或歐洲的任何時期式樣的痕跡。這是希臘天文學家和地理學家托勒密一五一三年繪製的地圖。從這幅圖可以看出，即使到了十六世紀，人們對北部非洲的了解比較詳細，而對南半部則所知甚少，歐洲人進入大津巴布韋的可能性在這裡大打折扣。

一八六七年，一個小孩在南非偶然撿到一塊鑽石，消息傳出後轟動了整個世界，西方人紛紛來南非「探寶」。此時擴張主義最有力的鼓吹者是傳奇人物塞西爾‧羅得斯，他於一八七一年來到南非開採黃金和鑽石獲得成功。但是，對羅得斯來說，財富本身並不是目的，而是達到更大目標——擴大英帝國統治——的手段。一八八九年羅得斯創立了英國南非公司。同年，黃金產地大津巴布韋廢墟連同整個馬紹那都被塞西爾‧羅得斯所掌控。一八九五年，英國殖民者為紀念羅得斯把這裡稱為羅得西亞。這個名字一直延用到一九八〇年四月十八日津巴布韋共和國成立。

五〇年，因為大津巴布韋可以向莫桑比克沿岸貿易港口源源不斷供應黃金。最新的研究表明，大津巴布韋除了向沿海地區出售黃金外，還是非洲內陸地區文化交流網的中心。獸皮、羊毛、象牙、金屬礦石等各類原材料從津巴布韋高原的其他地區和南部非洲的其他地區運到大津巴布韋。大津巴布韋有眾多的能工巧匠，他們把這些原材料製成各種各樣的物品。他們製造鐵槍鐵炮、金銅飾物；製造陶器，並繪上圖案；他們把平滑光亮的皂石雕刻成石碟和石像。考古學家們還發現了大量的編製工具，說明大津巴布韋有著發達的紡織業。在後來的二百年中，大津巴布韋在津巴布韋高原上占據著主要地位，遺址上矗立的那些大型石藝建築群就是這個時期修建的。

大津巴布韋城的廢棄一直是一個謎。史學家認為，大約一四五〇年大津巴布韋開始衰敗，而

西方人對非洲土著的歧視由來已久，這使得他們根本不相信大津巴布韋建築藝術是屬於非洲智慧。這幅圖表現的是十九世紀深入非洲大陸的歐洲人的優越地位。他們習慣坐上這個吊床，以旗幟開道來顯示白人的威嚴。

衰敗的最大可能是戰爭和人口增加導致的食物、燃料短缺和牧地匱乏。到了十六世紀，葡萄牙人開始在沿海港口作郵購貿易，使該地的黃金貿易受到挫折，從此大津巴布韋的地位一落千丈，馬紹那政權的中心也遷至他地了。

八月出版
詠春圖書出版

定價 **280** 元

溯源探索系列04

藝術的
意境

何信芳●著

音　樂
中國音樂有水之質、氣之韻,中國藝術是種音樂氣質的藝術。

國　畫
意隨筆縱的書畫,與文人的精神追求,有著不可分割的內在關係。

錦　繡
織繡工藝中絕無僅有的頂級精品,具有極重要的歷史和藝術價值。

園　林
以散點透視的國畫理論做指導,使園林藝術化、繪畫化。

煉金術
青銅器放射出富麗的貴族之氣,鐵器則展現出質樸的平民風格。

玉　器
玉器具有悠久的歷史與鮮明的時代風格,構成一種獨特的玉文化。

漆　器
從禮樂到干戈、器皿到家具、花轎到棺木,那一樣離得了漆?

陶　瓷
陶瓷經歷了由陶向瓷,由簡單到複雜,由初級到高級的發展。

發現系列01

大風暴與出埃及

Tempest & Exodus

《聖經》考古的驚人真相

拉爾夫‧伊利斯●著

七月出版
波希米亞文化出版

定價 380 元

　　驚世駭俗的結論，在本書中以極為嚴謹的科學方法步步推出。它不但首次廓清了二百年來考古學界一直不能窺破的《聖經》背後歷史，還揭示了令學術界和世人震驚的祕密；它以極端的勇氣和探索精神，打開了一扇通往歷史真相的大門，讓我們重新發現西方文明的源起！

發現系列02

K2與金字塔
K2, Quest of the Gods

基沙金字塔驚人的考古真相

拉爾夫‧伊利斯●著

七月出版
波希米亞文化出版

定價 **380** 元

　　法老墓陵並不是古埃及人建造金字塔的真正目的，這些遠古的雄偉建築寄託著他們對神靈的深深嚮往，一直困擾著人們的金字塔構造謎團，其實包含著最基本的數學定理，將遠古埃及世代智慧與心血凝聚其中，亙古流傳。

　　本書作者以其豐富的神學、埃及學、猶太學、考古學、語言學和天文學的知識，以佐以地質學、數學等數據的科學論證，推導出基沙庫夫金字塔是世界第二高峰「K2」的複製品的驚人理論！

發現系列04

消失的動物
LOST ANIMALS

戴維斯・西蒙●著

八月出版
波希米亞文化出版

定價 360 元

恐　　龍	洪荒年代的神話
無齒海牛	白令海上的美人魚
長 毛 象	荒原輓歌
大地樹獺	困擾達爾文的千古難題
始 祖 鳥	美化的爬行動物
蛇 頸 龍	水怪之謎
渡 渡 鳥	毛里求斯的圖騰
菊　　石	阿蒙神的化身

　　本書搜羅了上百種已消失於地球的動物紀錄，並選出三十一種加以詳述。不只是以科普的角度看待這些動物，並佐以當時的人文時空與彩圖畫作，對曾經存在的美麗生靈致上崇高敬意。

天籟系列01

荒漠甘泉
STREAMS IN THE DESERT

手繪彩圖珍藏版

考門夫人●著

七月出版
波希米亞文化出版

定價 **580** 元

一九二〇年，考門夫人出版了她的第一本著作，立刻在世界範圍內引起了廣泛的關注，短短的幾年內，它被翻譯成十多種語言，為世界各地的人所傳誦，其中有大量讀者並不是基督教徒。在隨後的七十多年間，它仍然不斷地再版，獲得一代又一代人的推崇。

本書特色：

1. 傳統祈禱書的裝飾經典，為中世紀書籍藝術的巔峰之作。

2. 精密繁複的手繪彩圖，與考門夫人每次閱讀都愈加神聖的文字，共同構成堅定信仰的強大力量。

天籟系列02

黑門山路

Mountain trailways for youth :devotions for youth people

荒漠甘泉續卷

考門夫人●著

八月出版
波希米亞文化出版

定價 **399** 元

《黑門山路》自譯成中文後，已有多種版本面世，但至今仍沒有哪一個版本，像本書一樣是硬皮精裝本，並歷史考據中世紀的祈禱書風格，加入數十篇中世紀畫家的手繪彩圖，讓讀者除了感受作者考門夫人的清麗文風外，並能領略到基督教藝術之美。

今天，《黑門山路》因其長久不衰的影響，已確立其宗教經典的地位。它傳達給世人的生命信仰和生活智慧，使現代人在急速變化的世界中，尋求到人生的位置與心靈慰藉。

國家圖書館出版品預行編目資料

消失的城市：彩色圖文版／大衛·沃克著. --
　　臺北縣中和市：波希米亞文化，2004〔民93〕
　　面：　　　公分
　　譯自：Lost cities
　　ISBN　957-29826-2-1（平裝）

　　1. 都市—歷史
718.11　　　　　　　　　　　　　　　93012013

作　　　者／〔英〕大衛·沃克
譯　　　者／大陸橋翻譯社
總 編 輯／鄭椀予
校　　　對／葛兆晃　李行之　巫維珍
封面設計／周坤藝術工作室
出　　　版／波希米亞文化出版有限公司
地　　　址／台北縣中和市秀朗路三段50巷29弄3-2號3樓
電　　　話／(02)8668-4628
傳　　　眞／(02)8668-4773
電子信箱／a1354@ms63.hinet.net
郵撥帳號／12935041　旭昇圖書有限公司
電腦排版／陳世洋
印刷裝訂／鴻霖國際事業有限公司
總 經 銷／旭昇圖書有限公司
地　　　址／台北縣中和市中山路二段352號3樓
電　　　話／(02)2245-1480
傳　　　眞／(02)2245-1479
電子信箱／s1686688@ms31.hinet.net
出版日期／2004年8月
ISBN／957-29826-2-1

波希米亞文化出版有限公司

235 台北縣中和市秀朗路三段 50 巷 29 弄 3-2 號 3 樓

免貼郵票

廣 告 回 信
板橋郵局登記證
板橋廣字第 217 號

波希米亞文化出版有限公司
詠春圖書文化事業有限公司
方圓文化出版有限公司
文圓國際圖書

您對我們的建議

_____

_____

_____

_____

波希米亞文化出版有限公司讀者服務卡

　　謝謝您購買本書。為讀者提供更精緻、寬廣的閱讀視野是波希米亞的出版精神，為了提升對讀者的服務品質及更了解您的需要，請您詳細填寫本卡各欄寄回，我們將不定期提供您波希米亞文化最新的出版資訊。

1. 購買書籍名稱_____
2. 您從何處購買本書_____縣市_____書局
   □書展□劃撥□網路書店□其他
3. 您的姓名_____
   您的性別□男□女
   您的生日____年____月____日
   您的地址_____
   E-mail_____
4. 您的教育程度
   □碩士及以上□大專□高中職□國中及以下
5. 您的職業_____
6. 您從何處得知本書訊息
   □逛書店□報紙□雜誌□廣播□電視□親友□其他
7. 您習慣以何種方式購買
   □書店□劃撥□書展□網路書局□量販店
8. 您對本書的評價（請填代號1非常滿意2滿意3普通4不滿意5非常不滿意）
   內容____封面____版面____校對____
9. 您選購本書最主要的考慮因素
   □作者□內容□價格□其他
10.您是否會購買本公司其他書籍
   □是　書名_____
   □否　為什麼_____
11.您最希望我們未來出版何種類型的書籍
   □文學□史地□哲學□心理□教育□心靈□勵志□企管□資訊□自然
   □科普□旅遊□時尚□推理□健康□生活□飲食□電影□藝術□辭書
   □其他_____

新世紀的識圖年代　波西米亞與您同在

發現
Civilization

帶著考古裝備，懷著探險心情，
從這裡開始，一起探索雋永的古文明。